李明善 舊藏

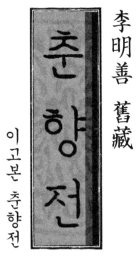

춘향전

이고본 춘향전

| 김준형 편 |

보고사

|목 차|

李明善

이 春香傳이 나의 것이 된 것은 벌서 三年前의 일로 내가 이야기 책에 손을 대기 始作하야 몇 圓인가의 돈을 주고 最初로 산 것이 이 春香傳이었었다. 以來 數三年間 別로 신통한 이야기책도 모지 못하고 이 春香傳이 如前히 나의 자랑거리가 되어있으니 寒心한 노릇이 아닐 수 없다.

春香傳에는 한 개의 揷話로서인지는 몰르니 이야기로서 傳하야 나려오는 것에 滋味나는 것이 많은 듯하다. 이러한 이야기가 그대로 이 야기에만 그쳐버리고 한 번도 文字로 記錄되어 文學化하지 못하였었 는지 어떤지는 알 수 없으나 이 때까지 世上에 알려진 板本이나 寫本 에는 그리 썩 滋味있는 것이 없는 듯하다. 나의 이 春香傳도 우리를 充分히 滿足시킬만치 滋味나는 것은 못된다. 이 春香傳의 發表를 契 機로 이보다도 더 훌융하고 더 滋味있는 春香傳이 世上에 많이 튀어 나오기를 苦待하야 마지않는다.

나의 이 春香傳에 對하야는 이미 趙潤濟氏가 「春香傳異本考」(『震 檀學報』第十一卷)에서 이 책이 各 異本 속에서 占領하는 位置와 文學 作品으로서의 價値를 明白히 하였다. 氏는 그 속에서 말하였다.

"本書는 京板本 普專圖書館本에서 完板本으로 發達하야 가는 그 過程에 位한 것이라 推測함을 許할 줄 믿는다."

"또 本書는 完板本 그것과 같이 漢詩句도 많이 引用하였다. 그러나 本書의 文章은 根本的으로 그와 달분 點이 있으니 그는 萬一 完板本의 文章을 市民的 文學이라 한다면 本書의 文章은 農民的 文章이라 할 수 있다."

"完板本은 너머 美辭麗句를 羅列하기에 힘써 도리어 鄕土味를 잃은듯한 느낌이 없다 할 수 없으니 本書같은 것은 正히 그러한 害毒을 입지 않은 純粹한 春香傳 文學이라 할 것이다."

나와 같은 門外漢이 여기에 對하야 무엇을 云云하랴. 聽衆의 한사람으로서 다만 귀를 기우릴 뿐이다.

이명선 구장 춘향전[李古本 춘향전]에 대해

1.

　여기에 소개하는 이명선 선생 구장 춘향전은 소위 '이고본 춘향전'으로 널리 알려진 작품이다. 이 책은 현재 한국전쟁 과정에서 일실되어, 지금은 현존하지 않는 것으로 보고되어 있다. 필자는 『이명선 전집』을 출간한 후, 선생이 남긴 고서를 하나하나 살피는 과정에서 우연히 이 책을 보았는데, 이 책이 소위 이고본 춘향전으로 알려진 작품의 원본임을 확인할 수 있었다.

　물론 지금은 민중적인 색채를 지닌 춘향전 이본이 다수 발견되어, 상대적으로 이고본 춘향전의 가치도 약화된 것이 사실이다. 또한 지나친 부연과 윤색이 가해져 춘향전의 이본사적 가치가 떨어진다는 주장도 일면 타당성을 갖는다. 하지만 이 책은 초기 춘향전 연구의 중요한 자리를 차지했고, 아직도 이 책이 지닌 가치가 여전히 존재한다는 점에서 이 책을 소개하는 작업이 전혀 무의미하지 않으리라 본다.

2.

　이 책은 가로 23.5㎝ 세로 28.0㎝로, 不分卷 1책, 총 94장으로 되어 있다. 한 면에 쓰인 행은 11~16행, 한 행에 쓰인 글자수는 14~27자로 일정치 않다. 이 책의 분량으로 원고지로 환산하면 200자 원고지를 기준으로 하면 450매[78,000餘字] 정도다. 표제는 '春幸田', 내제는 '春香傳 권지단'으로 되어 있다.

이 책의 마지막장, 즉 94장 앞면 6행까지는 춘향전의 내용이다. 그런데 6행 뒷부분이 의도적으로 찢겨 나갔는데, 다행히 찢긴 부분이 책 사이에 끼워져 있다. 찢긴 부분은 이 책의 필사 시기를 비롯한 간단한 후기가 적혀 있다. 해당 부분은 다음과 같다.

> 명치 스십슴년 경슐 十二月 十三日
> 니 칙쥬 박창용리라.
> 니 칙의 글ᄌ가 외ᄌ가 들어들리도 보시는 이 짐작ᄒ여 보시옵소셔.
>
> 명치 사십ᄉ년 결슐 十二月 十三 畢
> 니 칙기 오ᄌ 낙셔가 ᄋ니 보시는 이가 자셔히 눌너보시옵.
>
> 칙쥬은 시졈 박창용

"이 책에 쓰인 글자 중에 오자가 들어 있더라도 보는 사람은 짐작해서 보라"는 후기는 "오자와 낙서가 많으니 눌러보시압"과 같이 상투적인 표현으로, 크게 주목할 것이 없다. 다만 이 책이 필사된 시기가 明治 43년[庚戌], 즉 1910년이라는 점은 흥미롭다. 이 책의 형성 시기에 대해 일찍이 조희웅은 "1900년대 전후에 어떤 호사가가 藍本을 기초로 하여 諸異本도 참고로 하여 대폭 수정 증보"하였다고 추정하였는데,[1] 적어도 필사시기는 그리 이른 시기가 아니라는 점을 확인할 수 있다.

책주인은 박창용이라는 사람인데, 그가 누구인지는 명확치 않다. 뒷표지에는 '朴順唱' '朴唱龍'이라는 한문 이름도 씌어 있어서 박순창과도 어떠한 관련을 갖고 있었던 인물로 보인다.2) 또한 뒷표지에는 '錢價三十錢也'라는 기록도 있는데, 이 책이 판매를 목적으로 한 것으로 짐작할 수도 있음직하나, 이는 단순한 낙서로 보는 것이 타당해 보인다.

3.

이 책은 이미 1940년 『문장』지에 활자화되어 소개된 바 있다. 대체적으로 『문장』지에 실린 내용은 본문과 크게 어긋나지 않는다. 오자와 한두 글자의 탈자가 다수 발견되지만, 내용을 이해하는 데에 지장을 줄 정도는 아니다.3) 『문장』지에는 아래 'ㆍ'라든가 이중자음을 편의에 따라 기술한 것도 문제되지만, 이 역시 내용 이해에 장애 요소가 되지 못한다. 다만 원문을 활자화하는 과정에서 비의도적으로 한 문면을 누락한 경우가 있는데, 이러한 경우는 총 열 군데서 나타난다.

---

1) 조희웅, 「이고본 춘향전 연구」, 『국어국문학』 58·59·60호, 국어국문학회, 1972. 279쪽.

2) '칙쥬은 시졈 박창용'에서 '시졈'이 '貰店'일 가능성도 있지만, 이 책은 세책으로 소통되지 않았다. 실제로 앞부분에는 한 면에 200여자가 쓰였지만, 뒷부분에는 500여자 이상이 쓰인다. 뒷장으로 가면서 일부러 빽빽하게 썼음을 방증하는데, 이러한 형태의 세책은 현재 확인되지 않는다. 그렇지만 박창용이 세책점 주인이고, 그가 이 책을 보관했었을 가능성까지 부인할 수는 없다.

3) 원책과 『문장』지 간에 내용상 일정한 차이를 보일 수 있는 대목은 이 글에서 일일이 거론하지 않는다. 해당 대목은 원문을 활자화하면서 각주로 제시하였으니 그것을 참조하기 바란다. 단순한 오자인 경우는 표시하지 않고, 주석이나 해석이 달라질 수 있는 부분에 한해 각주를 달았으니, 그 점에 대해서는 양지하기 바란다.

누락된 부분은 다음과 같다.

① 우리 딕 도련님이 **줍방 및 굿두람이란다. 말이 낫시이 말이지, 칙방 도련님이** 인물이 일식이요 (10뒷면)

② 관관져귀 지흐지쥬로다, 요조슉녀 **군즈호귀로다, 요조슉녀** 차 자가자. (17앞면)

③ 편쥬부호흐여 오강의 침셔시흐던 범여로 흔쩍흐고, **쇼거빅마로 죠위죠셕흐던 오즈셔로 쩍**을 짓고 (30뒷면)

④ 신관 치장 볼죽시면 삼빅 **모커나 닉일 오시의 숭마흐럿다. 녜, 명일 오시 상마 발힝홀 제 신관치즁 볼죽시면 슴빅**오십 테제 모립에 (53앞면~53뒷면)

⑤ 평촌녁 얼는 지나 **은짐 슉소흐고 닥다리 황화정 이능 기울 얼는 지나** 여산이 즁화로다. (53뒷면)

⑥ 명월리 완는야 예 등디요, **봉닉 방즁 들어가셔 즁숭불스 셔엽이 완나? 예 등디요,** 죽쇼요함셔 치봉이 완는야? (54뒷면)

⑦ 닉 방으로 들어가**셰, 손목 줍고 쓰는 양은 일쳔간즁 다 녹는 다, 방안의 들어가**셔 우션 쥬호 갓다놋코 (57뒷면)

⑧ 쇼무갓튼 츙졀노도 십구년 **북희숭의 슈발이 진빅흐고, 문쳔숭 츙셩으로 년**옥즁의 갓쳣다가 (64뒷면)

⑨ 스린흐고 잡펴와셔 구슌도냐 죽은 귀신, **불효부졔흐다가셔 난 즁 마져 죽은 귀신**, 국곡투식흐다가셔 곤장 마져 죽은 귀신 (67 앞면)

⑩ 원형이졍는 **쳔도지상이요 인의녜지는 인셩지강이라, 부듸인즈 는 여**쳔지로 합기덕 여일월노 기셔 여일월노 합명 여귀신으로 합기길흉흐난이 (79뒷면)

무의식적으로 한 줄을 건너 뛴 ⑩을 제외하고는 모두 같은 글자 앞에서 비의도적인 오류를 범했음을 알 수 있다. 해당 부분은 『문장』지에 빠진 부분이므로, 해당 부분을 기위 넣을 필요가 있겠다.

또한 『문장』지에는 남녀의 성기를 직접적으로 표기한 대목이라든지, 내용상 외설스러운 장면은 모두 '×'로 표기하였는데, 그렇게 표기된 글자수가 175개다. ×로 표기된 대목은 다음과 같다.

> ① '제미× 개×' → '제미씹 기씹' (9앞면)
> ② '엇던 찌는 시 ×흐듯' → '엇던 찌는 시 씹흐듯' (18뒷면)
> ③ 너고 나고 누어시니 조흘 호쯘 비졉니요, '××× ×××' → '쏘질 공 흘들 요' (39앞면)
> ④ 춘향이 도련님 '×× ×××××× ×××× ××× ×××× ××× ××× ×××
> ××× ×××× ×××× ×× ×××× ×××× ××××× ×××× ×××
> ×××× ×××× ×××× ×××× ××× ×××× ×××× ×××× ×××
> ×××× ××××× ×××× ×××× ××××' → 비을 슬〃 만지다가 이
> 흐나을 잡아들고 "줌아〃〃 쏘와라. 상졔야 말녀라." 손톱의 올
> 녀 녹코 "너을 죽여 보슈흐즌. 나는 아리로 물을 쌜고, 너는 우흐
> 로 필을 빤아 약흐신 도련님이 견될 슈가 잇깃는냐?" 년놈이 얼
> 셔안고 비도 살〃 문지르면 "우리 두리 이려듯가 날리 곳 시면
> 엇지할가? 쥬야중쳔 쩌러지〃 말아시면." (39뒷면)
> ⑤ '내×× 금×× 난데×× 은××라' → '늬 보지 금보지난 네 보지 은
> 보지라' (93뒷면)

'×'로 표기된 부분은 실제로 남녀간의 성행위를 묘사한 대목이거나, 남녀간의 성기를 노골적으로 표현한 대목임을 확인할 수 있다. 해당 부분이 온전하게 드러남으로써 춘향전이 지닌 보다 적나라한 모습을

읽어낼 수 있겠다.

4.

마지막으로 한 가지 붙여두자면, 이 책 역시 다른 본을 전사한 본일 개연성이 높다는 점이다. 물론 이 책이 기존의 책을 짜깁기해서 대폭 수정·보완하였을 가능성도 있지만, 그와 달리 이 책은 다른 책을 전사하였을 가능성도 있다. 아래의 대목은 이를 방증하는 한 예라 하겠다.

> 소인은 무식ᄒ니 육담으로 알외이다. 물 본[4] 기러기 물 보고 오라는 안쓰요. **소인은 무식ᄒ니 육담으로 알외다. 물 본 기러기 물 보고 오라는 안쓰요.**[5] 이거슨 무신 조요? (12뒷면~13앞면)

위의 밑줄 친 대목, 즉 "소인은 무식ᄒ니 육담으로 알외다. 물 본 기러기 물 보고 오라는 안쓰요"은 원문에서 두 번 중복되어 나온다. 이는 곧 필사자가 모본을 필사하는 과정에서 실수로 두 번 옮겨적은 것일 개연성이 높다. 이러한 점을 고려에 두면, 이 책의 필사시기는 앞서 언급한 1910년이 확실하지만, 이 책의 창작시기는 섣불리 판단할 수 없게 된다.

물론 조희웅의 지적처럼 이 책에 쓰인 가사들 중에는 근대에 향유

---

4) 『문장』지에는 '론'으로 되어 있는데, 원문에는 '본'으로 되어 있다.

5) 『문장』지에는 "소인은 무식ᄒ니 육담으로 알외다 물 본 기러기 물 보고 오라는 안쓰요 소인은 무식ᄒ니 육담으로 알외다 물 본 기러기 물 보고 오라는 안쓰요"가 "물론 기러기 물 보고 오라는 안쓰요"로만 되어 있다. 반복되지는 않는다.

되었던 가사가 쓰였다는 점, '박쥐우산'처럼 근대 문물이 도입되던 시기(1900년대)의 용어가 쓰였다는 점에서 이 책의 창작시기도 필사시기와 거리가 오래되지는 않았음 직하다. 하지만 필사과정에서 새로운 가사가 첨가되고, 새로운 용어가 틈입할 수 있다는 점도 고려에 두면 이 책의 형성시기는 여전히 모호해진다. 그렇지만 이러한 의문을 제기하더라도 이 책의 형성시기는 19세기말~20세기초로 설정하는 것은 여전히 유효해 보인다.

附記

이 책에서는 원문을 활자로 그대로 옮겨적고, 뒤에 원문을 복사하여 붙였다. 이 책에 대한 주석도 붙이려 하였으나, 이미 성현경 선생이 자세하게 풀이한 책이 출간되어 있다.[6] 물론 부분적인 오류는 있지만, 그것은 상세한 주석과 자세한 설명에 묻힌다. 따라서 이 책에서는 반복된 작업을 피하고, 대신 원문을 활자화하고, 『문장』지와 해석상의 차이를 보일 수 있는 부분에 대해서만 주석을 붙였다. 이 점에 대해 양해를 구한다.

이 책은 현재 이명선 선생의 따님인 李承燕 여사가 보관하고 있다. 이 책을 학계에 보고할 수 있도록 허락해주신 이승연 여사께 감사의 말씀을 드린다.

---

6) 성현경 편, 『옛 그림과 함께 읽는 李古本 춘향전』, 열림원, 2001.

일러두기

1. 표기는 원문 그대로 하였다.

2. 띄어쓰기, 문장 부호, 단락 구분은 엮은이가 하였다.

3. □는 원문이 훼손되어 판독을 할 수 없는 부분을 표시한 것이다.

4. 각 면이 끝나는 부분에는 ( )를 써서, 그 안에 해당 페이지 숫자
   와 앞면·뒷면을 적어 넣었다.

5. 원문을 『문장』지와 비교하여, 해석상에 문제가 될 수 있는 부분
   이나, 『문장』지에 빠진 부분은 각주를 달아 이해를 도왔다.

6. 원문은 활자로 표기한 뒷면에 붙였다.

7. 원문에는 침(針)이 내용을 범해, 뒷면 마지막 줄과 다음 면 첫줄
   이 보이지 않는 경우가 있다. 원책을 해체하여야 그 부분을 볼
   수 있는데, 그런 부분은 활자화된 문면을 참조해주기 바란다.

이명선 구장 춘향전

표제 : 春幸田
내제 : 春香傳 권지단

숙종디왕 즉위 초의 츙신은 만조정이요 효즈난 널녀가가지라. 국티
민안ᄒ고 가급인족ᄒ여 강구연월에 격양가로 □1)답하니 요지일월이
요 슌지건곤이라. 티평셩디 조흘시고. 이 찌 삼천동의 한 양반이 잇스
되 셩은 니요 명은 한규라. 디〃명문거족으로 남원부ᄉ 낙졈으로 도
임한 지 일삭이라.

ᄉ도 ᄌ졔 이도령이 칙방의 잇셔 학업을 힘쓰□□□□□□□□□
라. 얼골□□2)(1앞) 두ᄒ미 호협방탕ᄒ여 쳥누쥬ᄉ □□□□□3)
찌은 맛촘 오월 오일4) 쳔즁가졀이5) □□□6)을 못 이긔여 방즈 불

---

1) 『문장』지에는 '화'로 되어 있다. 당시에는 보였던 글자지만, 지금은 훼손되어 읽을
   수 없다.
2) 『문장』지에는 '(一行欠)'로 되어 있다. 한 줄이 모두 빠진 것으로 되어 있지만,
   자세히 보면 2줄이 빠져 있다. 첫 줄은 "힘쓰□□□□□□□□□라. 얼골□□"로
   되어 있고, 둘째 줄은 완전히 찢겨져 나갔다.
3) 『문장』에는 "(以下五字欠)"로 되어 있다.
4) 『문장』지에는 '오월'로만 씌어 있는데, 원문에는 '오월 오일'로 되어 있다.
5) 『문장』지에는 '의'로 되어 있는데, 원문에는 '이'로 되어 있다.
6) 『문장』지에는 "(以下三字欠)"로 되어 있다.

너 분부ᄒ되

"너□□□7) 강산승지 몃 군딘고?"

방즈놈 엿즈오되

"공부ᄒ신은 도령님이 승지 ᄎᄌ 무엇ᄒ오?"

도령님 ᄒ는 말이

"묵8)□□□□□9)어10)라 거삼영□11) 별곤건의12) □□□□□□□13)잇고, 악양누 □14)흔 집의 소동파□ □15)이 잇고, 악양누 놉흔 집의 두잠이도 놀아잇고, 상산사호 네 노인도 바둑 두고 놀아시니 안이 놀고 무엇ᄒ리. 승지강산 일16)너다고."

방즈놈 시긔가 왕긔(1뒤)미 쏭구녁이엿다.

"승지을 무르시니 즈셔이 ∥ 들어보오. 평ᄒᆡ 월송졍, 울진 미양졍, 졍셩 슴쳑17) 쥬셔루, 강능 경포더, 양양 낙산스, 고셩 삼일포, 간셩 쳥간졍, 통쳔 총션졍은 관동지팔경이요. 진쥬 촉셕누, 공쥬 공손, ᄒᆡ쥬 미월왕, 션쳔 강션누, 의쥬 통군졍 승지강산이라. 슝운셔무가 즈옥ᄒ여 미닐 신션이 셰 번가옷식 쏙쏙 날여와 노는 줄노 알외오."

---

7) 『문장』지에는 '□□□' 부분이 '의 고을'로 되어 있다.

8) 『문장』지에는 '므'로 되어 있는데, 원문을 보면 '묵'으로 되어 있다.

9) 『문장』지에는 "(以下六字欠)"로 되어 있다.

10) 『문장』지에는 '이'로 되어 있는데, 원문에는 '어'로 되어 있다.

11) 『문장』지에는 "(一字欠)"로 되어 있다.

12) 『문장』지에는 '잇'으로 되어 있는데, 원문에는 '의'로 되어 있다.

13) 『문장』지에는 "(以下五字欠)"로 되어 있는데, 실제로는 7자 정도가 결락된 것으로 보인다.

14) 『문장』지에는 '□'가 '놉'으로 되어 있다.

15) 『문장』지에는 '□ □'가 '의 글'로 되어 있다.

16) 『문장』지에는 '널'로 되어 있는데, 원문에는 '일'로 되어 있다.

17) 『문장』지에는 '졍삼쳑'으로 되어 있는데, 원문에는 "졍셩 슴쳑"으로 되어 있다.

　도련님 조와라고

"그리ᄒ면 광할누 구경가즈."

　방즈놈 거동 보소. 나귀안장 진는다. 홍영즈공손호편 옥안금편황금주, 쳥쳔달이18)(2앞)은 입19)ᄉ후거라. 승모 물녀 덤셕 미니 호피 도등 시시가 난다. 방즈놈 거동 보소. 방ᄶ바지 통힝젼 눌날경조 조흔 신을 낙20)곡지로 들머이고, 우단요디 젼쥬면이 쥬황당ᄉ 벌미듭 느지막이 즈바미고, 한산모시 진솔창옷 압흘 졉어 부납띄을 눌너띄고, 손벽갓튼 황녹비을 등치직에 졉어ᄯ나. 보기 좃케 비기 들고 나귀 경마 밧토 쥐고 노두의 들너디며 나귀 안즁 지엿소.

　이도령 거동 보소. 신슈 조흔 얼골 분셰슈 졍니 ᄒ고, 감티갓튼 치긴머리 귀을 눌너 널게 짜아 궁초당긔 셕우황 달아 싯만 물여 즈바미(2뒤)고, 여외21)ᄉ 겹져구리 육ᄉ단 졉비즈의 즈물단초 달아 입고, 길숭사 겹바지 운문영초 허리씌을 셥으렁이 줍바미고, 양티문 귀쥬면이 디구팔ᄉ ᄯ야츠고, 싱면쥬 홋단 츙옷 은식빗 모시도포 몸의 맛게 지여입고, 식 조흔 분압씌을 흉당을 눌너미고, 삼승 겹보션의 비단밧당 태ᄉ혜을 보기 좃케 도도 신고, 소상반쥭 쇄금션을 반만 펴 놉피 들어 일광을 갈이우고 갑ᄉ복건 옥판 달아 머리 우히 도도 씨고, 셩쳔초 조흔 담비 ᄭᆯ물의 촉초이 촉여 쳔은셜합의 가득 너어 토인 들녀 뒤의 셰우고, 은동물님 부슨(3앞)디을 김22)히 간쥭 길게 맛쳐 방즈 등의 빗기 쏫고, 나귀 등 션득 올나 밍호년 본을 바다 탄〃디로 가는 거동

---

18) 『문장』지에는 "(以下一字欠)"로 되어 있지만, 실제 빠진 글자는 없다.
19) 『문장』지에는 '십'으로 되어 있는데, 원문에는 '입'으로 되어 있다.
20) 『문장』지에는 '삭'으로 되어 있는데, 원문에는 '낙'으로 되어 있다.
21) 『문장』지에는 '의'로 되어 있는데, 원문에는 '외'로 되어 있다.
22) 『문장』지에는 '강'으로 되어 있는데, 원문에는 '김'으로 되어 있다.

두목지 풍치로다.

밧비 모라 광할누 다〃르니 쥬란화각 소슨 집의 슈효문창 조흘시고.
나귀 등 션득 날여 층게승 올나셔며 ᄉ면을 살펴보니 화동은 죠비남
포운이요 쥬렴은 모권셔산우라. 등왕각이 완년ᄒ고 한 편을 발아보이
삼슨발낙ᄒ고 이슈즁분ᄒ니 봉황디 방불ᄒ다. 오작교 흐른 물이 은하
슈 되리로다. 무릉이 어듸매냐 도원(3뒤)이 여긔로다. 견우셩 니가 되
면 즉머셩은 뉘가 될고. 뒤짐 지고 비회ᄒ며 이진 글귀도 성각ᄒ며
　“방ᄌ야, 술 들이라. 곡강츈쥬인〃 취라. 너도 먹고 나도 먹ᄌ.”
　방ᄌ놈 술 부어들고
　“도련님, 우리 두리 평발은 일반인즉 면[23])치 차져 먹으면 엇더ᄒ
오?”
　“니ᄌ식 네 나이 몃 살인고?”
　“소인의 나이 열일곱 살 가옷시요.”
　“이 놈, 가옷시란이[24])?”
　“유월이 싱일이요.”
　“그리ᄒ면 날보덤 일년 가옷시 맛져로고나. 직금문 ᄎ례로 먼져 먹
으라.”
　일빈〃〃부일비을 진취케 먹은 후의 안셕의 의지ᄒ여
　“방ᄌ야 달여치라. 압흐로 영쥬 고각 뒤흐로 방중(4앞) 봉니, 압 니
버들은 초록중 돌인운듯 황금갓튼 져 꾀고리 병녁갓치 소리 질너 나
의 취흥 ᄌ안닌다. 물은 본시 은ᄒ슈요, 경은 도시 옥경일다.”
　□□25) 본읍 기싱 월민 ᄯᆯ 츈향이 츈쳔ᄎ로 □□□26)장 치례할 졔

---

23) 『문장』지에는 ‘년’으로 되어 있는데, 원문에는 ‘먼’으로 되어 있다.
24) 『문장』지에는 ’가옷시란말이’로 되어 있는데, 원문에는 ‘가옷시란이’로 되어 있다.
25) 『문장』지에는 ‘(以下二字欠)’로 되어 있다.

흑운갓튼 헛튼머리 반□□□[27] 와룡소로 어리촬〃 날이 빗겨 전반갓
치 널게 짜아, 자지황나 너른 당긔 슈부다람 금을 박아 슷 물녀 즈바
미고, 빅적포 싹기적슘 초록갑스 겻막이 물면쥬 고장바지 빅슌인 너
른숫것 남봉황나 디단초마 잔살줍아 썰쳐입고, 고양나의 속보션 몽고
슴승 겹[28]보션의(4뒤) 즈지승침 슈당혜을 날츌즈로 졔법 신고, 압헤
은 〃죽졀이요, 뒤의은 금봉초요, 귀의은 월귀탄이오, 손의은 옥지환,
은조롱, 금조롱, 옥장도, 산호가지, 밀화불슈, 옥나븨, 진쥬월, 쳥강셕,
자긔향, 비취향, 인물향 겨리, 오식당스 쓴을 호여 보기 조게 들너
차[29]우고, 즈지유스[30] 칙슈건을 쳑쳐 졉어 손의 쥐고, 쳥포 고단 박
쥐우산을 일광을 갈여 들너메고, 힝심일경 빗긴[31]노 셥분〃〃 올나가
며 빅만교틱 다 부릴 졔 쳘쥭화 쑥〃 썩거 머리의 쏘자보며, 슴단화
쥭쥭 훌터 말고 말근 구곡슈의 이리(5앞)져리 훗터보며 시니 쳥탄 여
울가의 손의 맛는 죠약돌을 양유간의 헐〃[32] 던져 쇠고리도 날녀보
며 말근 물 덤셕 쥐여 양츄질도 쏠싹〃〃, 경긔 차져 올나가니 도화유
슈묘연거 별유쳔지비인간이라. 양유쳥〃녹음간의 벽도화 졔일지의
후여줍아 그늬 미고, 빅능보션 두 발길노 몸을 날녀 올나셔〃 한 번

---

26) 『문장』지에는 '(以下三字欠)'로 되어 있다. 세 글자 중 앞 글자는 받침이 잘린 '이'
만 보인다.
27) 『문장』지에는 '(以下三字欠)'로 되어 있다. 세 글자 중 앞 글자는 받침이 잘린 '다'
만 보인다.
28) 『문장』지에는 '것'으로 되어 있는데, 원문에는 '것' 옆에 '겹'을 써넣었다.
29) 『문장』지에는 '들어우고'로 되어 있다. 원문에는 '들이우고'로 되어 있는데, '이' 옆
에 '너차'를 써넣었다.
30) 『문장』지에는 '유사'로 되어 있다. 원문에는 '유스'로 되어 있는데, 그 옆에 '우사'
를 써넣었다.
31) 『문장』지에는 '길'로 되어 있다. 원문에는 '길' 옆에 '긴'을 써넣었다.
32) 『문장』지에는 '털털'로 되어 있는데, 원문에는 '헐〃'로 되어 있다.

굴너 압픠 놉고 두 번 굴너 뒤가 놉하 빅운간의 들낙날낙 츈일반공 종달이 쓰듯 각〃 도화 느러진 가지 쑥〃 차 날이난이 도화낙날여홍 우랴 츄쳔의 올나셔〃 원근산쳔 발라보니 츈(5뒤)광을 즈랑할 졔 흘〃거 흘〃니ᄒᆞ는 거동 연ᄌᆞ삼츈비거티라. 칠월칠셕 오작교의 직녀셩이 건비는 듯 단산 오동 봉도 갓고, 셔왕모 요지연의 쳔년 벽도 직켜 션는 션녀의 틱도로다. 풍화일난ᄒᆞ여 나승을 못 이긔여 치마ᄭᅩᆫ을 활〃 푸러 도화낙지 거러놋코 슈건 들어 쌈 씨ᄎᆞ 졔 밀기름의 지인 머리 가닥〃〃 써러져셔 옥빈의 헌날인다.

이 ᄯᅢ 이도령이 광홀누의 놉픠 안져 좌우산쳔 도라본니 노음방초 승화시의 문여ᄒᆞᄉᆞ셔벽산고 소이부답심ᄌᆞ흔을 안산노음 살펴보이 울(6앞)긋불긋 희 빗쵀여 들낙날낙 ᄒᆞ는 거동 눈 씻고 망견타가 심신이 황홀ᄒᆞ여 억긔을 소〃오며 눈 우의 손을 언고 왼몸을 벌〃 썰며

"방ᄌᆞ야 네 져것 좀 보아라."

방ᄌᆞ놈이 도런님 써는 거슬 보고 조곰 더 썰며

"어뒤 무어시요?"

도런님이 방ᄌᆞ 써는 거설 보고

"이 ᄌᆞ식, 나는 써는 거시 근번이 잇셔 썰건이와 너는 무슨 맛스로 써노? 네 써는 것도 돌님지."

"도런님 써시던이 소인는 동풍의 ᄉᆞ시나무요."

"그 놈 티단이 썬듯. 이 ᄌᆞ식 작〃 썰고 져 건너 져거시 무어시이?"

방ᄌᆞ놈 한츰 보다가

"무어신지 안이 뵈오."

"네 눈(6뒤)의 삼승겹포중을 둘너는야. ᄌᆞ셔이 보아라."

"츅시의 보아도 안이 뵈오."

"상놈의 눈는 양반의 발의 틔눈만도 못ᄒᆞ것다. 져 건너 송님 중의

호33)양 횟독ᄒ고 벌진 잘속ᄒ이 아마도 션녀 ᄒ강ᄒ엿나보다."

방ᄌ놈 디답하되

"도련님 망녕이요. 신션 츌쳐 들러보오. 츙풍 셕교 놉흔 곳의 승진이 업셔신니 션녀 희롱 뉘가 할가, 선녀란이 될 말이요."

"그리면 금이냐?"

"금 츌쳐 들어보오. 여슈가 안니여든 금 잇슬잇가? 진나라 진평이가 범아부 줍으랴고 황금 ᄉ만 훗터시니 금도 직금 업스리라."

"그리면 옥이냐?"

"옥츌곤강ᄒ여슨니(7앞) 옥 잇슬이 만무ᄒ고 곤륜산의 불이 붓터 옥셕이 구분ᄒ엿시니 옥도 직금 업스리라."

"ᄒ당화냐?"

"명스심니 안이여든 ᄒ당화가 될말이요."

"귀신이냐?"

"구리영소 안이여든 귀신이 될말이요."

"독갑비야?"

"황졔 무덤 안이여든 독갑비가 왼말이요."

"구미호냐?"

"진승이 긔병시의 나졔 우던 불여우가 지금 어이 잇슬럿가."

이도령 역졍 너여

"그리면 네 할미야, 너 첩비야? 조롱 말고 일러다고. 너는 이 곳졔셔 싱어스 즁어사ᄒ여시니 ᄌ셔이 일너다고."

방ᄌ놈 민망ᄒ여

"져 건너 녹님간의 츄쳔ᄒ는 쳐녀을 무르시요?"

---

33) 『문장』지에는 '하'로 되어 있는데, 원문에는 '호'로 되어 있다.

"그 쳐녀을 보아ᄒᆞ니 여항 쳐녀(7뒤)는 안이로다. 바로 이르리다."

"본읍 기싱 월미 ᄯᆞᆯ 춘향인데 불승츈경ᄒᆞ여 츄쳔을 하나보오."

니도렁이 그 말을 듯고 졍신이 황홀ᄒᆞ여

"이이 방ᄌᆞ야. 네 말 그러ᄒᆞ면 창기가 분명ᄒᆞ니 ᄒᆞᆫ 번 보면 엇더ᄒᆞ야?"

방ᄌᆞ 엇ᄌᆞ오되

"그런 분부 두 번 마오. ᄉᆞ쏘 만일 알으시면 소인 볼기의 널 디리노고 오는 희 창고자을 거지중쳔 ᄶᅥ나가니 그 아이 원통ᄒᆞ오. 죽구면 죽엇지 못ᄒᆞ깃소."

썰ᄶᅥ리고 도라셔니 도런님 셩화 나셔 방ᄌᆞ을 달ᄂᆞᆫ데

"니 말을 들어보아라. 탐화광졉 밋친 마음 아모랴도 죽기고나. 네 나을 살여(8앞)쥬면 니넌 슈로 갈 테이다. 어셔 밧비 불러다고."

방ᄌᆞ놈 엿ᄌᆞ오되

"도런님 그려시오. 반상분의 니벌이고 형우졔공 ᄒᆞ옵시다."

도런님 욕심의 계관ᄒᆞ여

"그랴쥬마."

"그리ᄒᆞ면 날범덤 손아리니 날더러 호형ᄒᆞ소."

니도영 그 말 듯고

"이이 이거슨 소조로다. 을츅갑ᄌᆞ 엇더ᄒᆞ니?"

방ᄌᆞ놈 도라날여 반심을 못 발리고

"외입이란 무어시오. 실커든 고만두오."

도런님 긔가 막혀

"ᄎᆞᆷ말이지 난즁ᄒᆞ다. 이런 줄을 알아더면 모년이나 ᄒᆞ여볼 걸. 쳔ᄒᆞ쳔지 몹슬놈아 이닥지도 조르느냐."

방ᄌᆞ놈 ᄲᅮ리치며

"다시는 말을(8뒤) 마오."

니도령 급한 마음 죽으면 디슈냐

"방즈야."

"네."

"형님!"

방즈놈 도라셔며

"우이 니 아오냐."

니도령 무안ᄒ나

"인졔 어셔 불너다고."

"그리ᄒ오."

방즈놈이 츈향이을 불너러 건너간다. 진허리 춤나무 뚝 써셔 것구로 집고 츌님풍종 밍호갓치 밧비 쮜여 건너가셔 눈 우의다 손을 언고 병역갓치 소리을 질너

"이이 츈향아 말 듯거라. 야단낫다, 야단낫다."

츈향이가 쌈짝 놀나 츄쳔 줄의 둑여날여와 눈 홀기며 욕을 ᄒ되

"이고 막칙히라. 졔미씹 긔씹으로[34] 열두다셧번 나온 년셕. 누쌀은 어름의 잣바진 경풍흔 쇠누(9앞)쌀갓치 최싱원의 호피 구역갓치 쪼쑤러진 년셕이 디갈이는 어러동산의 문달리 짜먹든 덩덕시 디갈리갓튼 년셕이 소리는 싱고즈 식기갓치 몹시 질너 하맛트면 이보가 쩌러질번 ᄒ얏지."

방즈놈 한참 듯다가 어니업셔

"이이 이 지집아년나. 입살리 부드러워 욕은 잘한다만는 니 말을 들어보와라. 무악관 쳐녀가 도야지 타고 긔츄 쏘는 것도 보고, 소가

---

34) 『문장』지에는 '졔미× 개×'로 되어 있는데, 원문에는 '졔미씹 긔씹'으로 되어 있다.

발톱의 봉션화 들리고 장의 온 것도 보고, 고양이가 셩젹ᄒ고 시집가
는 것도 보고, 쥐귀역의 홍살문 셰고 초헌이 들낙날낙ᄒ는 것도 보고,
암키(9뒤) 월우ᄒ여 셔답 충 것도 보와시되 어린아희년이 익쓰 잇단
말는 너흔테 첨 듯깃다."

"이고 져 년셕 말 곳치는 것 좀 보게. 스람 직기네. 익쓰라던냐."

"그럼 무어시린노?"

"낙티할번 ᄒ덧지."

"더군단아 십속이 츳느냐?"

"낙티라던냐 낙셩이럿지."

"어린 년이 피야말 궁둥이 둘너더듯 잘 둘넌다마는 니 말을 들어보
와라. 규중쳔즈라 ᄒ난 거시 침션을 비우거나 방젹을 힘쓰거ᄂ 양단
간의 헐 거시지 큰낙큰 계집아희 의복단장 치례ᄒ고 번화지지 녹음간
의 츄쳔을 놉피 밀고 들낙날낙 별짓시 뭇썅ᄒ여 스도 즈졔 도(10앞)련
님이 광할누 피셔 오셧다가 빅슌인 속것가리 횟득펄펄 날이는 양는
졍신이 혼미ᄒ여 눈의 만경이 되고 왼몸이 심쥴이 용더긔 뒤쥴 케이
듯ᄒ고, 두 눈의 동즈붓쳐가 발동거리을 ᄒ고 손을 뉵갑ᄒ며 식기 나
흔 앙키 쪄듯 불너오라 직쵹ᄒ니 어셔 가즈 밧비 가즈. 싱스람 죽이
깃다. 미장가 아희놈이 네 거동 보게도면[35] 안 미치 리 뉘 잇슬리."

춘향이 역졍 니여

"칙방의 도련님이 날을 언졔 보와노라고 불너오라 직쵹터냐. 네 년셕
이 안질의 놀랑 슈건이요 턴진 방아공이의 보리알 격으로 턱 밋테 다거
안져 춘향(10뒤)인이 고양인이 경신년 글강 외듯 일거 밧치라던냐."

"이이 춘향아 남의 이무흔 말 너무 허지 말아. 우리 딕 도련님이

---

35) 『문장』지에는 '보밧되면'으로 되어 있는데, 원문에는 '보게도면'으로 되어 있다.

중방 밋 굿두람이란다. 말이 낫시이 말이지, 칙방 도런님이36) 인물이
일식이요, 풍치은 두목지요, 문중은 스마쳔이요, 셰간이 갑부요, 오입
이 장령이요, 지체은 국족이요, 외가은 쳥풍이요, 승품이 호탕ᄒ여 네
갓튼 게집아희 이번의 건너가셔 초친 물엄을 민든 후의 물면쥬 속것
가리을 실젹궁 비여다가 왼편 볼기쪽의 쪽 붓치이영 이이 눕원 거시
모도 네 거시요 나도(11앞) 네 덕의 소년 슈로나 한번 ᄒ여보즈고나.”

춘향이 ᄒ는 말이 “네 말은 좃타마는 남녀가 유별거든 남의 집 규
중쳐즈을 부르기도 실체요 남녀七세부뙹셕을 승경현젼 일너시이 쳐
자의 힝실노는 건너가기 만무ᄒ다.”

방즈놈 디답ᄒ되

“한 번 스양의 졀녜나 니 말을 들어보아라. 스람이 나도 산셰을 좃
츠 나는이라. 경상도는 산이 험쥰ᄒᄒ야 스람이 나도 우악ᄒ고, 졀나도
는 산이 촉ᄒ기로 스람이 나면 간스ᄒ고, 츙쳥도는 산셰가 유슌ᄒ여
스람이 나면 우슌ᄒ고, 경긔도 상각순는 호거용반셰로 스람이 나면
강유을 겸젼ᄒ여(11뒤) 알자 ᄒ면 아쥬 알고 모르즈면 아든 졍 보던
졍37) 업시 칼노 뵈고 소금을 넛는이라. 이번 길의 틀어지면 너의 즈
당 잡아다가 셩장 치고 틱장 쳐셔 착가엄슈 할 터인즉 오거든 오고
말거든 말어라.”

썰썰리고 도라셔며

“나는 간다.”

을너메니 춘향의 약ᄒ 마음의

“방즈야 니 말 조곰 듯고 가거라. 귀즁ᄒ신 도런님이 부르신 일 감

---

36) 『문장』지에는 “중방 밋 굿두람이란다. 말이 낫시이 말이지, 칙방 도런님이” 부분
이 빠져 있다.
37) 『문장』지에는 ‘제’로 되어 있는데, 원문에는 ‘졍’으로 되어 있다.

격ᄒ나 녀즈 염체 못 가깃다. 두어 즈 적어쥬마. 갓다가 들여다고."

"무슨 글인이. 적어다고."

홍공단 두리쥬먼니 끈 쓸너 열썰리고 피목 너여 손의 들고 갈입 쓰더 일필회지 적여쥬니, 방즈놈 바다들고

"가기(12앞)는 간다마는 너 간이만 못ᄒ리라. 이후 일 잇거든 니 원망은 다시 말라."

썰치고 도라온니 도련님이 방즈 보고 반겨라고

"이 자식 춘향을 민드[38]러던냐. 어서 밧비 너려오라."

방즈놈 갈입홀 올니면서

"츈향 바드시요."

니도령 바다보니

"글짜 너히 씨여고나. 기러기안 나뷔접 게해 비둘기구 짝을 적어고나. 이리 보고 져리 보되 물이을 모르깃다. 방즈야, 이 글니 무슨 글인지 아모랴도 모르깃다."

방즈놈 바다들고

"문장이라 일컷던이 글 네 즈을 모로시요. 이거슨 무슨 즈요."

"기러기 안쯔다."

"소인은 무식ᄒ니 육담으로 알외이다. 물 본[39] 기러기 물 보고 오라는(12뒤) 안쯔요. 소인은 무식ᄒ니 육담으로 알외니다. 물 본 기러기 물 보고 오라는 안쯔요.[40] 이거슨 무신 즈요?"

"나비 접즈다."

---

38) 『문장』지에는 '드맨'으로 되어 있는데, 원문에는 '민드'로 되어 있다.

39) 『문장』지에는 '론'으로 되어 있는데, 원문에는 '본'으로 되어 있다.

40) 『문장』지에는 "소인은 무식ᄒ니 육담으로 알외니다 물 본 기러기 물 보고 오라는 안쯔요"가 두 번 반복해서 쓰였다.

"탐화광졉이 곳 보고 오라는 졉즈요. 이거슨 무신 즈요?"

"게 희즈다."

"게는 궁글 싸라 오라는 희쓰요. 쏘 이거슨 무신 즈요?"

"비들기 구쓰다."

"관관져구 지흥지쥬라. 요죠슉녀 차져와셔 금실우지 질기즈는 구 쓰요."

이도렁니 그 말을 듯고

"그 놈 밍낭흐다. 이 즈식 건너가셔 슈작이 장왕흐여시니 웃국을 질넌나부다."

"천첩의 무슝피나 형졔간의 될 말이요."

"밋친 놈의 말 더려라 온안슈곡이 셩번화흐니 가련(13앞)금야슉창 가흐쟈."

나귀 등 션득 올나 낙조을 바라보며 칙방의 돌아와셔 옷 버셔 홰의 걸고 상방의 쟝간 단녀나와 안져셔 싱각흐니 일각이 숨쥬로다.

희 지기을 기달일 졔 춘향이 널이 잔득 올나

"보고지고 〃〃〃〃 칠년더흔 비발갓치 무월동방 불현드시 보고지고, 젼젼반측 보고지고, 기동을 안고 돌아단이면셔 손톱만치 보고지고."

소리을 흔것 질너썬니 동현의셔 스쏘 취침흐셧따가 쌈쯕 놀나 살펑슝의 쑥 쩌러져 담비더의 목을 질너 토인을 그피 불너니 토인이 더 답을 길게 흐니, 스쏘 쑤쥼흐되(13뒤)

"이 놈 급흔 쩌는 그 더답을 두어 도막의 잘너 흐여라. 칙방의셔 싱침 만는 소리가 나니 손아귀 셴 놈니 신달이을 쥐연는야, 영씨 큰놈이 살랑을 지르는야, 문 틈의다 불알을 쎄연느냐, 밧비 가셔 알아보아라."

토인이 급피 나가며

"쇠! 무슨 소리을 그닥지 질너는냐. 스쏘게셔 펑슝의셔 취침흐셧다가 담비터의 목을 쩔너 유혈이 낭즈하고, 탕건은 버셔져셔 호박기가 물고 가고, 통슈간 집 우희 곤호박 쩌러지듯 쑥 쩌러져셔 긔지스경이요."

도련님니 쌈짝 놀나

"이 즈식 쉬란니. 너가 뉴칠월 푸득스냐? 남문 밧 중날인데 슐쥬정(14앞)군니 칙방 담모통이로 소리을 질너짠다."

"도련님 목소리을 알고 문는 거슬 방싁ᄒ여 무엇ᄒ오?"

"이말 져말 할 것 업시 글 일짜가 시젼 칠월편을 보고지고 ᄒ엿다고 엿쥬워라."

토인이 드러가셔 엿쥬오되

"도련님이 글을 일거 쌍기을 씌여 보고지고 ᄒ연 쥴노 알외오."

스쏘 죠와라고 우슘을 웃는데 하햐[41]쥴을 외던니만 목낭쳥을 부르니, 목낭쳥 디답ᄒ고 들어오니, 스쏘 희식니 만면ᄒ여

"즈네 거긔 안소."

"안지라면 안지요."

"문중 난네."

"문중 낫지요".

"무던ᄒ지."

"무던ᄒ지요."

"즈네 뉘 말인지 알고 디답ᄒ나?"

"글셰요."

"에 이 스람. 헷디답을 ᄒ엿네나. 우리 아희 말(14뒤)일셰."

"예 장ᄒ위다."

"즈네도 어려셔 지닉본 일 니지마는 글 일기철을 실인 거시 업는니."

---

41) 『문장』지에는 '야'로 되어 있는데, 원문에는 '햐'로 되어 있다.

"글어치요."

"우리 아희는 그런 법이 업네."

"업지요."

"과거는 갈 데 업지."

"업지요."

"벼슬할리."

"벼슬ᄒ지요. 하다 못ᄒ면 무명실이라도 ᄒ지요."

"에 이 스람, 나가소."

"나가라면 나가지요."

토인을 급피 불너 셔칙을 니여쥬며

"도련님 갓다쥬고 부지런이 일거라고 ᄒ여라."

토닌니 칙을 안고 칙방의 갓다쥬니 도련님이 칙을 바다 압헤 놋코 ᄎ례로 일글 적의 천ᄌ을 니여놋코

"하눌천 짜지 가물현 누루황 황단ᄒ여 못 일깃다."

방ᄌ놈 달녀들며

"여보 도련님, 천ᄌ을 일거들낭 체격을 알고 일거보오."

"에라 이놈 밋친놈아, 체격이 무어시냐?"

"닌 일(15앞)글게 들어보오. 붓치을 펼쳐들고 쳐다보니 하눌천, 날 다보니 짜지, 홰〃친〃 가물현, 황단ᄒ다 누루황, 풍긔〃〃 잘ᄒ다. 엇더ᄒ오?"

니도령이 어이읍셔

"에라 이놈 잡놈일다. 장타령을 비위고나. 천ᄌ 츌쳐을 네 들어라. ᄌ시의 싱쳔ᄒ니 호〃탕〃 ᄒ눌쳔, 축시의 싱지ᄒ이 만물이 증싱 짜지, 삼월츈풍 호시졀의 현조남〃 가물현, 금목슈화 오ᄒᆼ즁의 즁황을 맛터시니 토지졍식 누루황, 츄풍 삽이삽긔ᄒ니 옥우징녕 집우, 안득

광할 천만간의 살기 좃타 집쥬, 구년지슈 어니할이 하우천지 널불홍,
셰상만亽 밋지마(15뒤)소 황단ᄒ다 것칠황, 소간부숭 숨빅쳑 본듯도
다 날일, 〃낙소산의 히는 쑥 쩌러지고 월츙동역의 달이월, 츈야⁴²⁾공
산 져문 날의 낙화분분 촬영, 미식 불너 슐 부어라 넘쳐간다 기울칙,
하도낙셔 잠간 보니 일월셩신 별진, 원앙침 비취금 활활 벗고 잘슉,
양각을 번젹 들고 사양 말고 벌열, 어허둥 〃 두달이고 만단⁴³⁾셩회 베
풀장, 치역을 셔후 기피 들어 소한더한 찰한, 어허 그날 참도 츳다 어
셔 오게 올니, 엄동셔한 집다미소⁴⁴⁾ 뉴월 넘쳔 더울셔, 션거이 가는
놈을 아조 ᄒ직 갈왕, 인졔 가면 언졔나 올가 엽낙오동 가울추, 너이
홀노 진는 농亽 ᄌ연셩슈 거둘슈, 츄야공亽 져(16앞)문 날의 육화분분
겨오동, 님 올가 지은 옷슬 지여 심심장지 감츌중, 일년난득지봉츈의
윤삭 들어 부루륜, 관산흠노 발아보니 철니말니 남물여, 이 몸 훨젹
날게 도면 평싱소원 일울셩, 츈하츄동 다 보니고 송구영신 힛셰, 조강
지쳐는 박더 마소 더젼통편 법듈늘, 네입 너입 마조 더니 양구승합 법
즁녀, 시화셰풍 조홀시고 우슌풍조 고로조, 구년지슈 셜위마소 칠년
더한 볏양, 손을 너어 만져보니 가닥 〃 〃 터럭모. 엇더한냐.”

“츰 잘ᄒ시요.”

“아셔라 못ᄒ깃다.”

셔칙을 니여녹코 더문 〃 〃 츠례로 일글 젹의

“천지현황ᄒ니 황혼되면 니 갈이라. 천지지간 만물지즁의 유인이
최귀ᄒ니 귀한 중의 더욱 귀타. 이⁴⁵⁾(16뒤)십삼년이라. 초명진더부위

---

42) 『문장』지에는 ‘일’로 되어 있는데, 원문에는 ‘야’로 되어 있다.
43) 『문장』지에는 ‘단’이 빠져 있다.
44) 『문장』지에는 ‘첩다마소’로 되어 있는데, 원문에는 ‘집다미소’로 되어 있다.
45) 『문장』지에는 ‘이’가 빠져 있다.

스조적흔건ᄒ여 위졔후하다. 졔 못 오면 니 가리라. 원형이졍은 천도
지승이요 인의녜지은 인셩지강이라. 강보더의 못본 거시 한이로다. 밍
즈견양흐왕하신더 왕왈 쉬 불원쳘니니 니ᄒ시이 지쳑동방 쳘니로다.
유붕이 즈원방니면 불역낙호아. 안니 가든 못ᄒ리라. 관관져귀 지ᄒ지
쥬로다, 요조슉녀 군즈호귀로다.46) 요조슉녀 차자가자. 왈 약47)게고
졔혼더, 혼미ᄒ여 못 일깃다. 더학지도는 지명〃덕ᄒ며, 명〃이도 오
라던니. 니건 원고 형코 니코 졍코. 츈향이코 니코 한 데 더니 조코."

　방즈놈 달녀들며

　"도런님 글은 아니 일그시고 코 문셔을 졍구ᄒ시니 소인 코는 엇지
ᄒ오?"

　"에라 이놈(17앞) 물너거라. 경셔을 보랴ᄒ면 은희 업셔 못ᄒ깃다.
가갸거겨 가기야 가지마는 거러가기 어러워라."

　방즈놈 달녀들며

　"언문을 비우거든 물이을 둘어보오."

　"네 어듸 일거보아라."

　"가갸거겨 가이업슨 이 니 몸이 거지업시 도야고나. 나냐너녀 날
오라고 부르기을 너고 나고 가즈고나. 다댜더뎌 다닥〃〃 부친 졍이
덧업시도 〃얏고나. 라랴러려 날나가는 원앙시야 너고 나고 쏙을 짓
즈. 풍긔〃〃 잘흔다."

　"에라 이놈 상놈일다. 이 글을 못 일깃다. 흔 줄이 두 줄 되고 글즈
마도 뒤뵈인이 흐눌 천즈 큰 더 되고, 싸 지 못 지 되고, 날 닐니 눈
목이 되고, 묘할 묘즈(17뒤) 요즈 보소 츈향일신 분명ᄒ다. 천즈 감즈
되고, 밍즈는 팅즈가 되고, 시젼는 사젼니요, 셔젼은 짠젼이요, 논어는

46) 『문장』지에는 "요조슉녀 군즈호귀로다"가 빠져 있다.
47) 『문장』지에는 '약'이 빠져 있다.

이어 되고, 쥬역은 우역이요, 쥬용은 도롱용이라. 이 글 익다가는 밋
츤 놈니 되깃고나. 방즈야, 희가 희가 엇지나 도야는야?"

"빅일이 도쳔쥭ᄒ야 오도가도 아이ᄒ오."

"희도 용심도 불양ᄒ다. 져 희을 엇지 보니는야. 불고 무졍셰월약
유파라 ᄒ더니 허황한 글일거고. 방즈야, 희 좀 보아라."

"일낙셔산ᄒ고 월츌동역ᄒ오."

"그리ᄒ면 동헌의셔 퇴등ᄒ얏는야?"

"아즉 멀엇소."

도련님 괴탄ᄒ되

"야슉ᄒ다, ″″″. 우리 부친이 야슉(18앞)ᄒ다. 남의 ᄉ졍도 모
를 젹의야 원질이들 잘한손가. 뉵셧달 표폄시키 즁 맛기는 가례로다.
방즈야 동헌 좀 쳐다보아라."

"아직 멀러소."

"방즈야."

"네, 딕묘관즈 안이면 씌깃소. 말삼하오."

"상방의 가셔 ᄉᄊ 눈을 좀 보고오너라."

"눈을 보면 엇더ᄒ오."

"딕종이 인는이라. 쉽게 쥬무실나면 ᄌ조 금젹거리고 더듸 쥬무실
나면 드문″″ 금젹이는이라."

방즈놈 갓다오던니

"어보, 그 눈딕종은 못ᄒ깃습데다. 엇던 ᄯᅢ는 시 씹48)ᄒ듯 쌉짜이
듯 쌈짝″″ᄒ다가 엇던 ᄯᅢ는 비 마진 쇠눈 금젹이듯 금젹금젹ᄒ니
알 슈 업습데다."

---

48) 『문장』지에는 'X'로 되어 있는데, 원문에는 '씹'으로 되어 있다.

"에리 흉레 기주식 고만 두어라.(18뒤) 니가 봄마."

도련님이 상방의 들어가이, 스쏘 오슈경을 씨고 평승의 누엇는데, '눈을 쓰고 날을 보시나, 감고 쥬무시나' 한참 셔셔 궁이타가, '잠을 안니 들어시면 날을 보고 말할49) 테요, 잠이 깁피 들어시면 주최 업시 나가리라.' 한번 디종을 보즈 후고 안경 압푀 가셔 손쏘락을 꼼작 〃〃후이, 스쏘 그 거동을 보고

"이거시 무슨 지신고?"

도련님니 쌈쫙 놀나 두 손을 마조 잡고 둘너디는 말이

"안경테의 벌너지가 기는 듯후여 그리후야지요."

"어셔 나가 일즉 주고 글공부을 부지런니 후르."

도련님이 무안후여 느오면셔

"늘거갈슈룩 줌(19앞)도 업지."

칙50)방의 도라와 성화 나셔 기달일 졔, 이윽고 퇴동한다. 니도령 조와라고,

"방즈야, 쳥스쵸룡의 불 켜들고 츈향의 집 차자가즈."

방즈놈 불 둘녀 압푀 세우고 삼문거리 홍살문 네 거리로, 향쳥 뒤로 도로 홍살문 네 거리을 지나갈 졔, 방즈놈 니도령을 소기랴고 부즁을 감도라 홍문거리을 오뉵차나 가니, 도련님 의심후여

"이이 방즈야, 남원부사 홍살문이 몃치던냐?"

"홍살문이 일곱이요."

"엇던 홍살문이 일곱이야?"

"그러귀예 디모관이지요."

"그리후면 츈향의 집이 몃 니느 되노?"

---

49) 『문장』지에는 '말'로 되어 있는데, 원문에는 '할'로 되어 있다.

50) 『문장』지에는 '창'으로 되어 있는데, 원문에는 '칙'으로 되어 있다.

"아직 멀어소."

"니가 은 분슈 가령ᄒ면 삼ᄉ십니 거런는데 닌(19뒤)져도 멀어단니 아모랴도 모로깃다."

방자놈 도라셔며

"도련님 말삼 들이시요. 기상의 집 가는 길의 우리 두리 평발인즉 방ᄌ라고 말르시고 일홈이나 불러쥬요."

"그리ᄒ마. 네 일홈이 무어시냐?"

"일홈이 몹시 그복ᄒ지요 소인의 셩은 알으시요?"

"셩니 무어시냐?"

"벽셩이지요."

"무어시냐?"

"아가요."

"셩도 고약ᄒ다. 일홈은 무어시니?"

"버지요."

"그 놈 셩명도 고약도 ᄒ다. 양반이야 부루깃든야. 슝놈일다."

"여보 도련님, 말삼 들어시요. 구셩명ᄒ여 불너쥬시면 모시고 가련 이와 방ᄌ라고 부를 테이면 도련님이 혼자 가시요. 소인은 달은 데로 갈 터인즉 갈여건 가고 말여건 마시고려."

니(20앞)도령 밧분 마음의 일각이 삼츄로다. 가마이 싱각ᄒ여 셩명을 붓쳐보니 부루기가 난감ᄒ고 부루지 마ᄌᄒ이 갈 길을 못 가깃네.

"이이 방ᄌ야, 오날밤만 셩명을 곳쳐부르면 엇더ᄒ냐?"

"되지 못할 말을 마오 아무리 상놈인들 변명역셩이 될 말이요? 갈 터여든 혼ᄌ 가오. 니일 아츰의 칙방으로 만납시다."

썰치고 도망ᄒ니 이도련님이 황망ᄒ여 죠차가며

"이이 말아 어셔 가자."

방즈놈이 등불 쓰고 가마이 슘어시니가 허다한 인가 중의 차질 길
이 전여 업다. 니도령 민망ᄒ여 이리져리 ᄎ즈면셔 '이 놈니 여긔 어
듸 슘엇것다' 즁(20뒤)얼〃 ᄒ는 모양은 혼즈 보기는 앗겁다. 도련님
이 싱각ᄒ되 '방즈야 부루면 더군단아 안되깃고나. 셩명을 부루자니
난즁ᄒ여 못 ᄒ긴네. 니런 놈의 셩명도 세상의 잇나. 밤은 졈〃 깁허
가고 너일이 밧버 할 슈 업다. 한번만 불너보즈.' 가마니 시험ᄒ것다.
"아버지"
크게야 불룰 슈 잇나. 몹슬 놈의 셩명도 잇다. 하일업시 불너보자.
"아버지야."
방즈놈이 썩 나셔며
"우이."
도련님 긔가 막혀
"쳔ᄒ의 몹슬노마 이닥지도 몹시 속이는냐? 작난 말고 어셔 가즈."
방자놈 불 켜들고 탄〃디로 산의 완〃이 나가면셔 좌우을 살펴보
니 월식은 명난한데 갑졔쳔밍(21앞)은 분쳑니흔데 슈호문창이 조긔롱
이라. 호탕흔 유협소년 야입쳥누 ᄒ는고야. 한 모퉁이 휠젹 도라 죽님
삼쳐 둘어가이 젹〃시문 긔 진는다. 디 심어 울ᄒ고 솔 심어 경자로
다. 문젼학종 유사사로 휘어져 광풍을 못 이긔여 우즐활〃 츔을 춘다.
동편의 우물이요, 셔편의 년당나라. 문젼의 삽스리 안져 오난 긱을 슬
어흔다. 사면을 살펴보니 집 치레 굉장하다 안팟 중문 줄힝낭의 고쥬
디문 놉피 달고, 안방 삼간, 대쳥 뉵간, 월방 간반, 골방 한간, 부억
삼간, 구월도리, 슨자 춘여, 완자창, 가루다지, 국화 식님 완자문, 영
창, 갑창, 장지 어코, 층〃 벽장, 초현다락(21뒤) 찰난도 ᄒ다. 참 어지
간허곤. 스랑 압페 연못 파고, 못 가온더 셕하산 모고, 슉셕으로 면을
보와 층〃게을 모와는데, 쌍〃 징경이, 양〃 비오리, 디졉갓튼 금부어

는 물를 켜고 논인는데, 화게을 도라보니 일층니층 삼ᄉ층의 홧초도 찰난ᄒ다. 왜쳘쥭, 진달화, 민도람, 봉선화, 모란, 작약, 치ᄌ, 동빅, 파쵸, 난쵸, 원츄리, 구긔ᄌ, 노송, 반송, 월사, 게쵸, 쥬화, 빅일홍, 할연화, 영산홍, 국화, 슈국, 불두화며, 홍도, 벽도, 셕츅화며, 벽오동, 향일화, 동의 귀셜빅, 남의 젹작약, 셔의 빅화녕, 북의 금ᄉ오쥭, 가온더 황학녕 법슈 츠려 심어고나.

디문을 들어셔니 셔화부벽입츈(22앞)셔가 분명ᄒ다. 디문의 울진경덕, 즁문의 진슉보라. 입츈디길 건양다경 츈도문젼 증부귀울 두렷시 부쳐는데, 왕희지 난졍긔와 도연명 귀거리사을 ᄉ면의 부쳐잇고 디쳥의 쳐다보니 숨층장, 이층장, 툭ᄌ, 귀목 두쥬, 층탕아라 올녀놋고, 제승, 교위, 향상이며, 칠함지, 디목판, 나쥬반, 통영 슐반 쥭〃이 싸앗고나.

이도령 가만이 들어가셔 화쵸 속의 몸을 숨겨 츈향의 굿쳐 살펴보니 츈향의 거동 보쇼. ᄉ창을 반기ᄒ고 오동복판 거문고의 시 줄 언져 줄 골나 빗기 안고, 공쥬 감영 쳥심빅이 승방쵸의 불 달여놋코 불우리로 압 갈이고, 셤〃옥슈을 들어다가 줄 고을 제, 디현은 농〃 노롱의(22뒤) 우음니요, 쇼현은 녕〃 쳥학의 쇼리로다. 칠월편 외오면셔 거문고로 화답ᄒ다.

"칠월유화여든 구월슈의 ᄒᄂ이라. 일지일필발ᄒ고, 니지닐늘널ᄒ난니, 삼지일우ᄉᄒ고, ᄉ지일거지ᄒ난니, 녀피남묘ᄒ거든 젼쥰지희ᄒ난이라."

덩지둥덩징

"디인난〃〃〃ᄒ니 게슘오야 오경니라."

둥덩

"츌문망〃〃〃51) 월괘52)오동 샹〃지라."

둥지둥

"아마도53) 빅난지중의 디인난니라."

지두둥덩지

영상 도〃54)리로 즈진 안니 울라55)는 거동, 스람의 간중을 다 녹인다.

니도령니 한참 듯다가 기침 한 마듸을 흐엿던니, 춘향이가 쌈짝 놀나며 거문고 비켜놋고 가마니 망견타가 안방56)의 건느가셔 져의 모물 찌우는데

"어머니, 이러나오. 화게 속(23앞)의 인적이 잇쇼. 어머이 어셔 일어나오."

춘향 어머니가 쌈짝 놀나

"안젹이 무어시니?"

문 펄젹 열쩌리고

"무어시 왓나, 헷갑비가 완나. 방정마진 계집아희 무어셜 보고 그랴는냐?"

노랑머리 비켜 쫏고 집팡막디 걸터 집고 헌신쪽 직〃 썰고

"니 집이 도젹니 완나? 동니 글방 아희들니 잉도 도젹질 완나보다."

이리져리 나오면셔

"모란화 그늘 속의 은근이 안진 거시 신동인가 션동인가? 봉니 쳔티 엇다 두고 누구을 보즈고 여긔을 완나?"

니도령이 무안ᄒᆞ여 이러셔며 디답ᄒᆞ되

51) 『문장』지에는 '출문 망망망망월래'로 되어 있는데, 원문에는 '출문망〃〃〃'으로 되어 있다.
52) 『문장』지에는 '래'로 되어 있는데, 원문에는 '쾌'로 되어 있다.
53) 『문장』지에는 '도'가 빠져 있다.
54) 『문장』지에는 '들'로 되어 있는데, 원문에는 '도〃'로 되어 있다.
55) 『문장』지에는 '올타'로 되어 있는데, 원문에는 '울라'로 되어 있다.
56) 『문장』지에는 '배'로 되어 있는데, 원문에는 '방'으로 되어 있다.

"할미집니 미쥬영쥰ᄒ다기로 술 스먹자고 니가 왓니. 목동이 요지 향화촌ᄒ니 츠문쥬가 니 안일세."

셔로 문답할 졔, 방즈놈 썩 나셔며

"여보, 들네지마오."

춘향 어미가 쌈짝(23뒤) 놀나

"너는 쏘 누군야?"

"칙방의 즈〃요."

"올치, 뇨년의 씹57)다리을 둘너메고 나온 년석. 작년의도 잉도 복스 홀터가던니 두 년셕이 쏘 왓고나."

"여보, 쩌들지 말고 남의 말 좀 들어보오."

"말이 무슨 말인니?"

"오날〃 칙방 도련님 모시고 광할누 피어셔 갓던니, 츈향인가 무어신가 츄쳔을 ᄒ다가 도련님 눈의 들켜셔 셩화갓치 불너달나 ᄒ기의 불으러 간즉, 좀년의 게집이가 편지 씨기을 오날 져역의 오라 ᄒ고 쩍집이 산병 맛츄듯, 사긔장스 종지굽 맛츄듯, 져의끼리 군우ᄒ고 볼광나셔 가즈기로 달니고 온 일니지, 언늬 바삭의 아들놈 욕 먹으러 왓쇼. 고 년니 아지도 못ᄒ고(24앞) 욕만 더럭〃〃 ᄒ여가오."

춘향 어미 말 듯고 잔도러치는 말니

"칙방 〃즈 고두쇠냐. 어둔 밤의 몰나고나. 니가 너의 어먼이와 졍동갑일다. 노야지 말아. 져긔 칙방 도련님냐? 귀즁ᄒ신 도련님니 심야 삼경의 무슴 일노 와 게신고?"

니도령니 츰 오닙이라 무안ᄒ여

"즈네 짤과 어약이 잇기로 유의미망 츠져왓네."

---

57) 『문장』지에는 'ⅹ'로 되어 있는데, 원문에는 '씹'으로 되어 있다.

춘향 어미 ᄒ난 말이

"여보 도련님, 그런 말삼물낭 두 번 마오. 닌 딸 춘향 미물ᄒ여 친구 왕닌 젼여 읍고, 스쏘 만일 아으시며 우리 모녀 두 신세는 부지ᄒ경 될 거시니 어셔 밧비 도라가오."

이도령 ᄒ는 말이

"할미, 그는 념녀 마오. 스쏘도 쇼시의 우리 압집니 최쇠누임 친ᄒ여가지고 기(24뒤)구녁 츌님ᄒ다가 울타리 가지의 눈퉁이을 걸커미여 겻쑤뎌기가 엿터 인닌. 념녀 말고 들어가셰."

춘향 어미가 그 말을 듯고

"귀중ᄒ시는 도련님이 밤즁의 오셧다가 공힝으로 도라가면 피츠셥〃 할 터인이 잠간 단녀가옵쇼셔. 춘향아, 니리 좀 오느라. 칙방 도련님이 오셧고나. 어셔 밧비 나와 영졉히라."

춘향이 디답ᄒ되

"누가 왓쇼요?"

"귀킥이 오셧고나."

"귀킥이면 누구시요?"

"일가란다."

"엇지 되는 일가요?"

"네가 모로지 알긴이. 쵼슈을 일너쥬마. 네게 디면 ᄌ근오라비 맛누의 시아반이 큰아들의 외죠부 숀ᄌ스회다. 날노 디면 오라번니 싱길스회다. 원당 근당 모도 디면 도합니 일빅스십여쵸일다. 갓가니 게 쵼ᄒ면 복죵칠쵼일다."

춘향이가 듯고 죠(25앞)와라고

"닌 평싱 원ᄒ기를 일가 업셔 ᄒ일던니 일가란니 반가워라."

연보을 ᄌ조 음겨 도련님 영졉ᄒ다.

　　당상의 올라셔며 좌우울 살펴보니 기동의 붓튼 입츈 작소치봉함셔
지요 금일천관ᄉ복너라. 원득삼순불노쵸 비헌고당학발친을 두렷시
붓쳐잇고, 동벽을 발라보니 진쳐ᄉ 도연명이 핑퇴녕 마다ᄒ고 츄강의
비을 쩟여 시상으로 가는 경과 쥬나라 강틱궁이 션팔십 궁곤ᄒ여 위
슈변의 낙슈쩌을 들이우고 쥬문왕 기다리는 경을 녁〃히 글여잇고,
셔벽을 발아보니 황산관 황도덩이 쩌오는 기러기 맛치랴고 쳘궁의 왜
결을 먹여 흥허복(25뒤)실 비졍비팔 젼츄 남산우타 북희경으로 삼지
을 맛쳐 슘통이 터지도록 쏫가지 밧ᄌᄒ여 싹지손 눌너쩨니 번긔갓치
쌀은 살이 바람갓치 근너가 기러기 쥭지 마져 공중의 빙〃 도는 거슬
져 활양 바드랴고 궁시을 팔의 걸고 말의기를 졋게 쓰고 쥬츔〃〃ᄒ
는 거동 녁〃히도 글여고나. 남벽을 바라보니 승손ᄉ호 네 노인이 바
독판을 압혜 놋코 한 노인 흑지 들고 이만ᄒ고 안졋다가 천하지중 일
엇다고 션우슴치고, 쏘 흔 노닌은 쳥의황건의 빅우션을 쥐고 승부을
보다가 츈일이 심곤이라 흔 무릅 싹지 끼고 쏩싹〃〃 죠는 경과, 쏘
한 노인은 황의쳥건의 쳥녀장 호리병 탈고 흔(26앞) 손은 등의 언고
허리을 반만 굽혀 바둑 훈슈 ᄒ노라고 흑지 놋코 쥭는다고 말노는 못
ᄒ고 발노 미쥭〃〃ᄒ는 양을 빅지 노인 눈치 치고 훈불청 일불퇴 작
졍ᄒ고 훈슈다 눈 흘기이 져 논인 무안ᄒ여 얼골이 붉거지며 이만치
도라셧는 경과 쳥의동ᄌ 홍의동ᄌ 쌍승토 쏙고 식둥거리 입고 차관의
ᄎ을 부어 지셩으로 권ᄒ는 경을 역〃히 붓쳐잇고, 북벽을 바아보니
한 죵실 유황슉이 남양 초당 풍셜 중의 슘고초례ᄒ랴 ᄒ고 관공 장비
달니시고 거름 죠흔 젹토마을 치을 언져 밧비 모라 융중을 다〃른니
시문니 반기흔데 동ᄌ 불너 문답ᄒ며 슘난 셔 잇시되 쵸당의 공명션
싱 빅우션 손의 쥐고 안셕을(26뒤) 의지ᄒ여 디몽을 ᄭ우노라고 언년이
눈은 경을 현넌니 붓쳐잇고 견ᄉ호 십중싱을 법쥬 ᄎ져 붓쳐고나.

방안을 들어가니 침형니 축비ᄒ고 각장〃판, 쇼라반ᄌ, 황유지, 굽도리, 빅능화 도비ᄒ고, 셰간도 찰난ᄒ다. 용장 봉장, 게, 두쥬, 자기함농, 반다지, 각게슈리, 둘미장, 게자다리, 옷거리, 철침, 퇴침, 벼루집, 피힝담 죠흘시고. 쌍봉 그린 빗졉고비, 용두머리, 장목비, 요강, 타구, 지터리, 유경춧디, 천동화로, 빅탄피, 고은 슈복, 부ᄉ디, 짐희간쥭 길게 맛쳐 쥭으로 셰워놋코, 희ᄊ 노흔 오동 셜합의 평안도 셩천쵸을 쓸물의 쵹〃이 축여 가득이 너허두고 순호 필통 붓 쏘ᄌ 셰원는데, 당쥬지 분쥬지을 쥭〃이 쏘아녹코 스셔슴경 의긔 춘츄 길〃이 쏘(27앞)아두고, 인물병, 모란병, 손슈병 둘〃 말아 봉쵹ᄌ, 디단이불, 션단요, 원앙금, 줏벼기을 반다지의 쏘아녹코, 자지쳔의 집슈건을 홧디의 걸어두고, 쇄금경디 반만 다더 머리맛터 비켜녹코, 화문등미, 만화방석, 빗죠흔 호탄ᄌ을 줄 맛츄워 쌀아녹코, 좌종시게 자명죵을 여긔져긔 거러녹코, 의거리 화류문갑 좌우의 벌여녹코, 오동복판 거문고와 싱황 양금 기약고을 여긔져긔 거러고나.

춘향이 거동 보쇼. 셩홍젼 썰쳐펴며

"도련님 이리 안지시오."

니도령이 황숑ᄒ여 두 무릅흘 공슌이 쑬고 안ᄌ시니, 춘향니가 담비 담아 빅탄불의 졈간 디여 홍상자락 부여쥽아 보도독 씨셔 둘너쥽고

"담비 즙슈시오."

니도령니 두 손으로 공슌이 바다들고

"춘향아, 숀님 디졉 ᄒ(27뒤)노라고 슈구가 디단ᄒ다."

춘향 어미가 노랑머리 비켜 꼿고, 곰방디 빗기 물고, 춘향 겻헤 안져 쌀 ᄌ랑 ᄒ여가며 횡셜슈셜 잔쇼리로 밤을 시오러난고나. 니도령이 민망ᄒ여 춘향 어미을 싸려흔들 눈치도 모로고 져 왼슈을 치우는데 니도령니 의ᄉ 니여 두 손으로 비을 잡고

"익고, 비야!"

쇼리쇼리을 지르면셔 좌불안셕 ᄒ는고나. 츈향 어미가 거불 너여

"니거시 웬일인가? 광난인가, 회츙인가? 이질 곰질의 청심환을 니여라. 슈환반을 드려라. 싱강차을 달여라."

급피 흘여 쩌너흐되 일호동졍 읍셔고나. 츈향 어미가 겁을 너여

"〃보 도련님, 정신 츠려 말 좀 ᄒ게. 니젼의 알튼 본병인가? 각금〃〃 그어ᄒ여 무슨 냑(28앞)을 쓰오릿가?"

"냑 머어 쓸디업지."

"그리ᄒ면 엇지 홀가?"

"젼보텀 으즁이 나게도면 뜻〃헌 비을 디면 돌이는데."

"여보, 그리ᄒ면 관게홀가? 니 비나 맛더여보세."

"그만 두게, 쓸데업데. 늘근이 비는 쇼함 읍데."

츈향 어미 니 눈치 알고

"어허 닌졔 알게고나. 늘거지면 쓸디업지. 죽는 거시 슬지 안어도 늑는 거시 더욱 슬다. 그리ᄒ면 나는 간다. 너의끼리 ᄒ여보라."

쩔쩌리고 건너간니, 도련님니 그져야 일어 안져

"인져 죠금 난는고나."

츈향이 정신 업시 안졋다가

"도련님 엇더시요?"

"관겨치 안이ᄒ다. 날이 각가이 오너라. 네 인물 네 틱도는 쳔만고의 무쌍일다. 안거라 보즈, 셔거라 보즈. 숭긋 우셔라 이쏙을 보즈. 아장〃〃 건일어셔 빅만교틱 다 불여라."

만쳡쳥(28뒤)산 늘근 범이 살진 암킥 물어다놋코 흥을 겨워 논일듯시 옥슈도 만져보며 머리알도 만지면셔

"네 셩이 무어시냐?"

"셩가요."

"더욱 좃타. 니 셩은 니가다. 이셩지합 엇더흐냐? 쏘 나이 몃 살인고?"

"이팔이요."

"나는 사사십육일다. 싱일는 언졔냐?"

"하ᄉ월 쵸팔일 ᄌ시요."

"나는 그달 그날 희시니, 〃 상흐고 밍낭ᄒ다. 동년 동월 동일 싱의 시가 죠금 틀녓시이 우리 아바지가 한 무릅만 다거쑤어시면 니나 너의 어먼이가 불슈산을 것구로 ᄌ셔더면 동시싱이 될번 ᄒ엿고나. 츈향아, 화쵹동방 여ᄎ양야의 슐 업시난 무미ᄒ다."

츈향이 향단 불너

"만노란님게 쥬효 찰녀여거(29앞)든 들여오라."

츈향 어미는 능ᄭ문이라. 쥬효을 진비할 졔 팔모졉은 티모반의 안셩유긔, 실굽다리의 동닉반상, 왜스긔의 가진 안쥬 담아고나. 쳥실니, 황실니, 싹근 성율, 졉은 쥰시, 용안 여주, 당디쵸을 녹코, 오식 졍과, 문어, 젼북쏨의 화치를 겻들리고, 약과, 다식, 즁빅기며, 귤병사탕, 오화탕 녹코, 더양푼 갈비찜, 쇼양푼 연계찜, 신셜노 겻들리고, 무싱치 겨란 언져 젼골의 기름 둘너 사지 ᄭ조 들여녹코, 두 귀 발쪽 숑편, 먹기 죠흔 꿀셜기, 셰붓치 갈되쩍, 슈단, 경당 꿀 버물여 증편을 겻들리고, 보기 죠흔 숑기, 죠악 웃기로 언졋는데, 싱쳥, 겨즈, 쵸즁 등속 틈〃이 셰여녹코, 문어 젼복 봉오려 디구 밧쳐 올여녹코, 쳥유리병의 빅쇼쥬 넉코, 빅뉴리병의 홍쇼쥬 넉코, 노ᄌ족 잉무네을 호박디예 밧쳐쪼나. 츈향이 바다 들여녹코,

"도련님 약쥬(29뒤) 잡슈시요."

"부어라 먹즈. 너도 먹고 나도 먹어보즈. 장츄미셩 놀아보자."

일ᄇᆡ일ᄇᆡ 부일ᄇᆡ을 진취케 먹은 후의 횡셜슈셜 쥬졍ᄒᆞ며 거문고을 만지면셔

"츈향아, 이거시 무어시냐?"

"거문고요."

"옷칠ᄒᆞᆫ 괴냐? 무엇ᄒᆞ는 거시냐?"

"타는 거시지요."

"타면 ᄒᆞ로 몃 이나 가노?"

"ᄯᅳᆫ는 거시요."

"ᄯᅳᆫ는단이 잘 ᄯᅳ드면 몃 죠각이나 ᄯᅳᆫ는냐?"

"쥴을 희롱ᄒᆞ면 풍뉴 쇼ᄅᆡ 나셔 노ᄅᆡ을 화답ᄒᆞ는 거시요."

"이ᄋᆡ 그리ᄒᆞ면 한번 노아보ᄌᆞ. 너는 거문고로 화답ᄒᆞ면 나는 별〃 쇼ᄅᆡ ᄒᆞᆫ번 ᄒᆞ마."

"그렵시다."

츈향이 셤〃옥슈을 들어다가 쥴 골나 비켜안고, 징징둥덩 지두둥덩〃58)

"어셔 ᄒᆞ오."

니도령 취흥을 못 이긔여 노ᄅᆡ을 부르는데

"황셩의 허죠벽산월리요, 고목의 진입창오운이라 ᄒᆞ던 한퇴지로 ᄒᆞᆫ짝ᄒᆞ고, 치셕(30앞)강 명월야의 긔경승청ᄒᆞ던 니청년 ᄶᆞᆨ을 짓고, 곡강츈쥬 젼의ᄒᆞ던 두공보로 웃짐쳐셔, 취과양쥬귤만거ᄒᆞ던 두목지로 말몰여라.

둥덩〃

"낙ᄒᆞ여고목제비ᄒᆞ던 왕ᄌᆞ안으로 ᄒᆞᆫᄶᆞᆨᄒᆞ고, 모기니창냥뉴ᄉᆞᄒᆞ던

---

58) 『문장』지에는 '징징둥덩 지둥덩지 두둥덩덩'으로 되어 있는데, 원문에는 '징징둥덩 지두둥덩〃'으로 되어 있다.

왕환지로 쪽을 짓고, 셔〃59)방쵸밍무쥬ᄒ던 쵀호로 웃짐쳐셔, 춘풍
도리화기60)야와 츄우오동엽낙시라ᄒ던 빅낙쳔 말몰여라."

둥지둥덩.

"편쥬부호ᄒ여 오강의 침셔시ᄒ던 범여로 흔쪽ᄒ고, 쇼거빅마로 죠
위죠셕ᄒ던 오즈셔로 쪽을61) 짓고, 뉵십근반일두ᄒ야 숭마시가용ᄒ던
염파로 웃짐쳐셔, 졍질좌유ᄒ고 완벽이 귀ᄒ던 인숭녀로 말몰여라."

둥덩지덩.

"츄구부암ᄒ여 궐상유쵸ᄒ던 부열로 흔쪽ᄒ고, 영슈의 셰이ᄒ고
긔손의 거포ᄒ(30뒤)던 쇼부로 쪽을 짓고, 위슈의 낙시 녹코 이디문왕
ᄒ던 강즈이로 웃짐쳐셔, 분슈의 침즈미ᄒ고 동강의 밧 가던 엄자릉
말물녀라."

둥덩지둥.

"도궁이비슈현ᄒ고 파ᄒ슈허쳥금ᄒ던 형경으로 흔쪽ᄒ고, 즁금동
힝ᄒ여 곌목면피ᄒ던 셥졍으로 쪽을 짓고, 슴젼슴부ᄒ여 투비ᄒ단ᄒ
던 죠말노 웃짐쳐셔, 숑즈당의 격츅ᄒ여 방황불인거ᄒ던 고졉니로 말
몰녀라."

둥덩〃〃.

"신퓌뉴국숭인ᄒ고 힝과낙양ᄒ던 쇼진으로 흔쪽ᄒ고, 입위친숭ᄒ
고 츌위〃숭ᄒ던 즁의로 쪽을 짓고, 졀협납치ᄒ야 양ᄉ칙즁ᄒ던 범슈
로 웃짐쳐셔, 츌이방합ᄒ고 공슈견죠왕ᄒ던 슌우곤으로 말몰녀라."

둥덩둥62).

---

59) 『문장』지에는 '셜'로 되어 있는데, 원문에는 '셔〃'로 되어 있다.
60) 『문장』지에는 '리'로 되어 있는데, 원문에는 '기'로 되어 있다.
61) 『문장』지에는 "ᄒ고 쇼거빅마로 죠위죠셕ᄒ던 오즈셔로 쪽"이 빠져 있다.
62) 『문장』지에는 '둥덩둥덩'으로 되어 있는데, 원문에는 '둥덩둥'으로 되어 있다.

"젼필승공필취ᄒ던 흔신으로 흔쪽ᄒ고, 운쥬유악지즁ᄒ여 결승쳘 니ᄒ던 댱ᄌ방으로 쪽을 짓고, 육츌긔게ᄒ던(31앞) 진평으로 웃짐쳐셔 두발이 승지ᄒ고 목지진열ᄒ던 번캐로 말몰녀라."

둥덩〃〃.63)

"좌진관즁ᄒ여 부졀양도ᄒ던 쇼하로 흔쪽ᄒ고, 뉴관입읍ᄒ여 칙칙 거견즁ᄒ던 역이긔로 쪽을 짓고, 즁후쇼문ᄒ야 농안뉴씨ᄒ던 쥬발노 웃짐쳐셔, 시호〃〃 부지니ᄒ던 곽쳘노 말몰녀라."

둥지덩둥덩.

"쵸우64)남궁의 긔신으로 흔쪽ᄒ고, 와그죠졀ᄒ여 슈발이빅ᄒ던 쇼 무로 쪽을 짓고, 츙신불ᄉ니군ᄒ고 널녀불경니부라 ᄒ던 왕쵹으로 웃 짐쳐셔, 지셰죽난ᄒ고 쾌란니도ᄒ던 민복이로 말몰녀라."

둥지둥덩.

"게명구도지웅의 밍승군 흔쪽, 도병부〃금난ᄒ던 실능군 쪽을 짓 고, 편〃탁셰귀공ᄌ 평원군 웃짐치고, 식긱니 셥쥬리ᄒ던 춘신군으로 말몰녀라."

둥지덩〃.

"즁칙쥬지ᄒ던 둥으로 흔쪽ᄒ고, 디슈즁군 풍니로 쪽을(31뒤) 짓고, 유지지ᄉ경경ᄒ던 경감으로 웃짐쳐셔, 안젹좌영ᄒ던 마원으로 말몰 녀라."

둥지둥덩.

"쳥빅유ᄌ숀ᄒ던 양빅니로 흔쪽ᄒ고, 부급죵ᄉᄒ던 니고로 쪽을 짓고, 복미걸윤ᄒ던 장강이로 웃짐쳐셔, 불우반근착졀이면 무이별이 긔라ᄒ던 우호로 말몰녀라."

---

63) 『문장』지에는 '두덩두덩'으로 되어 있는데, 원문에는 '둥덩〃〃'으로 되어 있다.
64) 『문장』지에는 '옥'으로 되어 있는데, 원문에는 '우'로 되어 있다.

둥진둥덩.

"니십의 남뉴강회ㅎ던 사마쳔으로 흔쪽ㅎ고, 요지년의 투도ㅎ던 동방삭으로 쪽을 짓고, 동도부 짓던 반고로 웃짐쳐셔, 후셰의 양ᄌ운이 지〃라 ㅎ던 양웅이로 말몰녀라."

둥지둥덩.

"휴지불탁ㅎ고 증지불쳥ㅎ던 황혼이로 흔쪽ㅎ고, 쥬찰인ᄉㅎ고 야관쳔승ㅎ던 곽틴로 쪽을 짓고, 불의강어ㅎ던 이응이로 웃짐쳐셔, 쳔ㅎ모희ㅎ던 진월네로 말몰녀라."

둥지둥덩.65)

"빅(32앞)니부미ㅎ던 ᄌ로〃 흔쪽ㅎ고, 원술 셕승의 회귤ㅎ던 육젹이로 흔쪽ㅎ고, 션침ㅎ면 황향이로 웃짐쳐셔, 병이 엇던 왕승이로 말몰녀라."

둥지둥덩.

"오관쳔즁ㅎ던 관운중으로 흔쪽ㅎ고, 아두을 품의 안고 일신니 도시답이라 ㅎ던 죠운으로 쪽을 짓고, 중판교 승의 퇴각빅만ㅎ던 댱익덕으로 웃짐쳐셔, 할뉴기포ㅎ던 마밍긔 말몰녀라."

둥지둥덩.

"남양풍셜즁의 쵸당츈슈죡ㅎ던 졔갈양으로 흔쪽ㅎ고, 변슈이망ㅎ던 셔〃로 흔쪽ㅎ고, 규슈연환게ㅎ던 봉츄션싱으로 웃짐쳐셔, 금즁고항셩의 지영웅이 졀층ㅎ던 슈경션싱 말몰여라."

둥지둥덩.

"젹벽강명월야의 횡식부시ㅎ던 죠밍덕으로 흔쪽ㅎ고, 쳥미ᄌ쥬의 문뇌실져ㅎ던 뉴황슉으로 쪽을 짓고, 협ᄉ일인(32뒤)ㅎ던 쵸픽왕으로

---

65) 『문장』지에는 '둥지덩'으로 되어 있는데, 원문에는 '둥지둥덩'으로 되어 있다.

웃짐쳐셔, 건국부인지복을 웃고밧든 스마의로 말몰여라."

둥지둥덩.

"북창평풍흐의 회황승인이라 흐던 도년명으로 흔쪽흐고, 강좌풍유
지승의 스동손으로 쪽을 짓고, 승순의 바둑 두던 스호로 웃짐쳐셔, 화
음시승의 디쇼츌녀흐던 진단으로 말모여라."

둥지둥덩.

"츌장입승흐던 니졍니로 한쪽흐고, ㅈ죽여슈흐던 니젹이로 쪽을
짓고, 빅ㅈ쳔손 곽분향으로 웃짐쳐셔, 슉쳥궁금흐던 셔펑왕으로 말몰
여라."

둥지둥덩.

"쳔흐도리가 진지공문흐던 쳑양공으로 흔쪽흐고, 쳔츄금감녹 짓던
댱구령으로 쪽을 짓고, 녹야당의 음쥬음시흐던 비진공으로 웃짐쳐셔,
육곤잠66) 들이든 니덕유로 말몰녀라."

둥지둥덩.

"픠교의(33앞) 걸녀흐던 밍호연 흔쪽흐고, 목밍불밍심흐던 댱젹이
로 쪽을 짓고, 슈죽고퇴형흐던 가도로 웃짐쳐셔, 오언시가 말니중셩
갓던 슈중경으로 말몰여라."

둥지둥덩.

"궁도곡흐던 완젹으로 흔쪽흐고, 요간졀웅흐던 필입으로 쪽을 짓고,
흐삽슈지흐던 뉴령으로 웃짐쳐셔, 은어쥬흐던 셕만경으로 말몰녀라."

둥지둥덩.

"션쳔흐우흐고 후쳥흐낙흐던 범희문으로 흔쪽흐고, 죠쳔흐어틱손
지안흐던 한위공으로 쪽을 짓고, 〃죽이 부셩흐던 굴희공으로 웃짐쳐

---

66) 『문장』지에는 '장'으로 되어 있으나, 원문에는 '잠'으로 되어 있다.

셔, 쇼ㅅ는 호도ㅎ고 디ㅅ는 불호도ㅎ던 여단으로 말몰녀라."

둥지둥덩.

"지쥬슈교불여줌ㅎ던 왕원지로 흔쩍ㅎ고, 니빅어면ㅎ여 명문천ㅎ라 ㅎ던 구양슈로 쩍을 짓고, 청풍은 셔리ㅎ고 슈파은 불홍니라 ㅎ던 쇼동파로 웃짐쳐셔,(33뒤) 위슈의 심장월이라 ㅎ던 황노직으로 말몰여라."

둥지둥덩.

"난졍쳡 짓던 왕희지로 흔쩍ㅎ고, 여즁명필 위부인으로 쩍을 짓고, 황견유부 외숀희구라 ㅎ던 치즁낭으로 웃짐쳐셔, 여쵸한으로 징봉ㅎ던 회쇼로 말몰녀라."

둥지둥덩.

"능디ㅈ투ㅎ던 한빙 쳐로 흔쩍ㅎ고, 낙화유ㅅ탈위인ㅎ던 녹쥬로 쩍을 짓고, 파경이부 합성도시ㅎ던 악충공쥬로 웃짐쳐셔, 단니니셔ㅎ던 ㅎ후영녀로 말몰녀라."

둥지둥덩.

"ㅅ동년ㅎ던 반쳡녀로 흔쩍ㅎ고, 거안졔미ㅎ던 밍광으로 쩍을 짓고, 션곡긔부ㅎ던 즁지 쳐로 웃짐쳐셔, 호가십팔박 짓던 치문희로 말몰녀라."

둥지둥덩.

"즁ㅅ무ㅎ던 됴비년으로 흔쩍ㅎ고, 엄누ㅅ단봉ㅎ던 왕쇼군으로 쩍을 짓고, 보〃67)싱년화ㅎ던 반희로 웃짐쳐셔, 옥슈후졍화 노리ㅎ던 장녀화로 말몰녀라."

둥지둥덩.

---

67) 『문장』지에는 '볼'로 되어 있는데, 원문에는 '보〃'로 되어 있다.

"취무교(34앞) 무력ᄒ던 셔시로 흔쪽ᄒ고, 첨향정의 방겹ᄒ던 양티진으로 쪽을 짓고, 디월셔승ᄒ허던 잉〃으로 웃짐쳐셔, 빅두음 짓든 탁문군으로 말몰녀라."

둥지둥덩.

"희영중중의 남ᄌ중ᄒ던 우미인으로 흔쪽ᄒ고, 봉의경의 년환계ᄒ던 쵸션으로 쪽을 짓고, 믹승의 겨승ᄒ던 진나부로 웃짐쳐셔, 부지어랑 목난으로 말몰녀라."

둥지둥덩.68)

"빅옥셩 회답ᄒ던 영양몽쥬 흔쪽ᄒ고, 거문펌논ᄒ던 난낭공쥬 쪽을 짓고, 양뉴ᄉ 화답ᄒ던 진겨봉 웃짐쳐셔, 위션위귀ᄒ던 가츈운 말몰녀라."

둥지둥덩.

"검무ᄒ던 심요년으로 흔쪽ᄒ고, 용궁의 승봉ᄒ던 빅능파로 쪽을 짓고, 한단 명기 게셤월노 웃짐쳐셔, 남보롱힝ᄒ던 적경홍 말몰녀라."

둥지둥덩.(34뒤)

"낙양과긱 풍뉴호ᄉ 니도령 흔쪽ᄒ고, 동정츄월 갓고 녹파부용 갓튼 춘향으로 쪽을 짓고, 봉구황곡 화답ᄒ던 거문고 웃짐쳐셔, 광홀누의 월노승 믿든 방ᄌ놈 말몰녀라."

지두둥덩.

"엇더하야?"

"그런 소리 좀 더 ᄒ오."

"남은 슐 더 부어라. 단원중취불원셩일다."

팔첩병풍 열쩌리고

---

68) 『문장』지에는 '둥지덩'으로 되어 있는데, 원문에는 '둥지둥덩'으로 되어 있다.

"거림도 줄 그리고 문치도 이승ᄒ다. 져 그림이 무어신야?"

"그거슬 모로시요? 오초은 동남탁이요, 건곤는 닐야부니, 악양누가 이 안이요."

"ᄶ 져거는 어듸몐야?"

"곡종인불견ᄒ고 강승슈봉쳥하이, 쇼승강니 게 안이요."

"ᄶ 져거는 어듸몐야?"

"슘슌반난쳥쳔의 이슈즁분빅노쥬니 봉황더가 이 안이요."

"그려면 ᄶ 져긔는 어듸몐야?"

"월낙오졔승만쳔ᄒ데 야반종셩이 도긱션ᄒ니 흔손스가 이 안(35앞)이요."

"ᄶ 져긔가 어듸메야?"

"비류직ᄒ슴쳔쳑의 의시은ᄒ낙구쳔ᄒ니 여순폭포 이 안이요."

"ᄶ 져긔가 어듸몐냐?"

"쳥쳔녁〃흔양슈요 방쵸쳐쳐잉무쥬ᄒ니 황학누가 이 안이요. 화동은 조비남포운이요, 쥬렴모권셔슨우ᄒ니, 등왕각 니 안이요. 조위운모 위우ᄒ니 무손십니봉 니 안니요."

"참 골 그렷다. 오도즈의 그림닌야? 화졔도 잘 도엿다."

"왕쇼군 그려니던 모년슈가 그렷치요."

춘향의 손을 줍아

"이리 안져라. 양인이 다졍ᄒ니 빅년히로 ᄒ여보즈."

졋가슴도 만지면셔

"스람 간즁 다 녹는다."

춘향이가 쩌다밀며

"어요 여보, 간지럽쇼. 망영이요, 쥬졍니요? 일가라던니 그리시요?"

"일가라도 무촌은 관계치 안니ᄒᆞ다. 슴싱[69] 각긔 일워보즈."

춘향이 괴좌ᄒᆞ여 엿즈오되

"도련님 말슴은 좃쇼만는 도련님은 귀공즈요, 쇼년은 쳔기온니, 지금 아직 욕심으로 글이져리 ᄒᆞ셧다가 ᄉᆞ쏘 만일 알르시면 도련님 을나가셔 고관(35뒤)디가 셩취ᄒᆞ여 금슬지낙 보실 쩌의 쇼녀갓튼 쳔쳡니야 쑴의나 싱각ᄒᆞ시릿가?"

니도령 디답ᄒᆞ되

"네 말니 미거ᄒᆞ다. 장부일언니 즁쳔금이라 ᄒᆞ엿난니, 오날밤 금셕 슝낙ᄒᆞ고 달은 곳의 즁가 들 쇠아들 복가먹을 놈 업다. 니 손슈 즁미 ᄒᆞ마."

춘향이 엿즈오되

"그러시면 일즁 슈긔나 ᄒᆞ여쥬오."

"글낭은 그리ᄒᆞ라."

지필먹 니여녹코 일필휘지 ᄒᆞ엿시되

'우슈긔ᄉᆞ짠은 아는 낙양지호ᄉᆞ요, 넌는 호남지명기라. 우연등누상 봉ᄒᆞ니 운간지명월이요, 슈즁지연화로다. 금야 슴경의 빅년동낙지밍으로 셩포니 십약유후일비약지폐거나 타인슝졉지단니거든 니차문긔로 고관빙고ᄉᆞ라. 졍유 원월 십슴일 야의 긔쥬의 니몽용이요 증인의 방즈 고두쇠라.'

쎠셔 쥬니 춘향니 ᄇᆞ다 이리 졉고 져리 졉어 금낭의 간슈ᄒᆞ고

"도련님 들(36앞)어보오. 무쪽지언이 비쳘니라 ᄒᆞ엿시니 부디 죠심ᄒᆞ오. ᄉᆞ쏘 만일 아르시면 우리 모녀 결단니요."

"글낭은 넘녀 말아. 슐 부어라, 합반쥬나 ᄒᆞ즈. 우리 두리 빅연 어약

69) 『문장』지에는 '승경'으로 되어 있는데, 원문에는 '슴싱'으로 되어 있다.

민즈시이 천만세을 유젼ㅎ즈. 너는 죽어 회양 김셩 들어가셔 오리목이
되고, 나는 죽어 충농클 도냐 밋혜셔 슷가지 꿋혜셔 밋가지 홰〃친〃
감겨닛셔 평셩 풀니지 마즈고나. 너는 죽어 음양슈라는 물니 되고, 나
넌 죽어 워낭시가 되야 물 우희 둥실〃〃 쩌셔 노즈고나. 너는 죽어
닌경니 되고, 나는 죽어 맛치가 되야 져녁은 숨십숨쳔 시벽은 니슈팔
슈 응ㅎ여 남 듯기는 인경 쇼리로되, 울이 둘은듯 츈하츄동 스시즁쳔
쩌나지 마즈고나. 너는 죽써들낭 암돌쪽귀가 되고, 나는 죽써들낭 슛
돌져귀가 되야 분벽스충 여닷칠 졔마다 삗드득〃〃〃 노족고나."

춘향이가 ㅎ는 말니

"셤〃ㅎ고 약흔 몸니 싱젼 스후를 밋테(36뒤)만 잇셔리요."

"그리하면 죤 슈가 잇다. 너는 죽어 밋똘 웃쏙니 되고, 나는 죽어
밋쪽이 도야 암쇠가 즁쇠을 물고 빙〃 돌고 놀즈고나."

"그럇시면 죳쇼."

"춘향아, 야심ㅎ얏시니 그만져만 즈[70]면 엿더ㅎ냐?"

"도련님물낭 어셔 쥬무시요. 소년는 아직 잘낭 멀엇쇼. 외올쓰기
잔쥴 누비여 아문쥴 더 누비고, 학두루미 밥 먹기고, 화쵸밧테 물 퍼
다가 쥬고, 담비 닷더 먹고, 고문고 줄 늣추어 걸고 잘 터인즉, 니 염
여는 마옵쇼셔."

니도령이 긔가 막혀

"오날밤은 그리 긴냐? 후늘 ㅎ고 어셔 즈즈."

춘향 할일업셔 치마 버셔 홰의 걸고, 션단요, 디단니불, 원앙침을
놉도낫도ㅎ게 편토록 벌여놋코, 화류문갑 열쩌리고, 민강사탕, 오화당
을 니여 입의 물고 질경〃〃 씹다가 셔츠슉늉 양치ㅎ고, 요강 타구 짓

---

70) 『문장』지에는 '만'으로 되어 있는데, 원문에는 '즈'로 되어 있다.

더리을 지판의 담어 빗커놋코

"도련님 어버시요."

니도령 ᄒ는 말리

"미스는 간쥬인이라 ᄒ엿시니 너 먼(37앞)져 버셔라."

"도련님 말슴니 올쇼. 쥬인이 시기는 디로 ᄒ라는 말슴인니 도련님
니 먼져 버스시요."

"츈향아, 조흔 슈가 닛다. 슈″쪗기ᄒ여보즈. 지는 스람니 먼져 벗
기 ᄒ즈."

"그렵시다. 도련님니 먼져 ᄒ오."

"그려면 너 안다″″ ᄒ니 먼 손 보고 졀ᄒ는 방아가 무어시냐?"

"방아지 무어시냐."

"쏘 안다″″ ᄒ니 더″ 곱스둥니가 무어시냐?"

"나 모르깃다."

"그거슬 몰나? 시오란다. 너 졋지. 쏘 안다″″ ᄒ니 안진 고리, 션
고리, 쒸는 고리, 입는 고리가 무어시냐?"

"그런 슈″쪗기도 인나? 나는 모로깃소."

"니 일음 들어보쇼. 안진 고리 동고리, 션 고리 문고리, 쒸는 고리
기고리, 입는 고리 져고리지, 그거슬 몰나? 인졔 너 졋지. 무슨 핑계
ᄒ려는냐?"

"도련님 니 할 거시니 알아닉오."

"어셔 ᄒ여라."

"도련님 안다″″ ᄒ니 손임 보고 먼져 인스ᄒ는 기가 무어시요?"

"긔지 무어시냐."

"쏘 안다″″ ᄒ시니 셔모 파는 중스가 무어시요?"

"셰숭에 그런 중스쏘 잇나? ″ 모로깃다."

"얼어미 즁ᄉᆞᆯ 몰나요?"

"올컨이, 춤 그러(37뒤)코나."

"쏘 안다〃〃 ᄒᆞ니 나는 긔, 차는 긔, 미는 긔, 치는 긔가 무어시
요?"

"나 모로깃다."

"나는 긔는 쇼리긔, 차는 긔는 노리긔, 미는 긔는 고밀긔, 치는 긔
는 도릭긔지, 그것도 몰나? 인졔 셔로 비겻지요?"

"츈향아, ᄉᆞ람 죽깃고나. 어셔 ᄌᆞ〃. 먼져 버셔라."

츈향니 노야라고 벽을 안고 잉도을 딴다. 니도령니 무안ᄒᆞ여

"이이 츈향아. 노야는냐? 이리 오게."

셥〃셰요 얼셔 안고

"이리 오게."

츈향이 ᄲᅮ리치며

"어요 여보, 듯기 실쇼. 아모리 쳔기라고 그더지도 무례ᄒᆞ오?"

니도령 ᄒᆞ는 말이

"무슴 말 노얏는냐? 잘못ᄒᆞᆫ 걸 일너다고."

츈향이 돌아안져

"여보 도련님, 들어보오. 남가녀혼 쳣날밤의 실낭신부 셔로 만나
금슬우지 질길 ᄶᅥ의 신부을 볏기랴면 큰머리, 화관족도리, 금봉ᄎᆞ, 월
귀탄 벗겨놋코, 웃져구리, 웃치마, 단속것, 바지ᄭᅡᆯ 글너 볏긴 후의 신
낭니 나종 벗고 신부을 안아다가(38앞) 이불 속의 안고누어71) 속〃것
끈 글너 엄지발고락 심을 쥬어 �꼭 집어 발치로 미죽〃〃 밀쳐놋코 운
우지낙이 좃타는데 날더러 손슈 버스라 ᄒᆞ니 반슝지분의가 잇소. 이

---

71) 『문장』지에는 '이불 속의 안고누어 속의 안고누어'로 되어 있는데, 원문에는 '일불
속의 안고누어'로만 되어 있다.

다지 셜게 ᄒ오?"

니도령 긔가 막혀

"이이 츈향아. 그런 쥴을 몰ᄂ고나. 지니보지 못ᄒᆫ 일을 칙망ᄒ여 무엇ᄒ리? 그리ᄒ면 니 볏기마."

츈향의 손목을 줍고 달여 치마ᄯᆫ 풀고, 바지ᄯᆫ 풀고, 도련님이 활젹 벗고

"츈향아, 그져 ᄌ기 무미ᄒ니 ᄉ랑가로 노라보즈."

츈향이을 두루쳐 업고

"어허둥〃 니 ᄉ랑, 남충북충 노젹갓치 담불〃〃 ᄊ인 ᄉ랑, 넘펑 바다 그물갓치 고고마다 미진 ᄉ랑, 어허둥〃 니 간〃 니지."

엇기 너머로 도라보며

"니 ᄉ랑니지?"

"그어치요."

"이리 보와도 니 간〃 니지?"

"그어치요 도련님 고만 나려노오. 팔도 압푸지요? 나도 좀 어붑시다."

"오냐, 그야보즈. 너는 날을 억거덜낭 느지막이(38뒤) 어버다고. 도〃 어버 분슈 업다."

츈향니가 도련님을 두루쳐 업던이

"고만. 이고 나는 못 업깃쇼. 등어리의 충 나깃쇼. 마른 ᄯᅡᆼ의 말둑 박듯 쏙쏙 쩔녀 못 업깃쇼."

"그러키로 늦게 업어다고."

느즈막이 업고 셔셔

"어허둥〃 니 ᄉ랑, 티손갓치 놉푼 ᄉ랑, 하희갓치 깁푼 ᄉ랑, 둥그〃〃 니 간〃 이지. 이리 좀 보오, 니 ᄉ랑이지."

"그어치."

"니 셔방이지."

"아모려면."

"즁원급졔할 셔방, 교리 옥당할 셔방, 승지 참판할 셔방, 졍승 판셔할 셔방, 어허둥 〃 니 셔방."

잘니 〃 〃 흔들면셔

"니 낭군이지."

"그러치."

"우리 고만 ᄌ옵시다."

"오냐, 그리ᄒᆞᄌ."

"원앙금침 잣벼기을 우리 두리 벼고 누엇시니 누을 와ᄶ 비졈니요, 빅년가약 일위시니 질길 낙ᄶ 비졈니요, 너고 나고 누어시니 조흘 호ᄶ 비졈니요, ᄯᅩ질 공 홀들 요.72)"

"이이 춘향아, 이거시 왼닐인야? 하눌이 돈ᄶᆨ만 ᄒᆞ고, ᄯᅡᆼ이 미얌을 돌고, 인경(39앞)니 미방울만 ᄒᆞ고, 남디문니 바눌 군역만 ᄒᆞ고, 졍신이 왓다갓다 ᄒᆞ니,73) 아모랴도 야단낫다."

흔바탕 바슌74) 후의, 춘향이 도련님

비을 슬 〃 만지다가 이 ᄒᆞ나을 즙아들고

"즁아 〃 〃 쏴라. 상졔야 말녀라."

손톱의 올녀 녹코

"너을 죽여 보슈ᄒᆞᄌ. 나는 아리로 물을 ᄲᅡᆯ고, 너는 우ᄒᆞ로 필을 ᄲᅡ아 약ᄒᆞ신 도련님이 견딜 슈가 잇깃는냐?"

---

72) 『문장』지에는 '××× ×××'로 되어 있는데, 원문에는 'ᄯᅩ질 공 홀들 요'로 되어 있다.

73) 『문장』지에는 '××× ××××× ×× ××× ×× ××× ×××××× ×××× ×××××× ××× ××××××'로 되어 있는데, 원문에는 "하눌이 돈쪽만 ᄒᆞ고 ᄯᅡᆼ이 미얌을 돌고 인경니 미방울만 ᄒᆞ고 남디문니 바눌 군역만 ᄒᆞ고 졍신이 왓다갓다 ᄒᆞ니"로 되어 있다.

74) 『문장』지에는 '××× ××'으로 되어 있는데, 원문에는 "흔바탕 바슌"으로 되어 있다.

년놈이 얼셔안고 비도 살〃 문지르면

"우리 두리 이려드가 날리 곳 시면 엇지할가? 쥬야중쳔 써러지〃 말아시면."75)

이윽고 달기 울고 날리 시니, 츈향이 할일업셔 물의 일어나셔 성치 달이, 견체슈, 셥순젹 겻들여셔 장국상 갓다녹코, 일년쥬, 게당쥬, 꿀 물의 화청ᄒᆞ여 도련님니 잘니〃〃 흔들면셔

"일어나오. 무슨 일을 힘쎠 힛나, 이닥지 곤ᄒᆞ시오? 이어나오."

인몰을 덤셕 안고 쌤도 디(39뒤)며

"이러나오."

역구리의 손을 느셔 지근〃〃 간지리면셔

"그리도 안니 이러나오."

니도령이 션득 이러나며 눈 부비며

"너무 야단ᄒᆞ지 말아. 중부의 간중 다 녹는다."

희정으로 슐 마시고 할일업시 쩌나올 졔 지쳑동방 쳘니로다. 히는 어이 더듸 가며 밤은 어이 슈이 가노.

"닉일 져역의 다시 오마."

ᄒᆞ직ᄒᆞ고 도라올 졔, 신정미흡ᄒᆞ여 흔 거름 돌아보고 두 거름의 숀 짓ᄒᆞ여 칙방으로 돌아오니 츈향이 ᄒᆞ는 거동 눈의 암〃 여취여광 못 살깃다. 일일 승슈 글을 지여 방ᄌᆞ 불너 보라고홀 졔, 승문간의 요란

---

75) 『문장』지에는 'xx xxxxxx xxxx xxx xxxx xxx xxx xxx xxx xxxx xxxx xxxx xx xxx xxxx xx xxx xxxx xxx xxxx xxxx xxxx xxx xxx xxxx xxxx xxxx xxxx xxxx xxx xxxxx xxxx xxxx xxxx'로 되어 있는데, 원문에는 "빅을 슬〃 만지다가 이 ᄒᆞ나을 줍아들고 죵아〃〃 쏘와라. 상계야 말녀라 손톱의 올녀 녹코 너을 죽여 보슈ᄒᆞᄌ 나는 아리로 물을 쌜고 너는 우ᄒᆞ로 필을 쌘아 약ᄒᆞ 신 도련님이 견딀 슈가 잇깃느냐 년놈이 얼셔안고 비도 살〃 문지르면 우리 두리 이려드가 날리 곳 시면 엇지할가 쥬야중쳔 써러지〃 말아시면"으로 되어 있다.

커널

"이이 방ᄌ야. 슘문간이 요란ᄒ니 낙아보아라."

방ᄌ놈 단녀오던니 희식이 만면ᄒ며

"ᄉ쏘 닉직승품ᄒ셧나 보."

니도령 그 말 듯고

"닉직으로 올나가면 죠흘 거시 무어신냐. 져 놈도 나고 웬슈로고나. 닉직을 고만 두고 이 골 풍원나나 ᄒ엿시면 너게는 죤 일(40앞)일다."

발 동헌의 올나가니, ᄉ쏘임이 니방 불너 북향ᄉ비ᄒ고 유지을 써 혀보이 〃 죠참의 낙졈ᄒ여 급피 승경ᄒ라 ᄒ여고나.

ᄉ쏘 니방 불너 쥿괴 닥고 도련님 불너들여

"나는 지명일 써날 터인즉, 너는 닉일 닉힝 ᄉ76)당 다 모시고 먼져 올나가라."

니도령 니 말 듯고 천지가 아득ᄒ여 복중의 미친 마음 눈물이 비오 듯ᄒ미 얼골을 슈기지 못ᄒ고 천중을 쳐다보며

"닉일 비 오실 듯ᄒ오."

"이 〃 ᄌ식아. 너는 집반천긔ᄒ난냐. 져 ᄌ식이 무어슬 못 이져셔 져려노. 이 ᄉ이 가만이 본즉 글도 변 〃이 안이 익고 무엇ᄒ러 단녓노?"

"긱ᄉ의 싀 쐭기 잡으려 단여지요."

"싀 싀기는 즙어 무엇ᄒ노?"

"아바지 반촌ᄒ여 들이지요."

"그 ᄌ식 효성 잇다. 어셔 밧비 들어가셔 치힝졔구 밧비 ᄒ라."

도라셔 〃 눈물 씻고

"닉일 비가 압풀(40뒤) 듯흔데요."

---

76) 원문에는 '닉힝'과 '당' 사이이 'ᄉ'를 써넣었다.

"그 ᄌ식 별쇼리을 다ᄒ고 셧깃다. 썩 들어가라."

도련님 할일업셔 니안느로 들어오며 슈셩탄식ᄒ는 말니

"야슉ᄒ지 〃〃〃〃. 우리 음승 야슉ᄒ지. 무슨 션졍 ᄒ엿다고 니 직승품 윈일인고."

도포 쇼미로 낫츨 싸고 니안느로 들어간니 실니 부인 니다르며

"몽뇽아, 웨 일이 우는야?"

"아바지가 져를 싸린다오."

"무슨 일노 싸리던냐? 너을 나아 기를 젹의 불면 날가, 쥐면 써질가, 금옥갓치 길너니여 니가 후숀 잇자 ᄒ고 미 ᄒ 기을 안이 쳐셔 이만치나 길너썬니 미라는 게시 무어시냐. 졈쥰은 슈령 도야 ᄌ식이 줄못ᄒ거든 니안느로 들어와셔 죵아리을 칠 거시지, 공ᄉ방의 모라닛코 ᄉ미질니 윈일인고. 어듸를 치던냐? 우지 말고 말ᄒ여라."

"날더러 올나가란다오."

"가라거든 나고 가즈. 어듸을 마젓는냐?"

니도(41앞)령이 더부인 거동 보고 ᄒ번 들에질을 ᄒ던 거시얏다.

"올나가면 그거슨 엇져고 가요?"

"무슬 말닌니?"

"춤 얌77)ᄒ지."

"무어시 얌젼ᄒ단는냐?"

"쳔지의는 업슬텐이."

"엇젼 말인이?"

"즁가을 들면 그런 데 들어보게."

"쏙〃 말ᄒ여라."

---

77) 『문장』지에는 '얌젼'으로 되어 있으나, 원문에는 '얌'으로만 되어 있다.

"본읍 기성 월미 딸 춘향이 날과 동년 동월 동일싱이요, 인물이 일식이요, 문필이 뉴여ᄒ고, 지질이 등인듸 그거슬 발이고 가요? 나는 죽어도 달여갈 턴잇가."

듸부인 이 말 듯고

"어허 이게 왼말인이. 승푸동 그러켜의 글쇼리가 업던가보다."

머리치을 후여다가 션젼 시졍 통비단 감듯 홰〃친〃 감쳐줍고 손ᄌ승 비질ᄒ듯, 월승 봇고 치듯, 아쥬 쌍쌍 두달며

"죽일 놈. 이 말 듯거라. 미즁가 아히놈 부형 짜라 외방 괏다 기성 쳐가 왼일인이. 죠졍의셔 알게도면 과거도(41뒤) 못홀 거시요 ,일가의도 벌인 놈 도얏고나."

함부로 탕〃 두달리며 죽으라고 셔슐ᄒ이, 흔임들이 말뉴하여 몸을 쎼쳐 도망ᄒ여 칙방으로 나가면셔

"공연흔 말을 ᄒ고 션불만 질너고나. 니의 심졍 어반ᄒ다. 쳥편지 가져가니 믹 한 긔 더 싸리네."

머리을 쓰다듬고 몸은 압포도 춘향 싱각 간졀ᄒ여 모양 보아ᄒ나

"니일은 갈 터인즉 죽닌듸도 춘향 망죵 보고 ᄉ단의 말이나 ᄒ고 오리라."

칙방문 썩 나셔〃 즁터 뒤로 즁임78) ᄉ이로 이리져리 추져가며 니일 써날 싱각ᄒ이 병역이 누루는 듯 일월무광ᄒ여 시음 솟듯ᄒ는 눈물 비 오듯시 써러진이, 두 소믹로 낫츨 쓰며 이리 씻고 져리 씻셔 눈가쥭이 퉁〃 부어 ᄉ람 보기 어럽도다.

춘향 집 당도ᄒ이 향단이는 초당젼 화게밧테 물을 쥬다 도련(42앞)님 보고 반겨라고

---

78) 『문장』지에는 '즁잉'으로 되어 있는데, 원문에는 '즁임'으로 되어 있다.

"도련님 무[79]구을 쏘 속이랴고 가만〃〃 나오시요?"

중문 안 들어가이, 춘향모는 도련님 들니라고 밤춤 음식 중만타가 도련님 보고 반가라고,

"달는 스람도 스위가 이쳐럼 어엿분가?"

초당의 들어가니 춘향은 도련님 들이랴고 약낭의 슈를 놋타가 반겨 왈학 달녀들며 셤〃옥슈 들어다가 도련님 엇기 얼셔안고

"어셔 오게, 〃〃〃〃. 어이 글이 더듸던가. 춤아 글여 못 술깃네. 엇던 기셩 달이고 놀다 완나? 어늬 년이 눈의 듭던잇가. 무어셰 골물ᄒ여 날갓튼 년 이셧든가. 어셔 좀 안지시요."

니도령 긔가 막혀 슬름이 북밧치고 〃초 말이나 머근듯시 '하〃'ᄒ며 묵〃부답ᄒ난고나. 춘향니 도련님 얼골을 ᄌ셔이 보다가

"여보 도련님. 권군깅진일비쥬ᄒ야 슐 취ᄒ여 혼미ᄒ오?"

"안이."

임의 코도 디여 싹은〃〃 맛터보며

"그리면 오시다가 남북촌 활낭 만(42뒤)나 힐난ᄒ여 글녀시요?"

"안이."

"그리면 스쏘게 꾸중을 들엇쇼?"

"안이."

"그리면 셔울 일가딕 부음 편지을 보윗쇼?"

"안이."

"그리ᄒ면 무슴 일의 노여셧나? 우리 모녀간의 무슨 일을 잘못ᄒ얏는가?"

"안이."

---

79) 『문장』지에는 '누'로 되어 있는데, 원문에는 '무'로 되어 있다.

"그리호면 말을 호오. 젼당 줍은 쵸터갓치 박힌다시 우의 셧쇼?"

도련님 츈향의 호는 거동 보고 이별할 싱각호니 졍신이 아득호니 엇지호면 좃쇼. 눈물이 비오듯 입시울기 비쭉〃〃 두 소미로 낫츨 싸고 홀젹〃〃 우는 말이

"일가집 부음을 보고 이리헐 긔즛식 웁다."

"그러면 말슴을 호오."

"말호즈 호면 긔가 막혀 나 죽깃다."

츈향이 졍식호며 무릅 셰워 싹찌 찌고 흔심 슈며 호는 말이

"올치〃〃, 닌 알깃쇼. 도련님은 귀공즈요, 소녀는 쳔기라고 쳡의 집이 단인다고 스쏘게 쑤즁 듯고 빅년어약 후회 도야 져려시요? 속읍는 이 기집년(43앞)이 〃런 쥴은 모로고셔 외기러기 짝스랑으로 쌤을 디네, 손을 잡네, 오작히 실여실가? 혀등이을 쓴코지고. 듯기 실인 말 더호여 쓸디업고, 보기 실인 얼골 더 보이면 무엇할가? 져러케 실인 거슬 무엇호러 오셧든가? 슈원슈구 할 것 읍지. 닌 팔즈나 흔을 호지."

흔슘 시고 일어셔며 나가랴고 망셜일 졔, 도련님 긔가 막혀 츈향의 치마즈락 검쳐쥬고 업들녀셔 디셩통고 슬피 울며

"압다 이익. 남의 간즁 슬오지 말고 네나 닌 속 헷쳬다고. 엇져즈고 이리는냐? 속 모로는 말을 말아. 오나가나 이러호니 니를 엇지 호즈는냐?"

치마쓰락 뿌리치며

"속이 무신 속이여?"

"쩌러졋단다."

"쩌러지단이, 낙셩을 호엿나보그야. 디단니 닷쳣는가? 그럼 진죽 그럿타지. 어딘가 만져보세."

"낙셩을 ᄒᆞ여 목이 부러지면 이리 할 쇠아들 업다."

"그러면 엇젼 말이요?"

"ᄉᆞᄯᅩ가 갈넛단(43뒤)다."

쇽 읍는 져 츈향의 두80) 손벽을 쳑〃 치며

"얼ᄉᆞ졀ᄉᆞ 죠흘시고. 니 평싱 원훈 거시 셔울 숨님 원일던니, 평싱 쇼원 일워고나. 울기는 우왜 우나? 도련님 먼져 가고, 소녀 모녀 뒤의 가셔 졍결훈 집 ᄉᆞ셔 들고, 니 셰간 을녀다가 셔울 살임 원을 풀 졔, 도련님 즁가 들고 쳥운의 올을진디 폭폭이 미친 졍을 올〃이 풀 터인 데 무어시 슬워 져리 운나?"

도련님 그 말 듯고 가슴이 답〃ᄒᆞ여

"네 말은 죳타만은 니 ᄉᆞ졍 좀 들어보아라. 부형 ᄯᅡ라 외방 왓다가 기싱쥭쳡 ᄒᆞ게도면 일가의 시비 듯고 벼슬길도 틀인단니 ᄉᆞᄯᅩ 체귀시 의 너을 달여 가졋던이 인간의 말이 만코 조물이 시긔훈즉, 후일긔약 둘박게 슈가 업다."

츈향이 그 말 듯고 도화갓튼 고흔 얼골 노랏던니 시파리지며, 팔ᄌᆞ 쳥산 그린 눈셥 간즌죠롬ᄒᆞ게 쓰고, 왼몸을 꽁(44앞) 츈81) 미 몸갓치 휩쓰안고 도련님 턱 밋흐로 밧싹 다거안지며

"여보 도련님. 이거시 왼말이요? 달여가지쩐 〃〃82)이란니? ᄶᅥ이 란 말이 왼말이요? 말이라 ᄒᆞ는 거시 '어' 달으고 '이' 달으지. ᄶᅥᆫ니란 이 말씆마다 틀여간네."

셤〃옥슈 번듯 들어 쾌승을 탕〃 치며

"여보, ᄶᅥᆫ니란 츌쳐을 일너쥬오."

---

80) 원문에는 '두'가 첨가되어 있다.

81) 『문장』지에는 '본'으로 되어 있는데, 원문에는 '츈'으로 되어 있다.

82) 『문장』지에는 '가재쩐'으로 되어 있는데, 원문에는 '〃〃'(지쩐)으로 되어 있다.

가로귀는 치마즈락 쓱〃 찌져 니던지며

"오날이냐 스싱결단ᄒ나 보다. 후긔란 왼말이고 썬이란 말83)은 왼 쇼린가? 싱스람을 죽이지 말고 츌쳐을 일너쥬오. 엇던 년이 쏘이던가? 당쵸의 만날 쩌의 니가 먼져 스졋던가? 도련님이 스즈ᄒ고 고연이 잘잇는 슛식시을 허락ᄒ라고 바득〃〃 죠로든이 싱과부을 민들녀나. 니 집 ᄎᄌ쳐와셔 도련님은 져긔 안고 쇼녀 모녀 여긔 안즈 빅년히 로ᄒ즈 ᄒ고 싱즉동싱 스즉동혈ᄒ즈 ᄒ며 이별 마즈 ᄒ고 깁푼(44뒤) 밍셰 금석갓치 ᄒ던 말이 진졍닌가, 농담인가?"

홍공단 둘리 쥼치 쓴을 글너 열쩌리고 슈기 너여 펼쳐 노며

"이 글을 뉘가 썼나? 즁부 일언이 즁쳔금이라던이 ᄒᆫ 입으로 두 말ᄒ나? 내 손씰 마죠 줍고 화계쵸당 연못가의 쳥〃ᄒᆫ 말근 ᄒᆞ눌 쳔번만번 갈으치며 반석갓치 굿게 ᄒᆫ 말, 니 졍년 미덧더니 〃별ᄒ즈 말ᄒ야느."

삼단갓치 훗튼 머리 두 손으로 쓰더다가 싹〃 비벼 니던지며

"셔방 업는 이 게집이 세간 ᄒ여 무엇홀가?"

요강, 타구, 짓더리, 문방수우 드던지며

"여보 도렴님, 말 좀 ᄒ오. 틀니거든 시운ᄒ게 말을 ᄒ오."

분통갓튼 졋가슴을 함부로 탕〃 두달이며 즈탄가로 우름 운다.

"이런 년의 팔즈 잇나. 셔방이라 만나쩐이 일연이 치 못도야 이별 벗텀 압퓰 셰네. 이 노릇슬 엇지홀가."

치마 부여줍아 낫츨 싸고 준쥬갓치 흐른 눈(45앞)물 코쌕리을 쥐여쓰더 못홀 노릇 작〃ᄒ지. 니도령니 눈물 씻고

"우지 말아. 어84) 우는 쇼리의 즁부 간즁 다 녹는다. 어 쪽85)이나

---

83) 원문에는 '말'이 첨가되어 있다.

84) 『문장』지에는 '너'로 되어 있는데, 원문에는 '어'로 되어 있다.

니 속이나 오중은 일반일다. 우지 말고 말고[86) 그만 두어라. 니가 가면 아죠 가면, 아죠 간들 이즐숀야. 명년 숨월 화류시의 꼿츨 짜라 올 거시이 신만 지혀 잘 잇거라."

춘향이가 역정 니여

"듯기 실쇼, 듯기 실여. 이런딕도 니가 알고, 져런딕도 니가 알지. 아모려도 못 갈리다. 칼노 벗셕 지르고 갈가. 그 외의는 못 갈텐이."

"압다 야야. 셩품 호득ㅎ다. 몃 달만 참여시면 즁원급졔 츌육ㅎ여 쌍교의 달여가마."

"듯기 실쇼. 쌍교도 나는 실코, 즁독교는 금난이요, 원앙 츙〃 것는 말의 반부담도 나는 실여. 셔푼쏘리 길집신의 집팡막되 걸터 집고 져 츅〃 짜라가지. 그도 져도 못ㅎ것다면 도련님 허리쯰구혜 목을 미 여 디룡〃〃 달여가오.87) 나는 두고 못 갈리다."

안산님(45뒤) 길게 쓰며 담비디 쌍〃 쩌러 셩쳔쵸 셥분 담아 빅튼 불의 붓쳐 물며

"셰숭 인심 무셥고나. 죠고마흔 충기라고 흔 숀 졉고 ㅎ는 말이요? 오중니 부퓰러셔 담비도 못 먹깃다."

긴 중죽 쑥〃 썩거 운묵의 니던지며

"여보 도련님, 쑬 먹은 벙어리요? 좌우간의 말을 ㅎ오? 수싱간의 결단ㅎ셰."

한참 힐난헐 졔, 춘향모가 나온다. 힝기치마 두루치고, 노랑머리 볏 켜곳고, 곰방디 빗기물고, 흐늘〃〃 거러 나오면셔

"져것들 좀 보게. 졀문 것들은 만나면 ㅅ랑 ㅆ홈이것다. 거드럭 쏼

---

85) 『문장』지에는 '네 속'으로 되어 있는데, 원문에는 '어쪽'으로 되어 있다.
86) 원문에는 '말고'가 첨가되어 두 번 반복된다.
87) 『문장』지에는 '가도'로 되어 있는데, 원문에는 '달여가오'로 되어 있다.

샌질나."

충 박게 비켜셔셔 주셔이 들어보이 이별일시 분명커날, 어간마루 션득 올나 두 숀벽을 척〃 치며

"어허 별일 낫네. 우리집이 야단난네."

쌍창문을 열쩌리고 쥬먹 쥬여 쌀을 견우며

"에라 이 년, 물너가거라. 나도 흔 말 흐여보즈. 여보 도련님, 이별 말이 왼말니(46앞)요? 니 쌀을 벌인단다 무슨 ᄌ로 벌이시요? 디젼통 편 들여놋케. 칠거지악 범흐엿난가, 중공 줄못던가, 침션 방젹 못흐던 가, 얼골이 박식인가, 힝실이 부졍턴가, 좀쓸리을 줄못흐던가, 무슨 ᄌ 로 벌리시요? 팔십 먹은 이 늘근이가 그 쌀 흐나 길을 젹의 금지옥엽 갓치 고이 길너 싱젼ᄉ후의 의탁고ᄌ 일구월심일던이 무남동녀 쳘모 로는 어린아희 역튁 쇼야다가 빅년결약흐던이, 일년이 치 못도야 이 별 말이 왼말인가? 이거 양반의 ᄌ졔요, 오입흔 도례요, 게집의 디졉 이요? 몃 ᄉ룸을 망쳐놋코."

방쌔닥을 탕〃 치며

"동니 ᄉ람 들어보게. 오날 니 집 두 쵸승 난네. 에라 요 년. 이 ᄌ 리의셔 죽거라. 신체라도 져 양반어 치고가지. 져 양반 업게 도면 뉘 간중을 녹이랴노. 네 이 년 말 들어라. 네 마음도 고이흐여(46뒤) 양반 셔방 좃타던이 이 지경이 되는고나. 지체라도 너와 갓고, 인물도 너와 갓튼 봉황의 쏙을 어더 싱젼ᄉ후의 의탁할가 하눌갓치 발아던이 이 지경이 왼일인니. 너의 신셰나 니 팔ᄌ가 비할 데가 업시되이, 이을 엇지흐ᄌ는야? 괴승육이 도야신즉 두려울 게 바이 업닉. 우리 모녀 다 죽이게."

두 달이 헐젹 쎗고 두 무릅홀 두다리며

"이런 년의 팔ᄌ인니, 이고〃〃 셜은지고. 영감아 영감아, 날 줍어

가게. 여순 악귀야, 날 줍아가거라."

긴양죠로 흔참 울다가 이러셔며

"서울 양반 독ᄒ다지. 니 쌀 두고는 못 갈이다. 녯말의 일너시되 죠강지쳐는 불ᄒ당이라 ᄒ엿는이 즈, 읍시는 못 벌이지. 츈향아, 그 양반 압헤셔 죽어라."

츈향이 져의 〃모를 기유ᄒ여 니보니고

"여보 도련님, 니 ᄉ정 좀 들어보오. 도련님 올나가면 고관디가 성취ᄒ여 금실지낙 질길 쩌의 날갓튼 년 꿈의나 싱각할가.(47앞) 소녀 일신 헌신갓치 발이신면 양뉴쳔만ᄉ언눌 가는 츈풍 거러미며 녹엽이 낙화되면 어뇌 나뷔 도라올가. 시호〃〃 부지니라. 인싱이 부독향쇼년이지. 다시 졈기 어려외라. 츈월이 명난흔데 불꼿갓치 실은 승ᄉ, 심중의 왈부 나면 북쳔을 발아본들 ᄒ양 쇼식 묘년ᄒ다. 긴 흔슘의 피눈물의 이 쓴 셔음이 오방으로 들어와셔, 담비디 쌍쌍 쩌러 운묵의 치 쩌리고, 외로온 벼기 우희 입은 옷도 안이 벗고 벽만 안고 누어시이 젼〃반측ᄒ니 잠 못 일워 승ᄉ로 병이 되면 졔 독의 못 이기여 동손의 치달아 치마쓴 쒸고 바지쓴 쒸여 흔 긋츤 남게 미고, 쏘 흔 긋츤 목의 미여 공중의 쑥 쩌러져셔 디롱〃〃 달녀시니 틱빅손 갈가마귀 이니 일신 허닥한들 뉘라셔 우여라 펄〃 날녀줄가. 이 신셰를 어이할가? 두 말(47뒤) 말고 날 다려가오."

도련님이 눈물 씻고

"오야. 우지 말아. 신만 직혀 줄 잇시면 만날 쩌가 잇시리니 남의 가슴 틱오지 말아."

흔춤 힐난헐 졔, 방즈놈이 나오며

"여보 도련님, 야단낫소. ᄉ쏘게셔 성화갓치 부르시고, 디부인은 쌍가마 타고 심이는 가시고, ᄉ당은 니 모시고 후힝 업시 나가다가 어늬 지경 도얏는지 어셔 밧비 가옵시다. 거례ᄒ다 신쥬 긔 물어가깃쇼."

"에라 이 놈, 밋친 놈아. 너는 스람 닉 줄 마는 빗더즈식 붓터 난는야? 병환의 가마귀요, 혼인의 틀레발이로고나."

할일업시 일어셔셔

"츈향아, 쩌날 씨의 다시 오마."

츈향이 ″러셔며

"다시 오면 무엇ᄒ오? 이 줄리의 죽을 년이요. 네가네 쓸디웁지. 방종 보고 가시오."

니도령 ᄒ는 말이

"압다 야″, 긋 업는 말을 말고 잇다가 쥭네스네 절네판이엿다."

동헌의 들어가이, 스쏘 호령ᄒ되

"먼 길 쩌날 놈이 어듸을 가든고? 어셔 밧비 스당 모(48앞)시고 올88)나가게 ᄒ여라."

도련님이 니아의 들어가셔 스당 니힝 다 모시고 나귀 등 션득 올나 남문 박 썩 느셔며 쥬김심쳐 바아보니 춘향의 집 져기로다. 정신이 슬난ᄒ여 아모랴도 못가깃다.

잇써 춘향은 도련님 전별차로 주효을 출일 젹의 풋고츄, 져리김치, 문어, 전복 겻들여서, 황쇼쥬 화청ᄒ여, 향단이 위압셰우고 빅포중막 돌″ 말아 왼편 엽헤 언즛시고, 기림관노 젼송 간다. 오리졍 당도ᄒ여 빅포중막 둘너치고, 임 오기을 기달일 졔, 잔듸밧테 쥬져안져 신셰 자탄 우는 말이

"이고″″, 닉 신셰야. 이팔청춘 졀문 년이 동지야 ᄒ지일의 임 글이고 엇지 슬며, 죽자 ᄒ니 청춘이요, 스즈 ᄒ이 고셩일다. 평성의 쳐

음니요, 다시 못 볼 님이로다."

　신셰 ᄌ탄 우음 울 졔, 이도령은 츈향이 다시 보랴 ᄒ고 츈향의 집 차져가이, 집은(48뒤) 텅〃 비엿는데, 쳥습스리 ᄶ리 치고 반겨라고 달여든이

　"너의 쥬인 어듸 가고 나 온 쥴을 모로난야? 춍기라 ᄒ는 거시 쓸 디가 바이 업다. 만날 졔는 죽ᄌᄉᄌ ᄒ다가셔 쩌날 졔는 쓸디업다. 난는 져을 못 이겨셔 급흔 길의 왓건만는 미물ᄒ고 독흔 거슨 창기밧 게 다시 업다. 방ᄌ야, 말 몰녀라."

　방ᄌ놈 ᄒ는 말이

　"춍기라 ᄒ는 거시 도힝졍 그럿치요. 싱각ᄒ여 쓸디엽쇼."

　밧비 몰라 나갈 적의 오리졍 당도ᄒ니 쳐량흔 우음 쇼리 풍편의 들 이거날, 니도령 졍신 출여

　"방ᄌ야, 엇던 ᄉ롭 슬피 울어 나의 심ᄉ 비충ᄒ다. 엄누ᄉ단봉이 요, 함비향빅뇽ᄒ던 왕쇼군의 우름인야? 밧비 가셔 보고 오라."

　방ᄌ놈 갓다와셔

　"압다, 그 꼴은 스람은 못 볼네다."

　"누가 우던냐?"

　"누가 와셔 우는데 발 쩟고, 머리을 풀고, 잔듸밧츨 흔 길은 파고 우는데 불숭토고."

　"누구던야?"

　"말ᄒ면 기(49앞) 막키지요."

　"발은디로 일너다고."

　"알면 길 가기 어렵지요."

　"아마도 춘향이가 왓던가보다."

　"짐작은 어례ᄒ오."

"쳔ᄒ의 몹슬놈, 그닥지도 무도ᄒ야."

말게 쑤여날여 우름 쇼리 츠져가니, 갈 데 음는 츈향나라. 반갑기도 긔지 업다. 츈향의 가는 허리의 후리쳐 덤셕 안고

"여순폭포 돌 구듯시 너구나구 의셔 죽ᄌ. 참아 잇고 못 가깃다. 우지 말아, 〃〃〃. 봄ᄉ람이 너무 울면 눈도 붓고 목도 쉬여 봄ᄇ람의 낫치 튼다. 우지 발고 말 들어라. 할일업시 이별인즉 숑슉을 본바다 나 올 ᄺ만 기달여라."

츈향이 운89)물 씻고

"이거시 왼일이요. 불위금즈 당ᄒ 이별 이 안이 쳐량ᄒ오. 희슈직ᄒ말이심은 아ᄒᆼ 녀넝 이별이요, 쳔중지구유시진은 욱ᄒᆫ비즈 이별이요, 힝인귀려셕웅어는 망구셕 이별이요, 긔90)순강졍우미한는 이별ᄒ는 슈심(49뒤)이요, 도화담슈심쳔쳑은 이별ᄒ는 졍회로다. 홀견믹두양유식은 말니봉후 이별이요, 심양강 비파 쇼리 숭인 중 이별이요, 중중의 미인 이별 초ᄑᆑ왕도 우러잇고, 북히의 호회 이별 쇼중낭도 슬허ᄒ고, 쳔ᄒ의 모진 거시 이별밧게 ᄯᅩ 잇는가? 만권시셔 마는 글쪼 쪄날 이쪼 이별 〃쪼 진시황 분시셔의 그 글쪼만 남아쩐가? 이별이 만타ᄒ되 우리 이별 더 셜울가? 죽어 영이별은 남디도 ᄒ건만는 스러 싱니별은 싱쵸목의 불이 붓네. 도련님 가신 후의 인ᄂ 일신 영결이요."

도련님 그 말 듯고 두 쇼미로 낫츨 쓰고 지슝 맛난 숭인갓치 늣겨가며 슬피 울며

"츈향아, 박졀ᄒᆫ 말을 말아. 쥰는 너도 불숭ᄒ고 싱각ᄒ는 니 마음 그 안이 한심할야?"

츈향니 눈물 씻고

89) 『문장』지에는 '눈'으로 되어 있는데, 원문에는 '운'으로 되어 있다.
90) 『문장』지에는 '미'로 되어 있으나, 원문에는 '긔'로 되어 있다.

"하향천첩 춘향이야 죽어도 제 팔즈요, 스러도 제 팔즈이 천금일신 즁흐신 몸 쳘니원정 먼〃 길의 보즁(50앞)흐여 올너가오. 향단아, 슐 상 들나. 슐 흔 잔 망죵 잡슈. 첫지 젼년 상마쥬요, 둘지 즈는 합한쥬요, 셋지 잔는 이별쥬요, 쏘 흐는 상스쥬요. 춘향 싱각 잇지 마오."

슐 부어 먹은 후의 도련님 금낭 열고 면경 니여 춘향 주며

"디장부 구든 마음 거울빗과 갓튼지라. 날 싱각 나거덜낭 거울리나 열어보고, 신 직커고 줄 잇거라."

춘향이 흔슘 시고 면경 바이 간슈[91]흐고, 옥지환 션득 버셔 도련님 게 들니면셔

"게집의 말근 마음 옥빗과 갓튼지라. 쳔만년 진토된덜 옥빗치야 변흐릿가? 부디 흔 번 츳져와셔 만단 회포 풀어볼가."

방즈놈 달여들며

"여보, 니거시 이별이요? 지승을 만난가? 무슨 놈 일별 맛나 볼 졔 마다 년놈이 을셔안고 익고지고 함부로 탕〃 부듸지이 그짜위 이별 두 번만 흐게도면 쎅다귀 흐나 안이 남깃네. 어미가 죽엇나, 아비내가 죽것? 울기는 무슨 일고? 이별라 흐는 거시 '잘 잇거라' '평안이 가오' 이 두 마듸면 그만이거고만. 일어나오. 그만치 야단을 흐고도 승가 끗츨 몸[92] 니엿쇼? 어서 쩌납시다. 춘향아, 어[93]도 고만 줄 잇거라. 쳘 이을 가나 십이올 가나 흔쩌 이별은 불가위라. 밧비 가는(50뒤) 만힝 길의 게집아희 불길흐다."

춘향이 슐 부어 방즈 쥬며

"쳘이원정 먼〃 길의 도련님 줄 모시고 줄 단여 오너라."

---

91) 『문장』지에는 '바아 반수'로 되어 있는데, 원문에는 '바이 간슈'로 되어 있다.
92) 『문장』지에는 '못'으로 되어 있는데, 원문에는 '몸'으로 되어 있다.
93) 『문장』지에는 '너'로 되어 있는데, 원문에는 '어'로 되어 있다.

도련님 홀일업셔 나귀 등 션득 올나

"츈향 부디 줄 닛거라."

"도련님 부디 평안이 가오."

"〃냐, 부디 줄 잇거라."

흔 모롱이 도라가며 손을 들어 젼숑홀 제, 빅노만치 가치뵈야 아몰〃〃 안이 뵌다. 그 즈리에 털셕 쥬져안즈 신셰 즈탄 흐는 말이

"간다〃〃 간다던니 오날이야 아쥬 갓늬. 음셩도 젹〃흐고 형용도 묘연흐다. 쳥츈죽반호환낭의 봄을 쓰라 오려시나, 어늬 쎠 다시 올가? 이고 답〃 늬 일이야."

흔참 울 졔, 츈향모가 나온다.

"에라 이 년. 변시럽다. 이별도 남 달으다. 기싱이라 흐는 거시 이별거기 늑는이라. 나도 쇼시 구실홀 졔 디부을 셰량이면 숀까락어 압퍼 못 셰깃다. 압문으로 불너들여 뒤문으로 손짓흐되 눈물은컨이와 코물도 안 나더라. 쳣스랑 쳣이별은 그란니라. 시로 오는 신관 즈졔 인물도 일식이(51앞)요, 셰간이 즁안 갑부요, 오입의 즁경이요, 문즁는 니두란다. 어셔 될〃 들어가즈. 져러흐면 널녀 될가? 우은 입의 오좀이나 쌀이깃다."

춘향이 할일업시 도라가고, 니도령은 오리졍 이별흐고 나귀 등의 올나 안져 오리졍을 도라보며

"모지도다, 〃〃〃〃. 이별밧게 다시 업늬. 광할루 줄 잇거라. 다시 보즈, 오죽교야."

셜음이 북밧쳐셔 지숭 만난 승졔쳐럼 이고〃〃 울구갈 졔, 방즈놈 치[94]을 들어 나귀 등 후리치며 도련님 당긔 씃츨 가마이 글너놋코 부

---

94)『문장』지에는 '책'으로 되어 있는데, 원문에는 '치'로 되어 있다.

지런니 달녀와며

"어이〃〃 상스 말심이야. 무슨 말을 ㅎ올잇가?"

니도령이 원순 집고 우다가셔

"천ㅎ의 몹슬 놈아. 머리믓치 풀어져셔 슨발이 도엿시되 일녀쥬지 안이ㅎ고 어이란이 무어신야?"

"머리 풀고 이고〃〃 ㅎ니 조숭ㅎ는 말이지요."

"의라 이 놈, 밋친 놈아. 말이나 천〃니 몰아가즈. 쏭문이의 씌⁹⁵⁾눈 박이깃다. 졀통ㅎ고 원통(51뒤)ㅎ다. 만고졀식 츈향이올 어늬 씨의 다시 볼가? 날 발아고 잇다흔들 번화지〃 창기로셔 그져 잇기 만무ㅎ지."

그렁져렁 슈일만의 경셩의 득달ㅎ여 고을 ㅎ일 보닐 씨의 만지중셜 편지 쎠셔 방즈 쥬며 ㅎ는 말이

"편지 갓다 츈향이 쥬고 몸 죠이 잘 잇다가 후긔을 기달이라 ㅎ여라."

방즈놈 ㅎ직ㅎ고 쩌나가고, 츈향은 향단니게 붓들여 도라와셔 방안을 슬펴보니, 무게지망〃이라.

"향단아, 수건 드고. 두통 난다."

져타슈건으로 며리 동이고 자리 우희 업들여셔

"웬슈로다, 〃〃〃〃. 졍니란 게 원슈로다. 졍 드즈 니별ㅎ이 심스 둘 데 젼혀 업다. 도련님 게실 씨의 날을 보고 죠와라고 호치ㅎ야 ㅎ는 말이 귀의 징〃 못 잇깃고, 졍〃용모 고흔 얼골 눈의 암〃 보이는 듯. 셔창니 얼은〃〃 커날 님이 왓나 열고 보니 그림즈 날 속엇니. 이고〃〃 니 일이야. 니문 닷고 발 쩌여라. 차져올 이 젼혀 업다."

분벽스충 구지 닷고 거문고 줄(52앞)을 쓰더 집씨위 언지면셔

"너도 셰월 쩟다 화듭할 이 뉘 잇는야?"

---

95) 원문에는 '쎅'로 되어 있다.

슈졀할 쯧슬 두고 승스로 일습을 졔, 이 씨 구관은 올나가고 신관
이 낫스되 남촌 호박골 변흑도라 ᄒᆞ는 양반이 호식ᄒᆞ여 남원 츈향 명
기란 말을 풍편의 넌짓 듯고, ᄒᆞ로날붓터 신영ᄒᆞ인 기달일 졔, 잔득
졸나러 나흘만의 신영ᄒᆞ인 현신ᄒᆞ다.

"이방, 공방, 토인, 급증, 굴노스령 현신ᄒᆞ오."

신관이 풀갓끈 뒤짐 지고

"여보이라. 이방 게 잇는냐?"

"네."

" 〃 고을이 몃이나 되기의 이졔야 현신ᄒᆞ노?"

"졋스오되 뉵빅칠십이로 알의오."

"네 고을의 무어시 잇지?"

이방 막지기고ᄒᆞ고

"잇는 쥴노 알외오."

"무어시 잇노?"

"졋스오되 뎌셩지승문션왕, 안징, 명현, 공신 게옵신 명눈당도 잇스
옵고, 향쳥의 좌슈, 별감도 잇는 쥴노 알외오."

"그 놈 말 잘 ᄒᆞ노. 그 밧게 업나?"

"기싱이 랼[96]십명으로 알외오."

"어반ᄒᆞ다. 글야 양이도 잇지?"

"졋스오되 양도 잇삽고, 염쇼도 슈십 필이 있는 쥴(52뒤)노 알외
오."

"그 놈 밋칠 몸이로고. 줄 가다가 염쇼는⋯. 스람 양이가 잇지?"

"예. 활양보 잇는 쥴노 알의오."

---

96) 원문에는 '랼'로 되어 있는데, 문맥상 '팔'로 보는 것이 타당하다.

"안이로다. 이런 정신 어□[97] 잇슬고? 금시 싱각ᄒᆞ엿다가 그 ᄉᆞ이 깜빡 이졋고나. 이 기싱 양이가 잇지?"

니방 알아듯고

"예. 기싱 춘향이 잇ᄉᆞ오되 전등 ᄉᆞᄯᅩ ᄌᆞ제와 빅년기약ᄒᆞ온 후 더 비졍쇽ᄒᆞ온 쥴노 알외오."

"올치 올치. 니방 뜻〃ᄒᆞ거든 아직 물너 잇ᄃᆞ가 쇽히 날여갈 터인즉, 치힝 졔구을 맛치 차려 등ᄃᆡᄒᆞ렷다."

"예."

니방 나오며 혼ᄌᆞ말노

"항아리는 큰 항아리을 가져간나보다."

치힝 졔구 찰릴 졔, 이슴일 지닌 후의 이방 불너 분부ᄒᆞ되

"닉일 오시의 발힝ᄒᆞ면 모레 오시면 득달할가?"

"관 힝차 길은 열ᄒᆞ로만니라야 득달ᄒᆞ는 쥴노 알외오."

"그 ᄯᅢ까지 웃지 참을가? 아모커나 닉일 오시의 셩마ᄒᆞ렷다."

"네."

명일 오시 상나 발힝할 졔, 신관 치장 볼족시면 삼빅

"모커나 닉일 오시의 ᄉᆼ마ᄒᆞ렷다."

"녜."

명일 오시 상마 발힝홀 졔, 신관(53앞)치중 볼족시면 숨빅[98]오십테졔모립에, 게알갓튼 경쥬탕건, 외올망근, 당ᄉᆞ끈의 진옥관ᄌᆞ 셜빈의 딱 붓치고, 십양주 남창의에도 홍ᄯᅴ 눌너ᄆᆡ고, 식 죠흔 별년을 좌우쳥중 벗쳐노코, ᄊᆞᆼ가마의 ᄃᆡ부인 모시고, 요〃병교, 금난중교, 나중혼

---

97) 『문장』지에 이 부분이 빠져 있다. 원문에는 한 글자가 뭉개져 있다.

98) 원문에도 "모커나 닉일 오시의 ᄉᆼ마ᄒᆞ렷다 네 명일 오시 상마 발힝홀 졔 신관치중 볼족시면 숨빅"가 중복되어 있다.

쌍〃 압셰우고, 나99)즁ᄉ령 치중 보쇼. 입구ᄶ 통양가셰, 키 갓튼 공족미, 밀화 갓ᄯᆫ 달아 씨고, 혹슴승갓치 옷셰, ᄉ발 갓튼 왕방울을 덜넝〃〃 꽁문의 ᄎ고, 굴노ᄉ령 치례 보쇼. 슴승□100) 노랑후의 늘닐 용ᄶ 싹 붓치고, 유목비즁 빅목 감어 흔 쪽 억씌 언머이고, 좌우급즁 치례 보쇼. 즁낭, 통목닙의, 외올망근, 디모관ㅈ, 진ᄉ당줄 압홀 쎄여 팔ㅈ격으로 언즛 씨고, 흔포단, 허리씌, 쵸록 즌두리, 쥼치, 쥬황당ᄉ ᄃᆫ을 ᄭ야 즁등을 활젹 풀고, 좌우의 벌여셔〃 청즁줄을 갈녀즙고, 금즁쇼리 셔리갓다. 일ᄉᆞᄉ지 거동 보쇼. 빅공단 밧탕의 청슈화쥬 션을 둘너 ᄌ지 녹피 ᄃᆫ(53뒤)을 달아 바람겨의 펄녕〃〃. ᄂ즁, ᄉ령, 굴노, 급즁 벽졔쇼리 진동흔다. ᄉᄶ 뒤의 ᄯᆯ로난이 회게, 칙방, 즁방니며, 신영슈로, 슈비슈, 토인, 부담마의 놉피 안져, 칼ㅈ지, 공발리, 번틕흔인, 심이의 버러쩌라.

남디문 붝 썩 나셔〃 칠퍼 쳥퍼 비다리 돌머로 동젹강 얼는 근너, 승방뜰 남티령 과쳔읍 즁화ᄒ고, 밧슐막 갈미 ᄉ근너 슈원 뜰의 슉소ᄒ고, 팔달문 니달아 승유쳔 ᄒ유쳔 디황교 죽밋 오뮈 지위 뜰어 즁화ᄒ고, 칠원 쇼싀 셩환 슉쇼ᄒ고, 빗토리 시슐막 쳔안 즁화ᄒ고, 삼거리 진게역 덕셩원 활원 몰원 광졍 쩍젼거리 공쥬 뜰에 슉쇼ᄒ고, 놉푼 힝길 문에밋 얼는 지나 노셩 즁화ᄒ고, 평쵼넉 얼는 지나 은짐 슉소ᄒ고, 닥다리 황화졍 이능 기울 얼는 지나101) 여산이 즁화로다. 익손 뜰에 슉쇼ᄒ고, 긴등을 얼는 지나 슴녜을 즁화ᄒ고, 젼쥬 긔명 슉소ᄒ고, 잇튼날 년명(54앞)ᄒ고, 밧비 쩌나 노고바위 임실을 즁화ᄒ고, 남원 오리졍 다〃르이, 뇩방관속지영디 후흔흔다.

99) 『문장』지에는 '나'자가 쳠부되어 있다.
100) 『문장』지에는 '겹사'로 되어 있는데, 원문에는 한 글자가 뭉개져 있다.
101) 『문장』지에는 "은짐 슉소ᄒ고 닥다리 황화졍 이능 기울 얼는 지나"가 빠져 있다.

이방 호중 예방 병방 각창석 도셔원 중교 집스 디긔치 늘어셰고, 아희 기싱 녹의홍승, 어른 기싱 쳑쳘입호오. 쳥영집스 니다르며 입성 포호라 방포호고, 쳥도 한쌍,102) 금고 흔쌍, 쥬쥭 흔쌍, 동남각 셔북각 영기 열쌍, 곤중 두쌍, 쥬중 두쌍, 납팔 흔쌍, 쇼라 흔쌍, 바아 흔쌍, 기고 영젼 압셰우고, 펴도기원 월도르어 셰고, 쇼고, 쵸란 죽디호고, 슐영슈 불너 디답호고, 쥴안양각 디ㅈ, 티호라 나누103)뿌쩌 부중니 요란호며 흐자포호고 말긔 나려 긱104)의 단녀 도님할 졔, 팔십 명 기싱들이 좌우의 늘어셔 〃 지흐ㅈ 쇼리호며, 다담숭 올여놋코 기싱 불너 권쥬가 호며, 일니숨비 먹글 젹의, 져 여러 기숭 틈의 츈향 녜호고 난 후 별디문안 후의 신관이 공스늘 호랑니면 환숭 젼결 물은 후의 공스을 호는 거시 안이라, 우션 기싱 졈고(54뒤) 먼져 호라 호고, 후중 불너 분부호되

"기싱 도안 둘여놋코 졍고호라."

호니, 관속들리 공논호되

"쏭황아리 가져왓다."

호중이 기싱 도안 들여놋코 츠례로 호명호다.

"중츄팔월십오야의 광명 좃타, 츄월리."

"예, 등디호엿쇼."

"숭역이홍원 이월화, 부귀105)강산 츈외츈이."

"예, 등디요."

"일낙셔손 어둔 밤의 월츌동영106) 명월리 왓는야?"

---

102) 『문장』지에는 '싁'로 되어 있는데, 원문에는 '쌍'으로 되어 있다.
103) 『문장』지에는 '는'으로 되어 있는데, 원문에는 '누'로 되어 있다.
104) 『문장』지에는 '려객'으로 되어 있는데, 원문에는 '긱'으로만 되어 있다.
105) 『문장』지에는 '수'로 되어 있는데, 원문에는 '귀'로 되어 있다.

"예, 등디요."

"봉니 방중 들어가셔 즁승불수 셔엽이 완나?"

"예, 등디요."107)

"죽쇼요함셔 치봉이 완는야?"

"예, 등디요."

"지지차순 운심이 완는야?"

"예, 등디요".

"옥토금셤108)황아궁의 게월이 완는야?"

"예, 등디요."

신관이 골을 니여

"져 만혼 기싱을 그럭키 부루탕이면 몃칠니 될 쥴 모로깃다. ᄌ죠
불너라."

"숭셜불변 죽엽이 완는야?"

"예, 등디요."

"동영슈 고숑졀이 완는야?"

"예, 등디요."

"독좌유 탄금이 완는야?"

"예, 등디요."

"ᄉ군불견 반월이 완는야?"

"예, 등디요."

"어쥬축슈 홍도가 완는야?"

"예, 등디요."

---

106) 『문장』지에는 '역'으로 되어 있는데, 원문에는 '영'으로 되어 있다.
107) 『문장』지에는 "봉니 방중 들어가셔 즁승불수 셔엽이 완나 예 등디요"가 빠져 있다.
108) 『문장』지에는 '선'으로 되어 있는데, 원문에는 '셤'으로 되어 있다.

"목동이 요지 향화가 완는야?"

"예, 등디요."

"긱ᄉ쳥 〃 유식신ᄒ이 잉 〃 이(55앞) 완는야?"

"예, 등디요."

"구월승풍 국화 완는야?"

"녜, 등디요."

"엄동설한 찬바람의 홀노 피여 셜중미 완는냐?"

"녜, 등디요."

"졍슈무풍야ᄌ파의 슈파가 완는냐?"

"녜, 등디ᄒ엿쇼."

"게도난쇼ᄒ즁펴의 치련이 완는냐?"

"녜, 등디요."

"화엽니하죠쳡ᄒ이 년화가 완는냐?"

"녜, 등디ᄒ엿쇼."

ᄉ쏘 호령ᄒ되

"그거시 다 무슨 쇼린고? 일홈만 ᄌ죠 부르라."

"예. 만쳡쳥소 들어가이 어109)뷔 업다, 범덕이 완느냐?"

"예, 등디요."

"그랴도 그러케 부루것다."

"옥난이?"

"예."

"년 〃 니?"

"녜."110)

---

109) 『문장』지에는 '야'로 되어 있는데, 원문에는 '어'로 되어 있다.
110) 『문장』지에는 '녜'가 빠져 있다.

"힝심이?"

"예."

"월선이 완는냐?"

"녜."

"향단이 완나?"

"예."

"부젼이 완는냐?"

"예."

"옥셤이 완는냐?"

"녜."

"호월리 왓나?"

"녜."

"봉션이, 봉션이111) 완나?"

"예."

"취란이 완나?"

"녜."

"취션이 완는냐?"

"녜."

"쥐겹 완는냐?"

"예."

"년향이 완나?"

"예."

"년홍이 완는냐?"

---

111) 『문장』지에는 '봉션이 봉석이'로 되어 있는데, 원문에는 '봉션이'를 두 번 불렀다.

"녜."

"션월이 왇는냐?"

"녜."

"희동션이 왇는냐? 쏭덩이 왇나?"

"녜."

"바금이 짝졍이 다 오느라."

"여보아라. 기싱니 급쓴인다?"

"졋ᄉ오되 원비 춘향 잇ᄉ오되 젼등 ᄉ쏘 ᄌ졔와 빅년결약ᄒ와 더
비졍쇽(55뒤)ᄒ은 즐노 알외오."

"져 여러 기싱들을 ᄎ례로 안치라."

동헌 뜰 너른 마당 줄〃이 안쳐놋코

"져 년 나이 몃 술인다?"

"소녀 나는 일곱 살이요."

"죠런 방졍마진 년. 몃 살벗터 친구 보완노?"

"네 술의 구실 들어 다셧 살붓터 슈쳥ᄒ엿쇼."

"요 녀 즁니 죠달ᄒ엿다. 못쓰깃다. 닉모러라."

"쏘 죠 년은 몃 술인고?"

홍도가 나을 즐리고 퇴박 만은 거슬 보고, 나을 훨젹 늘여

"쇼녀은 아흔다셧술이오."

"아 인년, 날보덤 왕존즁이로고나. 아셔라, 닉모러라."

"져 년은 코가 엇지리 큰야. 못 쓰깃다. 닉모러라."

"져 년은 눈이 실눈이라. 졉은 반푼어치 업깃다. 닉모러라."

"져 년는 이마가 되박이마로고. 보기 슬타 닉모러라."

"져 년은 얼골리 푸루이 식탐 만아 셔방 잡깃다. 닉보너라."

"져 년은 키가 져리 큰니 입 마쵸ᄌ면 ᄒ촘 올나가야 되깃고나. 닉

보니라."

"져 년은 □□□112)숙붓터 미련ᄒ여 못쓰깃다."

"져 년은 입이 져리 클졔야 거긔은 디단ᄒ깃다. 니모러라."

쏭덕이 얼근 얼골 밉시(56앞)을 니랴 ᄒ고 분 닷 되, 물 두 동니 치릅의 반쥭ᄒ여 얼골의 믹질ᄒ고 되비ᄒ고 힛발을 안고 안져시이, 엉거름이 벌러져셔 죠각〃〃 써러진이

"져 년 밧비 니모러라. 승방의 빈디 터지기쌰. 그 만흔 기싱 ᄒ나 눈의 든는 년이 업단 말인가? 어보아라, 춘향을 밧비 디령시기되, 만일 지완ᄒ는 폐단 닛거든 절박착니ᄒ라."

형방 분부 듯고 영이흔 ᄉ령 틱츌ᄒ여

"츈향 밧비 불너들리라."

녕 날이니 구노ᄉ령 나간다.

잇써 츈향이는 도련님 이별ᄒ고 두문ᄉ긱 병이 도냐 신음ᄒ고 누엇든이, 방ᄌ놈 날여와셔

"이이 츈향이, 줄 잇던야?"

츈향 반겨 니달르며

"도련님 평안니 모셔다 두고 줄 단여완는야? 쳘이원경 믄〃 길의 노독 업시 가시든야? 너 오는 편의 편지나 ᄒ시든냐?"

"편지 잇다."

"빅번 당부ᄒ시던냐?"

"날 싱각 다시 말고 눈의 드은 셔방 어더 줄 술나고 당부터라."

츈향이 편지 바드면셔 눈물리 믹건니 듯건이 ᄒ는고나. 방ᄌ놈

"나는 밧비 들어간다. 후ᄎ 다시(56뒤) 오마."

---

112) 원문에서는 후대에 누군가가 글자를 훼손시켜 판독이 불가능하다. 『문장』지에는 '져만이'로 되어 있다.

"줄 들어가거라."

춘향 눈물 씻고 편지 보니 비봉의 남원읍 춘향간 즉젼이라 슘천동 셔신이라 흐엿고ᄂ. 쪄고 본니 흐여씨되

'일즈 오리정 니후의 길을 쩌나 오노란니 눈물이 압흘 셔〃 가슴답〃 두통 나고 쳐량니 우는 늬 쇼리가 귀의 징〃 들이는듯 말 엽헤 짜라오나 각금〃〃 돌쳐보이 밋친 놈의 짓슬 흐고 뵈는 거시 너쑨니요, 흐는 거시 헷쇼리라. 쥬막의 줌을 든이 젼〃 반측 줌 못 일워 밤은 어이 길원는고. 흐르는이 눈물이요, 싱각는이 너쑨일다. 나 홀노 니런난가. 져도 날을 싱각는가. 니 몸 니 쑤짓고 싀는 날 아침결의 말를 타고 올나안져 다시 싱각 마즈 흐고 열 번나나 밍셰흐되 욕망이난망이요 불사이즈스로다. 약물노 양식흐여 경셩을 당도흐니 더욱 싱각 간졀흐나 후일을 싱각흐고 졍신 촬여 신편 잇기로 두어 즈 붓치난이 날 본듯시 즈시 보고 숑죽을 바더 신 직키고 잘 잇시면 호(57앞)면숭 디할 터인즉 부디〃〃 죠 잇거라. 붓슬 들고 만단 졍회 흐랴 흐즉 눈물이 썰어져셔 글쓰마다 슈먹지미 즁모게도 각즁[113] 못흐고, 향단니게도 비지 못흐니 맛□[114] 다 일너다고. 홀 말 슈다흐나 압히 막혀 못 젹으니 디강만 보아라.'

흐엿고, 졍유 원월 십오일 슘쳥동 셔신이라 흐엿고나. 춘향니 편지 들고 즈리의 업들어져

"이고〃〃 니 일냐. 필젹은 왓건만는 형용은 젹막흐니 〃 셜음을 엇지할가? 향단아, 도련님게 편지 왓다. 충〃흐여 네긔 비지 못흔이 줄 잇스라 말노 이르라 흐□[115]고."

---

113) 『문장』지에는 '간즁'으로 되어 있는데, 원문에는 '각즁'으로 되어 있다.
114) 원문에서는 후대에 누군가 글자를 훼손시켜 판독이 불가능하다. 『문장』지에는 '맛□'가 '말로'로 되어 있다.

향단니 눈물 씻고

"도련님 은졔 오신닷쇼?"

"오시기가 쉬울소야?"

노쥬 셔로 울 졔 굴노스령이 나온다.

"이익, 일변슈야."

"왜야."

"이익 이변슈야."

"왜야."

"걸녀구나".

"걸이단니?"

"츈향이가 걸여구나."

"올타, 잘 도엿다. 그 년의 게집아희 양반셔방 ㅎ엿다고 일곱 ㅈ락 군복ㅈ리 알기을 우슈이 알고 도고한 체 무셥116)던이 우리 입도듬의 걸여구나. 이번 들(57뒤)어오거들낭 졸갈니을 부셔보ㅈ."

거드려 충〃 나간다. 춘향의 집 달여드이, 향단이

"여보 익깃씨. 영쳥 굴노가 나왓쇼."

츈향이가 쌈작 놀나

"앗츠〃〃 이젓쏘나. 오날이 졔슘일 졍구란던니 무슴 야단니 난나 보다."

게ㅈ다라 옷거리의 유문게유스을 머리 아드득 졸나민고 번션발노 날여와셔

"일번슈네 아ㅈ, 이변슈네 오라버지. 이번 신영길의 평안이 단여

---

115) 원문에서는 후대에 누군가가 글자를 훼손시켜 판독이 불가능하다.『문장』지에는 'ㅎ□고'를 '하고'로 적었다.

116)『문장』지에는 '셥'으로 되어 있는데, 원문에는 '셤'으로 되어 있다.

노독이나 업셔시며 관가의 탈이나 업쇼. 흔 번 가셔 보겻던니 우연이
병이 들어 츌입지 못ᄒ기로 못 가보고 니 집이 안져보니 졍니의 범년
ᄒ오. 들어가셰 〃 〃 〃 〃. 니 방으로 들어가셰."

손목 줍고 쓰는 양은 일쳔간중 다 녹는다. 방안의 들어가117)셔 우
션 쥬호 갓다놋코

"여보, ᄌ과는 부지라 ᄒ엿슷니, 무신 일리죠 일너쥬오."

"모로깃다. 스쏘 셔울셔붓터 네 쇼문을 역역히 듯고 오날 졍구 ᄎᆽ
헤 셩화갓치 줍아오라 분부 지엄즉 아이118) 가드 못ᄒ계다."

"아모여도 술리119)나 드잡슈오."

"야듯 먹어보자."

권 〃 이 잣거이 잔득 먹고 져의깃이 쥬졍하며 횡셜슈셜하는 말리

"일변슈야?"

"와야."

"루리가 츄향과 무슨 혐의가(58앞) 잇는야? 우리게 하는 거신 금즉
하이라. 우리가 굿하야 병듯 사늠 줍가 것 업다. 하눌 치는 벼락을 속
기랴. 이본 한목 넘겨쥬자. 아모녀며 우리가 그져 들어가셔 미기나 마
져든 관겨ᄒ냐?"

"글어치"

"곤장의 디갈 박아 친다든야? 이이 츈향아 걱졍 말아."

"번슈네 아겨. 일만 업시 ᄒ여쥬오."

돈 단 양 니여노며

---

117) 『문장』지에는 "셰 손목 줍고 쓰는 양은 일쳔간중 다 녹는다. 방안의 들어가"가
빠져 있다.

118) 『문장』지에는 '양'으로 되어 있는데, 원문에는 '안이'로 되어 있다.

119) 『문장』지에는 '되'로 되어 있는데, 원문에는 '리'로 되어 있다.

"이거시 약소하나 쳥쥬호나 봇티시요."

슐놈 ᄒ는 말이

"아셔라, 물러라, 고만 두어라. 우리터의 치ᄉ예가 될 말인냐?"

이번슈 놈

"이이 일번슈애. 글어치 안이ᄒ다. 져도 셥〃ᄒ며 경으로 쥬는 거슬 안니 바드면 피차쳡〃헐 터인즉 입 슈나 올흔가 세여보아라."

쏑문의 ᄎ고

"츈향이 몸 죠겹나나 줄 ᄒ여라."

두 놈이 쥬정ᄒ며 들어갈 졔

"이이 일변슈 놈 별년일다. 우리가 별으고 나올 졔는 이변폭포슈을 ᄒ겻든이 어루손치는 발람의 젼합이 할쑥 풀이는고나. 무어스로 를거간나?"

위야 비틀〃120) 들어갈 졔, 과각의셔 지촉난다.

"이이, 오는냐?"

"간다."

"ᄌ죠 거러라."

"오야. 나는 시도 움쥭여 날지. 슘이 엄어가는냐?"

두 놈이 슐집의 삼문간을 횟실며 드러가이(58뒤) ᄉ쏘 나려다보고

"져 놈들이 들러오는 놈이냐, 나가는 놈이냐?"

두 놈이 공논ᄒ되

"이이, ᄉ쏘가 무르시면 무어신고 딕답ᄒ랴는야?"

"아무121)럿케냐 ᄒ지. 줍아드리란이 우리 셔로 승토 줍고 들어가ᄌ."

져의 셔122)리 승토 줍고 드러가며

---

120) 『문장』지에는 '비틀비틀'로 되어 있는데, 원문에는 '비틀〃'로 되어 있다.

121) 『문장』지에는 '무'가 빠져 있다.

"즙아들엿쇼."

저의끼리 슈죽ᄒ되

"그 년의 술리 훈머리을 싸리는고나."

"골머리 몹시 싸린다."

흔 놈는 업들여 코을 골고, 흔 놈은 준쇼리을 쎄는데,

"밤낫 구실은 단이디야 집안의 먹글 거시 인나, 닙불 거시 인나. 여보게 마누라. 어물젼의 가셔 북어 흔나 스셔, 겨란 풀고, 말건 중국 흔 그릇 톡〃이 쓰려, 곳쵸갈노 만니 너어, 흔 그릇 가져오게."

동현을 쳐다보고

"이런 놈의 집안 보게. 니가 나가면 간부을 모라다놋코 공츙만 치는 거시기 이 놈덜인이."

신관니 날여다보고 기가 막혀

"여보게, 목낭쳥."

"예."

"져 놈덜 쏠 좀 보게."

"금셰요."

"져 놈들울 엿치 ᄒ면 죠흘고?"

"글셰요."

"여보아라. 츈향이 즙아완는냐?"

스령놈 정신 찰려

"츈향이 쥭엇십이다."

"쥭단이?"

"이익, 쥭어도 말은 발은디로 ᄒ여(59앞)라. 쥭지 안이ᄒ고 병 드러

---

122) 『문장』지에는 '끼'로 되어 있는데, 원문에는 '셔'로 되어 있다.

누엇는데, ㅅ정 말ㅎ며 돈 딘 냥 쥬웁데다. 그 돈의셔 슐 흔 준 안니 먹엇쇼. 두 양은 쇼인 등 가지고, 석 양만 밧칠 터인즉 그만 두오."

흔 놈니

" 〃 논호기로 즉정이면 안진 놈이나 션 놈이나 갓치 먹지. ㅅ다다리 분ㅎ을 흔단 말인냐? 고만 두어라."

"그러키로 넌쪽지가 좃타는 거시지."

ㅅ쏘 어이업셔

"져 놈들 큰 칼 씨워 ㅎ옥하고, 춘향 밧비 줍아드리라."

힝슈기싱 옥난이 나오면셔 비양ㅎ고 부루는 말리

"정녈부인 아기씨, 슈졀부인 아기씨, 슈졀인지 지졀인지 널노 ㅎ여 뉵방관속 다 죽씻더. 어셔 가즈, 밧비 들러가즈."

성화갓치 지쵹ㅎ니, 춘향이 할릴업셔 씨 무든 져고리, 반겨포 도[123] 랑치마, 흔 집신, 길목 신고, 슈[124]심이 쳡 〃 ㅎ여 바암 마진 병신쳐럼 슘문간의 다 〃 르이, 도스령 호령ㅎ되

"춘향 즈죠 거러라."

밧비 걸어 디ㅎ의 쓸여 안치이, ㅅ쏘 나려다보고

"네가 춘향인다?"

"네."

"여보게, 목낭쳥."

"네."

"춘향의(59뒤) 쇼문이 고명터니 명불허견일셰."

"글셰요, 무던ㅎ오."

"의복은 치레 안이ㅎ여셔도 오리아레 졔 쏭 무든 이 갓터여 어련무

---

123) 『문장』지에는 '노'로 되어 있는데, 원문에는 '도'로 되어 있다.
124) 『문장』지에는 '고수'로 되어 있는데, 원문에는 '슈'로 되어 있다.

던ᄒ게 더 죠아뵈니."

"글셰요, 무던하오."

"봄츈쪼 힝기힝, 닐홈도 졀뫼ᄒ에."

"졀뫼ᄒ오."

"여보아라. 너는 기성 명식이요로 신관 도님 쵸의 경구 불참을 줄
ᄒ는다?"

츈향이 다시 ᄭ러 엿ᄌ오되

"쇼녀는 구관 ᄌ졔로 빅년그약ᄒ온 후, 디비졍쇽ᄒ온 줄노 아레외오."

"평발 아희놈니 쳡이란이? 충기라 ᄒ는 거시 노류중화는 인긔가졀
니여든, 그랴 슈졀ᄒ단 말인냐? 네가 슈졀ᄒ면 우리 디부인은 ᄶ 긔
졀할가? 오날벗터 슈청을 졍ᄒ는 거시이 축실이 거힝ᄒ렷다."

츈향이 졍신니 아득ᄒ여

"쇼녀 병 들어 말슴으로 못ᄒ깃ᄉ오이 원졍으로 알외리라."

"무슨 원졍인이? 밧쳐 올리라."

형방이 고과ᄒ다.

'본읍 동니 거ᄒ는 츈향 빅활리라. 우군진졍뉴ᄉ짠은 쇼녀 본시 창
기로 우연 광ᄒ누 올나ᄉ던이, 구관 ᄌ졔을 승봉ᄒ와 혼인은 일눈대
ᄉ온(60앞) 바 빅년동낙지의로 졍표이고, 구관 ᄉ쏘 쳬귀시의 부득동
힝을 ᄉ고ᄌ년이라. 동시ᄉ부짓쳬오, 졀기는 부지어귀[125]쳘이라. ᄉ
쏘 분부 슉시승[126]ᄉ나 부득시힝인 줄노 양쇼ᄒ긔 원창승이신후특위
분관지〃을 쳔만앙낭ᄒ슬기 ᄉ쏘쥬쳐분이라.'

ᄒ엿기날, ᄉ쏘 져ᄉ을 졍년다.

'노류중화는 인긔가졀이라. 본시 창기지연느로 수졀[127]기졀이 ᄒ위

---

125) 『문장』지에는 '귀'가 빠져 있다.
126) 『문장』지에는 '삼'으로 되어 있는데, 원문에는 '승'으로 되어 있다.

지곡졀이며, 불고ᄉ체ᄒ고 긔녁관즁ᄒ이 ᄉ극통ᄒ나, 금일위시ᄒ여 슈
쳥긔힝이되, 약불시힝이면 단당즁눌의리니, 깅물번졍이 의당향시라.'

ᄒ엿거눌, 츈향니 졔ᄉ 보고 빅방할 길 만무ᄒ니 악이나 써보리라.

"ᄉ쏘젼의 아외리라. 이 글의 ᄒ엿시되, 츙불ᄉ이군ᄒ고 녈불경이
부라 ᄒ엿시니, ᄉ쏘는 난시을 당ᄒ오면 도적의게 굴실ᄒ여 두 임군
을 셤기릿가? 쇼년은 열불경이불지심을 효측할 터이온즉 심냥쳐분ᄒ
옵쇼셔."

ᄉ쏘 이 말 듯고 영충을 밀치면셔

"요 년, 무어시 엇지여? 얼마나 마지면 슬일고? 존말 〃(60뒤)고 그
힝ᄒ라."

츈향이,

"죽이면 죽어도, 분부 시힝 못ᄒ것쇼. 정열은 반승이 업습난이 억
지 말솜 마옵쇼셔."

ᄉ쏘 골을 니여

"저 년, 밧비 올어미라."

좌우 나졸 달여들러 츈향의 머리치을 삼젼시젼 년쥴감듯 홰〃친〃
금쳐잡고 동당이쳐 줍아날여 형틀의 올여미고

"형니 부르라."

형이쳥의 급히 가이, 형이는 ᄒ나 업고 귀 먹은 룰근 형이 안졋다
가, ᄉ랑이 갓가이 가셔

"ᄉ쏘 불이시요."

"ᄉ충의 불이 나셔?"

"ᄉ쏘 불이셔여."

---

127) 『문장』지에는 '졀'이 빠져 있다.

그계야 아라듯고 관복 쓸쳐입고 공마로의 업치여 날여다보이, 츈향을 형틀의 올여민 거슬 보고, 쳘더 밋토로 스또 입만 츠다본즉, 스또 호령ᄒ되

"져 년을 디미의 쳐 죽일 터인즉 다짐 바더 와."

형이 눈치더로 남의 말을 알아듯진 못ᄒ고, 졔 의스더로 공갈ᄒ되

"여보아라. 너는 어이ᄒ 년으로, 혼상 젼결은 쇼중이 ᄌ별공남이여던 종불거납ᄒ니 엇지ᄒ 일인고? 불일니로 밧치되, 만일 거납ᄒ는 폐가 잇시면 맛고(61앞) 갓치렷다."

스또 님 거동을 보고 호령ᄒ되

"이 놈, 무어시 엇졔야?"

형방의 눈치보고

"츈향이 들으라. 건곤불노월즁겨ᄒ니 젹막강산이 금빅년이라. ᄌ셔니 들언는냐?"

스또 문찌방을 찌거달이며

"이 망ᄒ 놈아. 이거시 다 무슨 쇼린니? 져 놈을 엇지ᄒ면 죠흘고?"

형방이 알아듯고

"네, 알외리다. 스또는 건이 되고, 츈향은 곤이 도냐, 늑지 말고 길게 잇셔, 젹막강산 집을 짓고 빅년희로ᄒ즌 뜻시외다."

스또 그 말 듯고

"올타 〃〃. 그 졔스는 줄 ᄒ엿다. 귀가 먹어 걱졍이지, 형이 요리ᄒ다. 목낭쳥."

"네."

"형이는 그 즁 영이ᄒ의."

"영이ᄒ오."

"니년 니방 식이깃니."

"니방 겨목이지요."

"츈향아, 졔스 〃연 들언는냐? 오날붓터 슈쳥 긔힝이되, 다시 잔말 ᄒ면 미오 속그렷다."

츈향 독을 니여

"죽인디도 무가니하지요."

힐난할 졔, 영이혼 형이 들어오미, 스쏘 호령ᄒ며

"져 년을 즉셕의 죽일 터인즉 다짐 바들라."

"네. 츈향 다짐 스연 쯧 쥬어라. '슐동 너의신이 본시 창(61뒤)기집 비로 신졍지초의 현신도 안이ᄒ고 능욕관즁ᄒ고 관졍발악ᄒ이 죄당 만스나 우션 즁치ᄒ시는 다짐이라.' 집즁스령의 쳔민의 각별이 그힝 ᄒ라."

형즁 ᄒ나름 안아다가 츈향의 압폐 씻더리고, 형즁 혼아름 고을 젹 의, 이것 줍어 느끈〃〃 즁씀 죠혼 거슬 골나 줍고, 심이망큼 물너셧 다 오리만치 다거셔며, 왼편 엇기 쑥 빠치고 금즁쇼리 발 마쵸와 너른 골의 벼락치듯 후리쳐 쏙 붓치이, 츈향이 졍신이 아득ᄒ여

"인고, 이거시 원일인가?"

일즁으로 윤을 달아 우는 말이

"일편단심 츈향이 일졍지심 먹은 마음 일부죵스 ᄒ잣든이 일신난 쳐 이몸인들 일각일신 변ᄒ릿가. 닐월갓치 말근 졀긔 일니 곤케 말어 시오."

"미오 치라."

"쌔 짜리오."

쏘 ᄒ나 짝 붓치이, 인고 이쓰로 우는고나.

"니부불경 이니 마음 이군불스 달로잇가. 이 몸이 죽더리도 이등ᄌ

졔 못 잇깃쇼. 이 몸이 이러흔들 이 쇼식을 위젼(62앞)할가. 이왕 이리
도얏시이 〃 즈리의 죽겨쥬오."

"미우 치라."

"쫴 짜리오."

쏘 흔나 싹 붓치이, 이고 슘쓰로 우는고나.

"슘쳔동 도련님과 슘식년분 민진 죄요. 슘강을 니 몰나소. 슘쳑동
즈도 아는 일을 슘분오열 홀지라도 슘종지즁흔 법을 슘싱의 발이릿
가. 슘월슘일 년즈갓치 훨〃 날아가셔 슘십삼쳑 올너가셔 슘티셩게
원졍홀가. 이고〃〃 슬운지고."

뉴혈리 낭즈 불숭하다. 져 굴노 거동보소. 눈물 지며 흐는 말이

"져 달리 들고 이 달이 슉여라. 나 죽은들 어 몹시 치라?"

"미오 치라."

"쫴 짜리요."

쏘 흔나 싹 붓치이, 이고 스쓰로 우는 말이

"스쳐 알어시는 스쏘님 스스십뉵 이 춘향이 부녀 본을 바다 스셔슘
경 다 일것쇼. 스졍 말슘 흐올이다. 스디문 안 스르시는 스디부가 도
련님을 스싱결약흐엿신이 스지을 찌쳐다가 스디문의 거르셔도 스쥬
쳥단 목으로잇가."

"미오 치라."

"쫴 쌀이요."

흔나 짜 붓치이, 이고 오쓰로 우는(62뒤) 단다.

"오힝으로 슘긴 슘람 오른 힝실 모로잇가. 오즁뉴부 갓건만는 오관
참장흐던 쳥용도와 오즈셔의 날닌 칼노 니니 목을 벼혜주오. 〃 초마
닷는 말을 오날 오시 타량이면 오경 젼의 흔양 가셔 오부의 소지흐고
오영문의 등중할가. 오월비상 나의 흠원 오셩이 짐죽흐오."

“미오 치라.”

“쐐 짤이요.”

쏘 흔나 짝 붓치이, 이고 늇쓰로 운을 단다.

“늇국통흅 소진니도 라 달너기 어렵지쏘. 늇네를 못 갓초고 늇중이 되단 말가. 늇방 관속 들어보소. 늇신을 글거니여 늇진광포 질슨 묵거 늇니쳥소 무더쥬오. 늇졍늇갑 알게도면 이 활난을 못 면할가.”

“미오 치라.”

“쐐 짤이요.”

쏘 흔나 짝 붓치니, 이고 칠쓰로 우는고나.

“칠셰늠여 부동셕을 니가 먼져 알아잇고 칠거지악 중흔 법은 간부죄가 졔일이쏘. 칠월칠셕 은흐슈의 견우진여 숭봉커든 칠빅여리 흔냥 낭군 칠년디흔 비 발라듯 칠규비간심을 니 엇지 모로잇가.”

“미오 치라.”

“쐐 짤리오.”

쏘 흔나 짝 붓치이, 이고 팔짜로 운눌 단다.

“팔짜도 기박흐듯. 팔지익 만나고나. 팔연풍진 초픠왕과 팔진도 그리든 졔갈양도 니 졀기는(63앞) 못 막지요. 팔월중츄 달니 도야 빗춰여나 보고지고. 팔십노모 불숭흐다. 팔〃 쮜다 죽계되면 팔다리을 늬거들가. 팔원□□128) 도려난가. 팔션여가 되고지고. 팔견이나 틀인 말숨 다시 마오.”

“미오 치라.”

“쐐 짜리요.”

쏘 흔느 짝 붓치니, 이고 구쓰로 우는 말리

---

128) 원문에서는 후대에 누군가가 글자를 훼손시켜 판독이 불가능하다. 『문장』지에는 '(二字不明)'으로 적었다.

"구연지슈 흐우씨도 착산통도 이을 쓰고, 구월구일 망향디는 손 보니는 글귀로다. 구츄의 피는 곳쳔 능쌋고졀 이 안이요. 구〃흐니 춘향이 구차흔 말을 듯고 구쳔의 도라가셔 구곡슈의 씨셔볼가. 구산갓치 구든 졀기 구관즈졔 모 잇깃소."

"매오 치라."

"쫴 쌀이요."

쏘 흐나 짝 붓치이, 이고 십쓰로 운을 단다.

"십싱구사 흐엿더이 십면디복 만나고나. 십왕젼의 미인 목슘 심뉵셰의 죽소리가. 십악디피 오나린가. 심연공부 흐사로다. 이고〃〃 니 팔즈야."

사쏘 호령흐되

"요연, 인졔도 슈쳥 거힝 못헐가?"

춘향이 독 노 눈을 쏙발오 뜻고

"여보, 사쏘. 이면션[129]치흐는 거시 빅셩을 사랑흐고 공사을 발오 흐야 목민흐는 도리지요. 음힝을 본을 바더 치는 거스로 죳쪄을 흐니 다셧만 더 마지면 죽굴 터인즉, 죽거덜랑 사지를 쩌져니여 굽거나 지〃거나 가진 양염의 쥬무르(63뒤)거나 잡슈시고 십푼디로 잡슈시고 며리을 버혀다가 흐양 셩니 보니시면 미당낭군 만나깃쇼. 어셔 밧비 죽여쥬오."

"고년 증이 독흐다. 니가 스람 좁아먹는 것 보왓느냐? 져 년 큰 칼 씨워 흐옥흐라."

춘향이 졍신 찰여

"이고〃〃, 이거시 웬일인고? 슘강오슝 몰나던가, 부모불효 흐엿던

---

129) 『문장』지에는 '서'로 되어 있는데, 원문에는 '션'으로 되어 있다.

가, 긔인취물 ᄒᆞ엿던가, 국130)곡투식 ᄒᆞ엿ᄂᆞ냐? 일치형문 지중커날 항쇄 쪽쇄 무슴 일고?"

이 씨 츈향모ᄂᆞ 슘문간의셔 들여다보며 손퍽 치고 우는 말이

"신관 ᄉᆞ쏘는 사람 죽이러 왓나? 팔십 먹은 늘근 거시 무남독녀 ᄯᆞᆯ ᄒᆞ나을 금지옥녑갓치 길녀 의탁고ᄌᆞ ᄒᆞ엿던이 져 지경을 믿든단 말이오? 마오〃〃, 너머 마오."

와르〃 달여들어 츈향을 얼셔 안고

"압다, 요 년아. 이거시 웬릴인이? 기싱이라 ᄒᆞ는 거시 슈졀이란 무어시이? 열 쇼경의 외막더가 져 지경이 도엿시이 어되 가셔 의(64앞) 탁홀니. 홀일업시 죽어고나."

향단이 들어와셔 츈향의 달리을 만지면셔

"여보, 아깃씨. 이 지경이 윈일이요? 한양 게신 도련님니 명년 슘월 오시다던니 그 동안을 못 참어셔 황쳔긱이 되시깃네. 아기씨 졍신 출여 말 좀 ᄒᆞ오. 빅옥갓튼 져 달이의 유혈이 낭ᄌᆞᄒᆞ이 윈일이며, 실낫갓치 가는 목의 젼목 칼이 윈일이요."

쳥심환과 쇼화반131)을 동변의 갈아 입의 흘여 너흐면셔

"졍신 찰여 말 좀 ᄒᆞ오."

여려 기싱들이 달녀들며

"여보 형님, 여보게 동싱. 졍신 찰여 날 좀 보게. 셤셤ᄒᆞ고 약흔 몸의 져 즁중을 마져신이 두 슈 업시 죽엇네나."

흔 기싱 나오면셔

"얼시고나 졀시고나, 츈향이가 죽엇다. 지 진쥬의 쵸션이는 왜중 쳥졍 잡은 공이 만더유젼ᄒᆞ여잇꼬 우리 골 고을 츈향이는 널녀 졍문

---

130) 『문장』지에는 '구'로 되어 있는데, 원문에는 '국'으로 되어 있다.
131) 『문장』지에는 '소합환'으로 되어 있는데, 원문에는 '쇼화반'으로 되어 있다.

어더고나. 니 안이 죠흘숀가."

향단이는 춘향 업고 여러 기성이 칼(64뒤) 머리 들고 옥문 안의 드러가셔 옥방 형숭 살펴보이 화문능미 엇다 두고 거격즈리가 윈일이며, 비취침은 어더 가고 칼벼기가 윈일인가.

"녯 일을 싱각ᄒ면 문왕갓튼 셩군으로 유리옥의 갓쳐잇고, 셩탕갓튼 셩현으로도 흔써 옥의 갓쳐잇고, 쇼무갓튼 츙졀노도 십구년 북희숭의 슈발이 진빅ᄒ고, 문쳔숭 츙셩으로 년132)옥즁의 갓쳣다가 구스부득ᄒ엿시이 횡니지익 당훈 거는 운슈가 불길ᄒ건만는 원통할스, 니 일이야. 불위금즈 당훈 일을 어이ᄒ여 면희볼가. 무졍할즈, 도련님은 이런 쥬을 아으시나? 이 쇼식을 뉘 젼할고? 충망한 구름속의 울고가는 져 기력가. 니 흔 말 들어다가 도련님게 젼ᄒ여다고. 이고〃〃 니 팔즈야. 할일업시 죽깃고나."

칼머리 도〃 볘고 우년이 줌을 든이 향취 진동ᄒ며(65앞) 녀동 흔 쌍 날여와셔 춘향 압폐 괴좌ᄒ며 엿즈오되

"쇼녀 등은 황능묘 시비던이 낭〃의 명을 바다 낭즈를 모시러 왓스온니 스양치 말고 가스이다."

춘향이 공슌이 답네ᄒ는 말이

"황능묘르 ᄒ는 곳지 쇼숭강 말이 밧게 멀고〃〃 멀엇시이 엇지ᄒ여 가존 말가?"

"〃시기는 넘녀 마옵쇼셔."

숀의 든 봉미션을 흔 번 부쳐, 두 번 부쳐, 구늘133)갓치 이는 바람, 춘향의 몸 훨젹 날여 공즁의 올으던이, 녀동이 압폐 셔우고 길을 인도ᄒ여 셕두셩을 밧비 지나, 흔숀스 구경ᄒ고, 봉황더 올나가이, 좌편은

---

132) 『문장』지에는 "북희숭의 슈발이 진빅ᄒ고 문쳔숭 츙셩으로 년"이 빠져 있다.
133) 『문장』지에는 '름'으로 되어 있으나, 원문에는 '늘'로 되어 있다.

동정이요, 우편은 핑녀로다. 격벽강 구름 박게 십이봉이 둘너는데, 칠
빅이 동정호의 오쵸동남 널[134]을물의 오고가는 숭고덜은 순풍의 돗
츨 달아 범피중유[135] 쩌나가고, 악양누 좀간 슈여 쳥쵸군슨을 당도ᄒ
니, 빅빈쥬 갈가막귀는 오락가락 쇼리ᄒ고, 무협의 즌나븨는 ᄌ식 춫
는 슬푼(65뒤) 쇼리 직의 심수 쳐냥ᄒ다. 쇼숭강 당도ᄒ니 경기도 긔
이ᄒ다. 반쥭은 셩님흔테 아항 녀영 눈물 흔젹 뿌려잇고, 오현금 비파
셩 은〃이 들이는데, 십충더옴[136] 누각이 구름속의 쇼낫는데, 영농ᄒ
젼쥬발라 안기갓튼 비단장을 경이 둘너는데, 위[137]의도 웅중ᄒ고, 긔
셰도 거록ᄒ다. 녀동이 압페 셔셔 춘향을 인도ᄒ여 젼문[138] 밧게 셰
워두고 젼숭의 거리ᄒ니

“츈향이 밧비 입시 들나.”

츈향이 황송ᄒ여 계ᄒ의 복지ᄒ이, 낭〃이 ᄒ교ᄒ되,

“젼숭으로 오르라.”

츈향이 젼숭의 올나 거슈지비ᄒ고 염슐피좌ᄒ여 좌[139]우을 슬펴보
니, 졔일층 옥교숭의 낭〃승군 젼좌ᄒ고, 졔이층 황옥교의 숭부인이
안져는데, 향춰 진동ᄒ여 옥퓌징〃ᄒ여 쳔숭옥경 완년ᄒ다. 춘향을
다 불너 ᄉ좌ᄒ여 안진 후의,

“춘향아, 네 들어라. 젼싱 일을 모로리라. 부용셩 녕쥬궁의 운화부
인 시녀로셔 〃왕묘 요지년의 중경셩의 눈을 쥬어 반(66앞)도로 휘룡

---

134) 『문장』지에는 '녀'로 되어 있는데, 원문에는 '널'로 되어 있다.
135) 『문장』지에는 '불피풍우'로 되어 있는데, 원문에는 '범피중유'로 되어 있다. 원문
　　에는 후대에 누군가가 '범'자 옆에 '불'을, '즁'자 옆에 '풍'을 써넣었다.
136) 『문장』지에는 '옥'으로 되어 있는데, 원문에는 '옴'으로 되어 있다.
137) 『문장』지에는 '뒤'로 되어 있는데, 원문에는 '위'로 되어 있다.
138) 『문장』지에는 '운'으로 되어 있는데, 원문에는 '문'으로 되어 있다.
139) 『문장』지에는 '좌'가 빠져 있다.

타가 인간의 견고ᄒ여 인간 공ᄉ 격거이와, 불구머 징경셩을 셔로 만
나 영화부귀할 거시니 마음을 변치 말고 널녀을 효측ᄒ여 쳔츄의 유
젼ᄒ라."

춘향이 일어셔며 면〃 지비ᄒ 연후의 월왕 구경ᄒ려다가 실족ᄒ여
ᄭᅵ다르이 남가일몽이라. 좀을 ᄭᅵ여 슈셩탄식ᄒ는 말이

"이 꿈이 웬 꿈인가? 남양쵸당 큰 꿈인가? 니가 죽을 꿈이로다."

칼을 볏겨안고

"익고, 목이야. 익고, 달이야. 이거시 윈일인고?"

향단니 원미을 가지고 와셔

"여보, 아기씨. 원미을 가져왓시이 졍신 찰여 좁슈시요."

춘향 이른 말이

"원미란이, 무어신야? 죽을 먹어도 이 죽을 먹고, 밥을 먹어도 이
밥을 먹지. 원미란이. 나는 실타. 미음물이나 ᄒ여다고."

미음을 다려다가 압페 녹코,

"이거슬 먹고 살면 무엇할고?"

어둔침〃 옥방 안의 칼머리 빗기안고 안졋시이 벼록 빈디 물것 므
른등의 피을 ᄲᅵᆯ련먹고, 구진 비는 부실〃〃, 쳔(66뒤)둥은 우루〃, 번
기는 번젹〃〃, 독가비는 휙〃, 귀곡셩 더욱 실타. 덤뷔는 니 헷것시라.

"이거시 윈일인고? 일낙셔산 히 곳 지면 각식 귀신 모야든다. ᄉ린
ᄒ고 잡펴와셔 구슌도냐 죽은 귀신, 불효부졔ᄒ다가셔 난중 마져 죽
은 귀신,[140] 국곡투식ᄒ다가셔 곤장 마져 죽은 귀신, ᄉ부능욕 굴충
ᄒ고 형문 마져 죽은 귀신. 졔각기 우름 울 졔,〃 셔방 음희ᄒ고 남
의 셔방 질기다가 잡혀와셔 죽는 귀신, 쳐량이 슬피 울며 '동모 ᄒ나

---

140) 『문장』지에는 "불효부졔ᄒ다가셔 난중 마져 죽은 귀신"가 빠져 있다.

들어왓네' 쇼리ᄒ고 달여드러 쳐량ᄒ고 무셔외라. 아못라도 못 슬깃
네. 동방의 실솔셩과 쳥쳔의 울고가는 기러기는 나의 슈심 자아낸다."

무한〃 슈심숭스 일을 슴아 지니갈 졔,

잇써 도령은 서울 올나가서 쥬야불츌 공부ᄒ여 문중 필법이 일셰
기남지라. 국퇴민안ᄒ고 시화셰풍ᄒ야 티평발을 뵈랴 ᄒ고, 팔도의
공스 노와 션비을 모ᄒ실시, 츈당디 너른 뜰의 구름 모듯 모(67앞)야
고나. 니도령 중중기겨 갓쵸 츌려 시쇼의 뜰의 가서 글졔 나기 발아
든이, 쟝중이 요란ᄒ여 현졔판 발아보니 '강구문동요'라 ᄒ엿거날, 시
지 펼쳐녹코 일필휘지ᄒ여 일쳔의 션중ᄒ니, 숭시관이 바더보고 즈즈
비졈이요, 귀〃마다 관쥬로다. 비봉 쓰혀보고 졍원스령 하명ᄒ이, 니
도령 호명 듯고 으젼의 입시흔즉, 숭이 보시고 층찬ᄒ시고 어쥬 숨비
의 홍피 스화을 날리시며 할님학스 옥당을 졔슈ᄒ스 어약을 라이시
이, 할님이 스읍숙비ᄒ고, 머리의 어스화요, 몸의 쳥숨이요, 허리의 야
지로다.

은안빅마의 뇌피 안져 금의화동 압셰우고, 쳥홍긔 을어셰고, 즁안
디도 숭의 완〃니 나갈 젹의, 바람 부는 디로 쳥삼즈락 팔낭〃〃 부르
는이 실니로다. 집의 논문ᄒ고, 숨일유과 후의 어젼의 스은ᄒ고, 죠졍
스을 의논할 졔, 할님이 엿즈오되,

"구즁궁궐이 깁고 깁스와 빅셩의 션악과 슈령의 치불치(67뒤)을 아
옵지 못ᄒ난니, 신이 호남의 슌힝ᄒ와 빅셩의 질고을 슬피리이다."

숭이 긔특이 역이스 호남원 어스을 졔슈ᄒ시고, 슈의마피을 쥬시니
평싱쇼원이라. 할님 슉뷔 ᄒ직ᄒ고 집의 도라와셔 스당의 허비ᄒ고,
부모젼의 ᄒ직ᄒ고, 비중, 셔리, 반당, 가군 션숑ᄒ고, 어스 치힝 츠린
다. 쳘디 업는 헌 파립의, 편즈 터진 헌 망근의, 박 죠가리 관즈 달아
물네줄노 당쓴ᄒ여 숭거럭케 눌너쓰고, 다 쩌러진 벼도포을 칠푼쓰리

목동다위 홍당을 졸나미고, 헌 집신의 감발ㅎ고, 보션목, 쥬먼이, 곱돌
죠디 졔법일다. 변쥭 업는 셰슬붓치, 솔방울 션쵸 달아, 휘〃 둘우면
셔 나가는 거동, 어스 힝식 당만일다.

　남디문 박 썩 나셔며 칠픽 쳥픽 비다리 돌모로 빅스중 동젹강 얼펀
건너, 승방뜰 남터령 과쳔읍 얼는 지나, 안슐막 밧슐막 갈미 스긔니
슈원 팔달문 니달(68앞)아, 승유쳔 ㅎ유쳔 듁밋 오미 진위 칠원 쇼지
셩환 비토리 시슐막 쳔안141) 슴거리 진게역 덕졍원 활원 모원 광졍
썩젼거리 금강을 얼펀 건너 눕푼 힝길 문너미 노셩 평쵼녁 은진 닥다
리 황화졍 이능기울 녀슨이 여긔로다. 졀나도 쵸입이라. 여긔져긔 넘
문ㅎ며 셔리 츄죵 불너들여

　"비비중."

　"네."

　"즈네는 우도142)을 돌되, 금구 타인 젼읍143) 고창 무중 합평 나쥬
중셔 무안 영광 고부 홍덕 김져 만경 용안 입피 강진 히남 슌쳔 담야
다 본 후의 아모 날 아모 시로 광홀누로 디령ㅎ쇼."

　"네."

　"셔리, 너는 좌도을 돌되 여슨셔 익슨으로, 젼쥬 님실 구레 곡셩 건
안 중슈 진산 금순 무쥬 용담 옥구 옥파 남평을 돌아 모일 모시의 남
원읍 디령ㅎ라."

　"네."

　각쳐로 보닌 후의 어스쏘 쵼〃이 슌힝ㅎ여 불효불졔ㅎ는 놈과 부녀
탈취ㅎ는 놈과 젼곡토식ㅎ는 놈(68뒤)과 긔인취물ㅎ는 놈, 일가불목ㅎ

는 놈, 금송벌목ᄒ는 놈, 휘쥬잡기ᄒ는 놈, ᄉ부능욕ᄒ는 놈, 이쇼능중
ᄒ는 놈, 쥰민고틱ᄒ는 슈령 연문ᄒ며 이리져리 라여갈 졔, 젼쥬 들어
염탐홀 졔, 이방 호중 놈덜 어ᄉᄶ 낫단 말을 듯고 도셔원과 부동ᄒ여
문셔 곳친단 말을 듯고, 임실을 다〃른니 〃 썌는 맛춤 슴춘이라.

녹임은 욱어지고 방쵸는 셩화한데, 쳔두목, 지144)두목, 힝ᄉ목, 심
니 안의 오리나무, 느름, 박달, 능슈버들, ᄒ인 불너 숭나무, 방구 쒸
여 쏑나무, 양반 도야 귀목, 쥰나무, 즁숑, 눈나무, 반숑, 갈이, 봉동,
칙년츌, 넙젹 썩갈입 바람 부는 디로 광풍을 못 이긔여 우쥴활〃 츔을
춘다.

쏘 ᄒ 편을 발아보니, 울님비죠 뭇식들이 농츄의 쑹을 지어 쌍긔쌍
니 날아든다. 말 줄ᄒ는 잉무식, 츔 줄 츄는 학두림이, 몸치 죠흔 공쥭
이, 슈억이, 짜옥이, 쳔마슨 기러기, 호박식 쥬루룩, 방울식 쌀낭, 즁ᄶ
는 썩〃, 쌋토리 푸두덕, 가막쌋치 날아들 졔, 숏젹다 우는(69앞) 식는
일년풍을 노릭ᄒ고, 슬피 우는 져 두견은 촉국을 불여귀라 피눈물을
쑤려고나. 쳐다보이 만학쳔봉, 날려다보니 빅ᄉ지라.145) 이 골 물 쥬
루룩, 져 골 물 쏼〃, 열의 열 골 물 흔데 합슈ᄒ여 쳔방져 지방져 건
너 평풍셕의에 으르릉쌍〃 부두치이, 슴슨발낙쳥쳔의요 니슈중분빅
노쥬라. 졔 슉쑥식 거동 보소. 이 손으로 가며 슈쑥, 져 손으로 가며
슈쑥. 손짜옥이 쩨을 지여 손기슬을 벙〃 돌며 짜옥〃〃 소리ᄒ니 무
흔경니 여기로다.

한 곳 다〃르이 승ᄒ평젼 농부들니 갈거니 심으거니 겨양가로 노
리흔다. 징 중고 두달니며,

"어렬널 승ᄉ데야. 시화셰풍 농부데야. 얼〃널〃 승ᄉ데야. 니 농ᄉ

---

144) 『문장』지에는 '개'로 되어 있는데, 원문에는 '지'로 되어 있다.
145) 『문장』지에는 '방사지'로 되어 있는데, 원문에는 '빅ᄉ지'로 되어 있다.

지여다가 젼셰디동 ᄒᆞ여보세. 얼〃널〃 슝ᄉᆞ데야. 젼셰디동 ᄒᆞ온 후의 부모봉양 ᄒᆞ여보세. 얼〃널〃 슝ᄉᆞ데야. 순님군 만든 중기 역슨의 밧츨 갈세. 얼〃널〃 슝ᄉᆞ데야. 괘두 퉁〃 쨍미쨍 왼달갓튼 논밤이을 반달갓치 심어갑세. 얼〃널〃 슝ᄉᆞ데야. 네달이 샌라 닉 달 박즈 구셕〃〃(69뒤) 심어쥬게. 얼〃널〃 슝ᄉᆞ데야. 흔나 두이 심어가도 열시물이 심으는덧시 웃셕〃〃 심어갑세. 얼〃널〃 슝ᄉᆞ데야. 사람은 만어도 쇼리는 젹다. 얼〃널〃 슝ᄉᆞ데야. 슘동허리을 굽일면서 고도 슝토를 쌋짜여라. 얼〃널〃 슝ᄉᆞ데야. 오날밤의 들어가셔 검불을 그러 군불을 ᄭᅥ고. 얼〃널〃 슝ᄉᆞ데야. 거젹자리 츕켜덥고 연젹갓튼 졋 통이을 불컹〃〃 쥬물어봅세. 얼〃널〃 슝ᄉᆞ데야. 다목146)달이 츕켜 들고 연젹갓튼 졋을 쥐고 웅이〃〃 놀아봅셰. 얼〃널〃 슝ᄉᆞ데야. 느 겨간다 〃〃〃〃 졈심춤이 느겨간다. 얼〃널〃〃 슝ᄉᆞ데야. 쐐두 퉁〃 쨍미쐐야 어이려러 슝ᄉᆞ데야."

징 중고 두달이며 일시의 나와 논쑤랑의 쉴 졔 녀인들은 편을 갈나 쉬는고나. 병덧 잇는 늘근 할미 변덕을 피우는데

"여보게, 김도령. 담비 흔 디 쥬게. 즈네도 수넘터을 보니 어엿분 게집 망에 올녀 왼손질의 좀 못 자. 여보게, 밤덕이네.147) 닉 멸이의 이 좀 잡게. 즈네 보면 불슝ᄒᆞᆫ데. 조셕의로 그 미을 맛고 엇지나 견듸는가. 분ᄭᅩᆺ갓치 곱던 얼골 검버셧시 도닷네나."

밤덕이네 눈물 지며

"그런 겁은 첩 보왓쇼. 죽년 셧달 시집 와셔 금년 졍월의 아들 흔나 〃앗(70앞)던이 시어먼니 변안 역겨 말ᄯᅳ마다 졍가ᄒᆞ며 슘시로 그달인 이 시집온 지 잇히 만의 조식 낫키 변이릿가? 참아 셜워 못 술깃쇼."

---

146) 『문장』지에는 '모'로 되어 있는데, 원문에는 '목'으로 되어 있다.
147) 『문장』지에는 '네'가 빠져 있다.

져 할기 거동 보쇼. 머리을 극적니며

"즈네 모녀 그러ᄒ지. 나갓트면 잇슬 기쌀년 읍네."

"그러ᄒ던덜 엇지ᄒ오?"

"시벽둘 그믐밤의 마음의 드는 총각 눈짓ᄒ여 압셰우면 어듸 가셔 못 술나구. 니 흔나 지시함셰. 나 시집올 졔 옛닐〃셰. 시집온 지 셕달 만의 아들 흔나 〃하던니, 시아번니 죠아라고 손즈 일즉 보아짜고 동네집이 즈랑ᄒ데."

흔참 슈작홀 졔, 어ᄉᆞ쏘 빗슥〃〃 들어가며

"등부들 만니 모왓고. 즈, 누구 담뷔 흔 더 쥬면 엇더흔구?"

흔 농부 니달르며

"이 양반 병풍 뒤의 좀을 잣쇼, 약게 모통니 홀고 왓쇼, 쑬아기밥을 즈셧쇼, 아리턱니 무너젓소, 셋등니가 ᄅᆞᆫ어젓소? 본말을 뉘게다가 아니쏜 쏠막손니 보깃고."

"니 은졔 반말ᄒ엿다고?"

늘근 농부 니달어며

"니 ᄉᆞ람들, 어ᄉᆞ 낫데. 그 양반을 보와ᄒ니 밍물 안일셰. 괄셰는 몹시 마오."

담비 흔 더(70뒤) 쥬거날, 어ᄉᆞ 니럼의

'인은 노로 쏜148)단 말니 올코.'

담비 담아 피여물고 문는 말리

"본읍 원님니 누군고?"

"변씨지요."

"공ᄉᆞ을 줄 ᄒ나?"

---

148) 『문장』지에는 '쏜'이 빠져 있다.

"명사지요. 공사을 ᄒ량이면 츰나무 휘여디은 공ᄉ요."

"그 공ᄉ 일홈이 무슨 공ᄉ고?"

"코쑤레 공ᄉ요. 식의는 홀〃 눌지요. 널녀 츈향니 줍다가 슈청 안니 든다 ᄒ고 형문삼치 ᄒ옥ᄒ여 오일〃〃 올여치며 칙가업슈ᄒ엿시되, 구관의 아들인가 난충의 아들닌가, 그런 기싱 졀년ᄒ여 두고가셔 널거무쇼식인이 그런 긔ᄌ식이 인나?"

어ᄉ 그 말 듯고 졍신이 아득ᄒ여 다시 말을 무르러다가, '남의 말은 안지 못ᄒ건이와 옥은 과이ᄒ노.' 츈향니가 죽게 도야단 말을 들은즉 일각이 삼츄갓튼지라.

"ᄌ, 여러 농부. 일덜리나 잘 ᄒ란이."

그 곳슬 ᄒ직ᄒ고 ᄒ 곳슬 당도ᄒ니, ᄒ 농부 거문 쇼로 밧츨 갈거놀,

"져 농부 말 좀 뭇ᄌ니."

"무슨 말니요."

"거문 쇼로 흰 밧츨 가니, 응당 어두렷다."

"어둡기의 볏 달아쇼."

"에기 스람, 무슨 말을 그러케 ᄒ나?"

"왜요?"

"그러면 볏 달아시면 응당 더우렷다."

"더웁기의 셩이(71앞) 눌너쩨오."

"셩이 눌너시면 응당 츄우렷다."

"츱기의 쇠게 양지머리 달여쩨요."

"그 농부 말 잘 ᄒ노. 그러나 남원부ᄉ가 션치흔다지?"

"남원부ᄉ 말을 마오. 욕심이 엇더흔 도젹놈인지 민간 미젼목포을 고물149)리질ᄒ여 빅셩이 모도 거상지경이요."

그거슬 넘문ᄒ고 ᄯ 흔 곳슬 달〃른니, 흔 스람니 슬게 울며 ᄒ는

말니

"여보, 이런 관장 보왓심나? 살닌 고관혼즉 졔사ᄒᆞ는 말니 '죽은 놈은 니왕 죽어건니와 쏘 흐나을 더살ᄒᆞ면 두 빅셩을 일은고나. 그만 두어라.' ᄒᆞ고 니쫓치니 그런 공ᄉᆞ 보왓심나?"

ᄒᆞ며, 영문 졍ᄒᆞ러 간다 ᄒᆞ니, 그 곳슬 쩌나 흔 쥬막을 당도ᄒᆞ니 반빅노인이 흔가니 안져 총울치을 비여 슬〃 낙구면셔,

"밤남머 늘거신니 다시 졈든 못ᄒᆞ리라. 닐후는 늑지 말고 미양 니만 ᄒᆞ엿고즈. 빅발이 짐죽ᄒᆞ여 더듸 늘게."

슬〃 비여 낙고거날, 어ᄉᆞ 졑헤 안지며,

"노닌, 흔가ᄒᆞ고? 이 슐 맛 일홈이 무어신고?"

"슐청거리오."

"본읍니 몃 닌고?"

"팔십이요."

"본관 졍ᄉᆞ 엇더ᄒᆞ고?"

노인이 역졍 너여

"여, 〃보. 〃와ᄒᆞ니 닌ᄉᆞ을 알 만흔데, 죠졍의 막여주니요 향당의 막(71뒤)여치라 ᄒᆞ엿는니, 말씀마도 반말니요?"

"내 잘못ᄒᆞ엿고."

"원님의 말을 마오. 게집의는 홀〃 날지. 녈녀 츈향이 잡아들여 슈청 안이 든다 ᄒᆞ고 월ᄉᆞᆷ동츄 중중ᄒᆞ여 긔거ᄉᆞ경 되야다더니 죽엇는지 모로건니와, 구150)관 ᄌᆞ졔 니도령인가 무어신지 그런 게집 발여두고 일거무쇼식인니 양반의 ᄌᆞ식 도여 그런 법니 니 시상의 어데 잇쇼? 가이업슨 일니로고나151)."

---

149) 『문장』지에는 '물'이 빠져 있다.

150) 『문장』지에는 '본'으로 되어 있는데, 원문에는 '구'로 되어 있다.

"노인 쏘 훗츠 다시 보지."

흐직흐고 흔 모롱니 도라가니, 단발 쵸동들이 호미 쇼시랑 둘너메고 올나오며 쇼리을 흔다.

"엇던 스람은 팔즈 죠와 호의호식 넘녀 업고, 엇던 스람 팔즈 긔박흐여 일신난쳐 일러흐고."

쏘 흔 아히 노리흔다.

"이 마을 총각, 져 마을 쳐녀. 남가녀혼 제법일세."

어스 셔〃 보며

"죠 아희놈, 어붓어미쇼의 밥 어듸먹는 놈이요. 져 아희놈은 중가 못 들어 이씨은 년셕이로고나."

그 곳슬 쩌나 흔 곳슬 다〃르니, 호 아희놈니 산유화 쇼리흐며, 지팡막더 걸쳐집고, 팔랑보 들〃마라 왼편 엇기 둘너메고 쥬츔〃〃 올나오며,

"오날은 여기셔 즈고, 너닐은(72앞) 어듸 갈야? 죠즈룡 월강흐던 쳥총152)마를 타게 도면 이 날 이 시 흐양 가련만은, 이디로 가즈흐면 멧칠이 될 지 모로깃네."

츙〃 올나오니 어스쏘 웃둑 셔며

"아나, 너 어듸 스노?"

"니 말슴이요? 다 죽고 남원 스오."

"나이 멧 술인니?"

"목 부러진 일쳔〃, 두 달이 업는 쏘역쓰요."

"이 놈, 즁니 시다."

"시이의 거름 것지요."

"너 어듸 가노?"

"셔울 가오."

"무엇ㅎ러 가노?"

"죄슈 츈향 편지 가지고 슴쳔동 니참판딕의 가오."

"이153)이, 그리ㅎ면 편지 좀 보ㅈ."

"그 양반 넘치 좃타. 남의 닉간을 함부로 보ㅈ ㅎ오."

"이이, 녯글의 ㅎ엿시되, '힝인이 임발우기봉'이라 ㅎ엿시니 잠간 보고 봉히 쥰마."

"꼴보덤 문ㅈ는 밍낭ㅎ다."

편지을 너여쥬며

"좀간 보고 쥬오."

어슨 편지 바다들고 피봉을 보니, '슴쳔동 니춤판딕 시ㅎ인 긔탁이라 남원죄슌 츈향 고목이라' ㅎ엿거날, 쪠고 보니 ㅎ엿시되

'황공복지문안고과ㅎ스로며 복미심츈시의 셔방쥬 긔쳬후 일안만강ㅎ옵시며, 영감쥬 긔쳬후 년향만안ㅎ옵시며, 디부닌 긔쳬후 안녕ㅎ옵신지. 봉목구〃 무임ㅎ셩긔〃. 쇼녀는(72뒤) 도련님 올나가신 후의 숭스로 병니 들어 면지경각이옵던이, 신관 스쏘 도님 쵸의 슈청 안이 든다 ㅎ고 월슴동츄 중중중ㅎ여 착가엄슈ㅎ엿시니 도망홀 길 젼혀 업셔, 셜운 말을 뉘게다가 할가? 동지중야 긴〃 밤과 ㅎ지일 긴〃 날의 눈물 흘녀 셰월을 보닉난니 쇼식을 뉘 젼할가? 혈셔을 쎠〃 들고 북쳔을 발아보니 기러기 슬피 울며 거지중쳔의 써가기로 편지을 붓치랸즉 북히승 빅안 안이여든 편지을 젼할손가? 망〃ㅎ 구름 속의 빈 쇼릭쑨이로다. 칼머리 도〃 베고 흔심쳐량 누엇던니, 꿈의는 오셧다가

혼적 업시 가셧시니, 더욱 가슴니 답답ᄒ여 칼머리만 두달인즉, 실낫 갓튼 목만 압허 지희음 업시 눈물 흘여 이 고싱ᄒ는 쥬을 도련님이 알게도면 정영이 날여와셔 죽게된 니니 몸을 살니련만, 어이 글이 못 오시오. 천금쥰마환쇼쳥ᄒ여 첩 그려셔 못 오시나, 호아즁츌환미쥬ᄒ 여 슐 쥐ᄒ여 못 오시오, 츈슈가 만사틱ᄒ여 물니 만어 못 오시오, ᄒ 운이 다(73앞)긔봉ᄒ여 손니 놉ᄒ 못 오시오? 안이올이 업건만는 어셔 밥비 날여와 황쇄 촉쇄나 볏겨주면 거름니나 걸어보고 그 날 죽어 도 흔이 업깃쇼. 그닥지도 무졍ᄒ오. 힝여나 〃려와셔 엄셩이나 좀 들엇시면 무슨 흔니 되오릿가? 오로봉 위필ᄒ여 쳥쳔 일즁진덜 쇼회 말 숨 엇지 다ᄒ릿가. 어먼니도 축154)ᄒ여 눈물이 압흘 셔고 정신니 혼 미키로 디강 알외오니 ᄒ감ᄒ옵시고 근지 이지 흏지ᄒᄉ 죽기 젼의 뵈옵기을 쳔만츅슈ᄒ나이다.'

그 싯헤 숀쏘락을 씨무러셔 쇼슝강 기러기 본으로 쑥〃 쩌르치고, '정유 월〃 십팔일 죄슈 춘향 고목이라' ᄒ엿고나.

어ᄉ쏘 편지을 보믹 흉격이 막켜고 눈물이 비 오듯ᄒ여 편지즁이 지물 밧치는 시루갓트니, 져 아희 물그르미 보다가

"니 양반, 남의 편지 꼴 좀 보오. 남의 편지 보고 우는 맛시 무슨 마시오? 남의 친환의 발쏘락 쩟씻쇼. 그 편지 쓸 수 잇쇼? 길 밧분데 별일 다 보깃고."

어ᄉ쏘 눈물 흘니며

"그 편지을 보니 남원딕으로 가는 거시로고나."

"글어ᄒ오."

"글이(73뒤)ᄒ면 일 줄 도얏다. 여긔셔 날을 안니 만나던면 늄빅여

---

154) 『문장』지에는 '책'으로 되어 있는데, 원문에는 '축'으로 되어 있다.

리을 공연이 헷길할 번ᄒᆞ엿고나."

"엿젼 말슴니요?"

"니 님원딕 도련님니 과거도 못ᄒᆞ고 우연이 가셰가 탕픠ᄒᆞ여 셰간 쳘양 업시고 집도 업시 남의 겻방의셔 줌을 ᄌᆞ다가, 웃지 울화 〃을 못 이기여 시골노 날어와셔 밥니나 실컨 어더 먹ᄌᆞ ᄒᆞ고 날과 줌반ᄒᆞ여 오다가, 그 양반은 우도 함평원을 친ᄒᆞ여 옷벌니나 어더 입고 너월 망 간으로 남원 광홀누로 만나ᄌᆞ고 단단 승약일다."

"그 딕일 일을 엇지 ᄌᆞ셔이 알르시요?"

"날과 지죵간일다."

"젹부이 그러ᄒᆞ오?"

"어른이 편발 아회 달니고 햇말 홀가? 두 말 말고 도로 날어가거 라. 이 편지는 니가 〃졋다 그 양반 들여쥬마."

"그리ᄒᆞ면 줄 젼ᄒᆞ여 쥬오."

"념녀 말아."

〃회 돌여보닌 후의 츈향니 싱각니 간절ᄒᆞ여 눈물을 억졔ᄒᆞ고 한 곳슬 당도ᄒᆞ니, 강당을 놉피 칫고 션비들이 공부ᄒᆞ는고나. 강당의 올나가 담비 담아 푸여 물고, 션비155)더러 문는 말(74앞)이

"본읍의 졍쇼할 일이 잇셔 가는 길인데, 본슈의 졍사가 엇덧156)타 ᄒᆞ오?"

"명ᄉᆞ지오. 가진 풍뉴 들여놋코 기싱 불너 츔 츄이고 노리 식이는 거스로 일을 숨고, 공스는 졔폐하고, 명기 츈향이우 슈쳥 안이 든다ᄒᆞ 고 형문습치 하옥ᄒᆞ여 중독이 나셔 기지ᄉᆞ경 도얏다던니, 엇지된 줄 모로깃쇼."

---

155) 『문장』지에는 '심배'로 되어 있는데, 원문에는 '션비'로 되어 있다.
156) 『문장』지에는 '덧'이 빠져 있다.

어스쏘 그 말 듯고 구물니 글넝〃〃 닙시울기 벗죽〃〃 한난고나. 흔 션비 어스 모양을 보고 ᄒ는 말니,

"니가 어졔 읍의을 들어가니 춘향이가 죽엇다고 옥문의 쩌러닉 졔, 기싱덜도 와셔 울고, 져의 모가 몸부림을 통〃ᄒ며 우는 졍승 춤혹흔데. 니 너머머157) 망쥬곡기 초빙ᄒ엿는이 졀기 불숭흔데."

어스쏘 그 몰 듯고 졍신니 아득ᄒ여 니러셔며

"후ᄎ 다시 만납시다."

"평안이 가오."

션158)비들니 어스 모양을 보고 퓌 흔나을 쎠셔 길가 아모 초빙의 쏘즈놋코 숨어 보이, 어스쏘 손모롱이로 도라가며 탄식ᄒ여 우는 말니(74뒤)

"졍영이 죽엇고나. 일을 엇지 ᄒ존말가."

울고울고 가다 자셔이 보니, 초빙 압페 퓌을 쏘즈시되 '남원읍 기싱 츈향 원사 퓌라' ᄒ엿거날, 어스쏘 거동 보쇼. 쵸빙 압페 달여들며

"이고, 이거시 왼일인냐? 오미불망 춘향이가 죽단 말니 왼말인니."

쵸빙을 탕〃 두달이며

"이고 답〃, 닉 일니냐. 삼월츈푼화게시에 너을 ᄎ져 오마 ᄒ고 쳔 번 만번 언약기로 쳘니 말이 원졍 먼〃 길에 불피풍우 날여와셔. 이고〃〃 닉 일이야. 좀 일어나거라. 얼골이나 다시 보자. 촌촌젼지 날여올 쎠 고싱흔 말을 엇지하리. 날 못 이겨셔 왜 죽언노. 만시159)중셜편지흔 갓, 즁노의셔 닉 보왓다. 분벽ᄉ창 엇다 두고 이 지경니 왼일 인이. 원슈로다 〃〃〃〃. 신160)관 원이 웬슈로다. 만고녈녀 춘향이을

---

157) 원문에는 '머'가 두 번 쓰였다.
158) 『문장』지에는 '난'으로 되어 있는데, 원문에는 '션'으로 되어 있다.
159) 『문장』지에는 '지'로 되어 있는데, 원문에는 '시'로 되어 있다.

무슴 죄로 쳐죽엇노. 이 웬슈을 엇지할가. 아머튼지 불숭하다. 불숭하지. 그 몹슬 미을 맞고 옥즁의셔 죽엇시이 원통ᄒ다. 원혼인들 오즉할가. 젹막ᄒᆫ 북망순의 무슨 일노 누엇는냐. 나 올 줄을 모르는냐. 이러나거라. 싱즉동싱 ᄉ즉동혈ᄒᆞᄌ ᄒ고 빅년(75앞)언약 미져더니 날 발이고 죽단 말가. 목쇼리나 다시 듯자."

쵸빙을 허러놋고 신체을 쓸러안고

"이고, 이거시 웬일인고?"

매을 글161)너 니던지며

"얼골나나 다시 보ᄌ. 나무둥걸 도냐고나. 이고답〃 니 일이야."

신체을 쓸러안고 데굴〃〃 궁굴면서

"날 잡어가거라. 날노 ᄒ여 죽엇시니 니가 살면 무엇할이. 몹실 놈의 ᄉ지로다. 슈일만 술어시면 싱젼의 만나보지. 넘탐이나 말어더면 술어셔나 만나보지. 슈의어ᄉ ᄌ원키을 너 보려고 ᄒ엿던니 〃 지경이 웬일인냐? 원통ᄒ여 못 살깃네. 이 노룻슬 엇지할고? 츈향아 〃〃아. 어셔 밧비 날 달려가거라. 화용월틴 곱든 모양, 향니는 어듸을 가고 썩는 니가 웬일안니."

얼골을 한데 디고, 목을 놋코 슬피 울 졔, 건너말 강좌슈 슙형졔가 망너슴졔 쌍언쳥니 ᄉ랑의 안젓다가 졔 ᄌ당162) 쵸빙의셔 엇던 사람이 슬피 울며 몸부림을 아쥬 탕〃ᄒ며 '츈향아 〃〃〃' ᄒ는 쇼리 듯고,

"형님, 져것 좀 보오. 어먼니 쵸빙의셔 엇던 사람이 데굴〃〃 궁굴면셔 '츈향아 〃〃〃〃'ᄒ며 져리 셜이 운니 냐(75뒤)단 낫쇼. 어머니 일홈이 츈향이요?"

---

160) 『문장』지에는 '시'로 되어 있는데, 원문에는 '신'으로 되어 있다.
161) 『문장』지에는 '불'로 되어 있는데, 원문에는 '글'로 되어 있다.
162) 『문장』지에는 '사랑'으로 되어 있는데, 원문에는 'ᄌ당'으로 되어 있다.

맛승졔가 흐는 말이

"츈짜는 들엇는이라. 외슘츈 흔 분니 난봉으로 집 쩌난 지 십년이라던니 〃졔야 왓나부다."

"외삼츈갓트면 일홈을 부루잇가?"

"아모려나 올너가 보자."

"큰 일 낫쇼. 형님은 모로리라. 나 얼여셔 쳘 모를 졔, 형님은 향쳥의 가고, ᄌ근형은 즁의 가고, 나 혼ᄌ 인노란니가 엇든 스람 들어오미 어머니가 안방의 들여안치고 가진 음식 먹이던이, 날더러 스랑 보라 흐시기로, 스랑의 나와 문구역으로 들어다본즉,163) 둘리 안고 밋쏭씨름흐던이 뒤문으로 나갑데. 말이 낫시니 말이지, 어머니가 힝실을 아죠 고약흐옵데다. 그 놈이 와셔 져 발광흐는 거시지. 니 올너가셔 쏭문을 분질너 보니이라."

흐고, 숭즁 집고 니달르이, 맛승졔가 흐는 말이,

"그럴 니가 잇나? 존말 말고 올나가ᄌ."

굴관졔복 갓쵸 흐고, 이고이고 힝쏭〃〃 올나간다.

어스쏘는 이런 쥬을 모로고셔

"이고〃〃 니 일나냐. 혼이라도 네 오느라. 넉시라도 네 오느라. 나고 갓치 가ᄌ고나."

셜이 울 졔, 승졔 슴형졔가 올(76앞)나가셔 본즉, 신쳬을 니여놋코 야단흐는 거슬 보고 어이업셔

"여보, 이 양반. 이거시 왼일이요?"

어스쏘 우다가 쳐다보니, 상졔 삼인 굴관졔복 갓쵸 흐고 승즁 집고 선는 거동, 두 슈 업시 죽어고나. 언쳉164) 상졔 달여들며

---

163) 『문장』지에는 '들어다본즉'이 빠져 있다.

164) 『문장』지에는 '졍'으로 되어 있는데, 원문에는 '쳥'으로 되어 있다.

"엇젼 스람이 남의 쵸빙을 허러 신쳬을 니여 넘포을 모도 풀고, 이 지경이 윈일인가? 곡졀을 들어봅세. 이 놈을 발길노 박살을 할가?"

상장을 들어 엉치을 혼번 후리치니, 어스 졍신이 번젹 나셔

"여보, 상젠님. 니 말삼 잠간 듯고 죽여쥬오. 니가 이틀거리 붓들인 지 오리 다섯 히요. 셰승 약을 다ㅎ여도 일호 동졍 업셔 셰간 탕피ㅎ고 명의더러 무러본즉, '다른 냑은 쓸더업고 슴형졔 인는 쵸빙에 가셔 신쳬을 안고 울다가 미을 실컷 마지면 즉초라' ㅎ기로, 쵸빙 츠져와셔 벌셔붓터 우되, 슝졔 긔척니 업기의 헷노릇혼 쥴 알아던니, 이졔야 줄 만나시니 실컨 쌸여쥬오."

언청 슝졔 심스 보쇼.

"형님, 그 놈 털끗도 건더리지 마오. 분푸리도 안이 되고, 그 놈 냑만 ㅎ여 쥼(76뒤)단 말니오. 이 놈 어셔 가셔 이학이나 알아 죽어라."

어스쏘 눈치 보고

"미 마잘 지슈도 업다."

ㅎ고, 비슥〃〃 거러 혼 모롱니 도라가셔 '거름아 날 술여라' 도망 ㅎ여 가며

"남 우셰 몹시 ㅎ엿고. ㅎ마ㅎ터면 싱쥭엄할 변ㅎ엿고. 강당의 션 비놈을 쏭 혼 번을 쓰니리라."

ㅎ며, 죵일 울고나니 시중ㅎ여 두 눈니 쌈〃ㅎ여 향비 업시 가다가셔, 탄〃디로 니던지고 슌협 쇼그로 드러가니, 슈는 존〃흔데 셰류는 쵸록중 들리운 듯, 꾀쏘리 거동보쇼. 황금갑옷 쩔쳐닙고 벽역갓치 쇼리 질너 츈일의 곤이 든 잠 찌울셔라. 타거황잉아야 막교지승 혼을 마라.

경을 죠촛 들어가이 종경쇼리 솅〃 들니거날, '졀니 잇다' 차져가니, 일좌화각니 운쇼의 쇼상는데, 그져 즁싱들 모야셔〃 슈륙지을 올이는

데, 엇던 즁놈 광쇠 들고, 엇던 즁은 죽비 들고, 엇던 즁은 십이가스 언머이고 빅팔염쥬 목의 걸고 불경을 손의 들고 경(77앞) 오이는 거동, 성불일시 완년ᄒ고. 엇그젹게 머리 갓 싹근 승좌즁놈 갈이봉동 축년츌 양손의 감어줍고, 세모시 곳갈 슈어 쓰고, 크나큰 북을 두리둥 올니면셔 나무아미타불 인도ᄒ는 경은 벼유천지비인간이라.

법당으로 올나가니, 일미인이 불전의 스비ᄒ고 꿀너안져 합즁ᄒ여 비는 말이

"비난이다 〃〃〃〃. 붓쳔님 젼의 비나이다. 쇼녀 성젼의 곤명 임ᄌ성 셩씨 계쥬와 건명 님ᄌ님ᄌ165)성 이도련님과 빅년결약ᄒ온 후 니별ᄒ고 올나가신 후의 쇼식이 돈졀터인이, 불위금ᄌ의 신관스쏘 신 영 쵸의 슈청 안이 든다 ᄒ고 월숨동츈 즁ᄒ여 방게 옥즁의셔 죽게 도얏시되 ᄒ냥 기신 니도련님이 오만흔졍 겨위 가도 종시 쇼식 업사 온즉, 불상ᄒ 쇼녀 성젼 츈향 무죄이 죽게도면 무쥬고혼 되게스오니, 셔가려리, 아미타불, 관셰음보살, 십신, 졔왕님네 ᄒ님 ᄒ감166)ᄒ옵시 고, 디ᄌ디비ᄒ스 한양 게신 니도련님이 즁원급졔 츌뇩ᄒ와 졀나어 (77뒤)사을 ᄒ옵시건나 남원부사을 ᄒ옵시거나 어셔 날여와셔 죽어가 는 춘향니 살여니옵시고 빅년히로ᄒ여 유자성녀 부귀공명ᄒ게실리 겸지ᄒ옵쇼셔. 져근 졍셩 크게 바든 후의 속속히 방숑ᄒ옵쇼셔."

두 손을 곳쵸 빌며 합장ᄒ며 빅비스례ᄒ다가셔, 그 ᄌ리의 쥬져안 ᄌ 이년이 우는 말니

"그 동안의 미음 시죵 뉘가 할가? 이 년의 팔ᄌ 엇지할고? 쓴 써러 진 뒹박이요, 기167) 밥의 돗토리라. 이 안이 가련ᄒ가? 익고 〃〃 셜운

---

165) 원문에는 '님ᄌ'가 두 번 쓰였다.
166) 『문장』지에는 '강'으로 되어 있는데, 원문에는 '감'으로 되어 있다.
167) 『문장』지에는 '지'로 되어 있는데, 원문에는 '기'로 되어 있다.

지고."

인년이 운는 쇼리 옥셕간장이 슬어진다. 어스쏘 혼춤 듯다가 ᄀ삼이 답 〃, 정신니 아득ᄒ여

"아나 〃 〃, 네가 향단이냐?"

쌈짝 놀나

"누구시오?"

"닐다. 갓가이 와셔 말 좀 ᄒ여라."

향단이 음성은 귀의 익이나 모양은 본즉 의아ᄒ여, 눈물 씻고 갓가이 가 본 즉, 갈 데 업는 셔방님이로다.

"이거시 왼일이요? 승젼벽희슈류기라던니 져 지경이 왼일이요? 밤 람의 불여왓쇼, 구름의 ᄊ여 왓나, 붓쳔님이 지시혼가? 반갑기도 거지업쇼."

어스쏘 눈물(78앞) 씨시며

"향단아, 우지 말아. 그 스이 잘 잇셧단 말도 못ᄒ깃다. 고성인들 오즉 ᄒ엿시리. 니 스졍 좀 들어보아라. 나도 셔울 가셔 과게도 못ᄒ고 우연이 탕픠ᄒ여 집도 업시 남의 사랑의셔 잠을 ᄌ다가셔 긔한의 못 이긔여 시골노 날여168)와셔 밥이나 실컷 어더먹ᄌ 하고 날려왓다가, 춘향이 쇼식이나 알여ᄒ고 여긔 와셔 단니던이 쳔만의외의 너을 보이 반가온 중 션워라. 춘향과 젼일 언약 다 틀이고, 춘향이 볼 낫치 바이 업다. 긔특ᄒ다 〃 〃 〃 〃. 네 졍셩 갸득ᄒ다. 너의 승젼 술이깃다. 나는 이 곳의셔 너을 보이 춘향이 본 듯 거지 업다. 지금이라도 날여가셔 보고시부 싱각 간졀ᄒ나, 모양도 니러ᄒ고 변숀을 들고 무슨 낫츠로 가깃는냐? 네나 〃려가셔 날 보왓단 말 말고, 몸조셥이나

---

168) 『문장』지에는 '시골노 날여'가 **빠져** 있다.

아뭇쥬룩 줄ㅎ고 잇시면 천파부싱이라 ㅎ엿시이, 죄 업시면 죽는 법 비 업는이라. 금셕갓치 구둔 마음 변치 말고 잇게되면, 슈일 후의 ㅎ 번 가 보마."

향단이 눈물지며 "일구월심(78뒤) 발아던이 져 지경이 되야시니 〃 을 엇지 ㅎ쥰 말니요? 져 모양으로 날여오실 쩌의 시장인들 오즉 ㅎ 시잇가? 셔방님, 부디 그져 가지 마옵시고, 흔 번 단여 가옵쇼셔."

"오냐, 넘녀 말고 잘 날여가셔 구완이나 줄ㅎ여라."

향단이 열 번 당부 ㅎ직ㅎ고 날여가고, 이 쩌 츈향이은 옥즁의셔 승〃로 병이 되야 실음 업시 누엇다가 우연이 꿈을 쑤이, 〃몽비몽간 의 보던 몸거울니 흔복판의 갈너져 뵉고, 잉도화 쩌러져 뵉고, 문169) 우회 허슈마비 달여뵈고, 바다이 말나 뵈면 틔슨이 문너져 뵈고, 강물 이 말가 뵈며 도련님이 고기 네셜 줍아들고 말 타고 운간의 왓다갓다 ㅎ는지라. 쌈짝 놀나 씨다르니 침슝170)일몽이라. 칼머리 빗거 안고 슈셩장탄ㅎ는 말이

"〃 꿈이 왼 꿈인가? 니가 죽을 꿈이로다. ㅎ양 계신 니도련님이 날 못 이겨셔 병이 도야 출입을 못ㅎ시나, 경년 무슨 일이 인나부다. 시벽 셔리 찬바람의 울고가는 져 기러가. 네 어듸로 향ㅎ느냐? 하양 으로 지나거던 녈녀 츈향이 죽더라고 부디 한 말(79앞) 젼ㅎ여다고."

안졋시니 님이 오나, 누엇시이 잠이 올가. 젼젼반측ㅎ다가셔 시는 날 아침결의 건너말을 허봉〃가 옥 모통이 지나가며 '무수 □□'171) 소리ㅎ니, 츈향이 반겨 듯고, 옥죨 불너

---

169) 『문장』지에는 '무'로 되어 있는데, 원문에는 '문'으로 되어 있다.
170) 『문장』지에는 '창'으로 되어 있는데, 원문에는 '슝'으로 되어 있다.
171) 원문에는 후대에 누군가가 글자를 뭉개서 판독이 불가능하다. 『문장』지에는
    "(三字不明)"이라 하였는데, 실제로는 두 글자가 빠진 것으로 보인다.

"판슈 불너 달나."

흥이, 옥졸이 디답ᄒ고

"여보, 봉ᄉ님. 죄슈 춘향이가 부르이 들어가 보오."

져 봉ᄉ 거동 보쇼. 가문 눈을 희번더기며 슈파람을 불며 들어온다. 츈향이,

"봉ᄉ님, 이리 안지시요."

봉ᄉ놈 음흉ᄒ여 ᄒ는 말이,

"혼ᄌ 갓쳣는야?"

"혼ᄌ 갓쳣소."

"그랴, 미을 만이 마젓다던이 과이 숭치나 안이ᄒ엿는냐? 어데 만져보ᄌ."

츈향이 두 다리을 늬여노이, 봉ᄉ놈 더두무머

"어불ᄉ, 과이 숭ᄒ엿고나."

이리져리 만지면셔

"어늬 놈이 〃다지 몹시 쳣노? 져와 무슨 웬슈던이? 김핀두가 치던냐, 이핀두가 치던냐? 이 셜치는 늬 할테이, 쏙바로 일너다고."

아리 우흘 만지다가, 졍작 두짐단뭇곳즐 범ᄒ거날, 츈향이 분을 참지 못ᄒ여 발로 쌕172)을 치려다가 졈을 잘못할가 ᄒ고, 어리숀치는 말이

"여보, 봉ᄉ임. 늬 말슴을 들어보오. 우리 부친 술아실 제,(79뒤) 우리집 차져와셔 날을 안고 귀ᄒ다고 '늬 쌀니지' 슐집이 안고가셔 아쥬도 바다쥬며 늬 쌀이라고 ᄒ시던이, 우리 부친 만셰 후의 지금 와셔 봉ᄉ님을 다시 뵈온이 슬픈 마음 층냥 업쇼. 숭귀 업시 말르시고, 졈

---

172) 『문장』지에는 '빰'으로 되어 있는데, 원문에는 '쌕'으로 되어 있다.

이나 ᄒᆞ여쥬오."

봉ᄉᆞ님 말 ᄂᆞ치 아라듯고

"네 말이 당년ᄒᆞ다. 이졔야 싱각허깃고나. 네가 참 춘향이로고나. 그 ᄉᆞ이 완즁ᄒᆞ엿단 말이야? ᄒᆞ마ᄒᆞ드면 실슈할 번ᄒᆞ엿다. 무슨 졈인이?"

"신슈졈이지요. 간밤의 꿈자리도 고약ᄒᆞ이 ᄌᆞ셔이 가려쥬오."

"〃야, 염여말아."

ᄉᆞ통을 ᄂᆞ여 손의 들고 졀너〃〃 흘들면셔

"보기츅왈 쳔ᄒᆞ언지 지허언지 실리오만는 고지직웅 〃지직신 〃기영의신이 감이슌통ᄒᆞ쇼셔. 원형이졍는 쳔도지상이요 인의녜지는 인셩지강이라. 부듸인ᄌᆞ는 여[173]쳔지로 합기덕[174] 여일월노 기셔 여일월노 합명 여귀신으로 합기길흉ᄒᆞ난이 션쳔이쳔불의 후쳔이봉쳔시 쳔ᄎᆞ불위컨더 항어인[175]호아 항어귀신호아. 길즉길 흉즉흉ᄒᆞ와 괘불난동ᄒᆞ며 효불난(80앞)동ᄒᆞ쇼셔. 티셰 졍[176]유 원월 이십일 졍슐 길신의 히동 죠션군 젼라 좌동 남원부 긔ᄒᆞ읍난 님ᄌᆞ싱 셩씨 근목문ᄍᆞ는 미망낭군 이도령이 일거 소식 영졀인이 기간 ᄉᆞ셩여부와 긔일숭봉이며 하일방송일지 복걸 졈신은 곽박, 이슌푼, 졍명도, 졍이쳔, 홍게관,[177] 졔갈무호, 졔위 션싱 호위ᄒᆞ여 의시숭괘로 물비쇼시ᄒᆞ쇼스."

ᄉᆞ통을 것고로 줍고 패을 ᄂᆞ여 ᄒᆞ나 둘 셋 넷슬 쎄여보던이, 즁얼즁얼 작괘ᄒᆞ다.

---

173) 『문장』지에는 "쳔도지상이요 인의녜지는 인셩지강이라. 부듸인ᄌᆞ는 여"가 빠져 있다.

174) 『문장』지에는 '덕' 뒤에 '이'를 더 써넣었다.

175) 원문에 쓰인 '인'이 『문장』지에서는 '안이'로 되어 있다.

176) 『문장』지에는 '졍'이 빠져 있다.

177) 『문장』지에는 '만'으로 되어 있는데, 원문에는 '관'으로 되어 있다.

"천권 쾌엿다 육용이 여천지래요, 광디표류지승이라. 그 쾌 미우 좃타. 관귀가 왕성ᄒ여 청용을 셔씨이, 〃도령이 장원급제ᄒ엿나 보다. 음양이 승합ᄒ엿시이, 귀한 스람이 니 몸을 구할 거시요. 토호의 등스가 곡을 마저 토극178)슐을 ᄒ엿신이, 도로혀 본관이 희을 본 듯 ᄒ고, 신호즈가 발ᄒ여 복덕을 만나신이 아마도 그리든 남179)을 만나 깃다. 염여 말고 근심 말아. 희몽을 ᄒ여보즈. 화낙ᄒ니 넝셩실이오, 경파ᄒ니 긔무셩가? 문ᄒ의 현(80뒤)허신ᄒ이 만인이 기앙시라. 꿈도 즁이 좃타. 꼿치 쩌러지이 열믜을 일을 거시요, 거울이 찌여질 쩌의 쇼리 업슬손야? 문 우희 허슈아비을 달아 뵈니, 일만 사람이 우러〃볼 터인즉 즁이 좃타."

"시벽역헤 꿈을 쪼 ᄭᆫ즉 바다이 말나 뵈며, 틱손이 문어져 뵈고, 강물니 말가 뵈며, 도련님이 고기 네슬 줍아들고 말 타고 운간의 왓다갓다 ᄒ여 뵈니 그 꿈 흉몽이지요?"

봉스놈 ᄒᆫ 번 웃고 ᄒᄂᆫ 말이 "네가 ᄭᅡ토리 본 시로 꿈은 엇지 즈죠 ᄭᅮ엇난냐? 희몽을 ᄒ여보자. 희갈ᄒ이 현용안이오, 슨붕ᄒ니 죡평지라. 바다이 말낫시이 용의 얼골을 볼 거시오, 틱산이 문허지면 평지가 되리로다. 강청월근인이라, 강물리 말그면 달이 스람의게 갓가이 올 터인이 반가온 쇼식 불구의 듯깃고나. 니도령이 고기 네슬 줍아들고 말 타고 운간의 단엿짜지. 고기어 넉스. 이잇, 츈향아. 고기어 넉스 붓쳐보라. 어스 안이야? 니도령 어스하엿고나. 말 타 뵈는 거슨 마픽을 차고 동젹강을(81앞) 발서 건너고나. 걱정 말아. 미구불원 죠흔 일이 잇슬 터인이 네 덕의 술준이나 으더 먹어보즈."

츈향이 퍽 죠와라고

---

178) 『문장』지에는 '극'이 빠져 있다.
179) 『문장』지에는 '님'으로 되어 있는데, 원문에는 '남'으로 되어 있다.

"그러키을 발아릿가마는 난데업는 져 까마귀 옥담 우희 올닉 안자 가옥〃〃 갈가옥 오비약 쐭〃 들키 실케 우는고나. 이고 여보, 봉스님. 져 가마귀 날 잡어갈 쇼련가? 이상ㅎ고 〃약ㅎ오."

져 봉스님 ㅎ는 말이

"그 소리을 네 모른다. 가옥〃〃 ㅎ는 거슨 아름다올가 〃옥〃〃 너을 형슨빅옥갓치ㅎ며 층찬ㅎ는 쇼리로다."

"갈가옥ㅎ이 무슨 쇼리오?"

"그 쇼리는 더욱 좃타. 다180)할갈 집가 옥〃, 갈가옥인181)니 옥방 살이 다 ㅎ엿단 말이도다."

"오비약ㅎ니 무슨 쇼리요?"

"미 맛고 〃승ㅎ여도 니가 약을 아니줄가? 나오 아일비 약〃, 오비 약이 〃 안이야?"

"쌕〃ㅎ는 거슨 무슨 쇼리요?"

"사모 지두리중으로 팰지라도 발은 말만 쌕〃ㅎ라는 쇼리로다. 짐 싱들도 져리ㅎ이 흔 번 호강은 ㅎ여볼나."

춘향이 죠와라고

"봉스놈182) 말슴은 좃쇼마는 그리키(81뒤)을 발아릿가?"

"흔 말 안일 거시이 고름 미고 니기ㅎ즈."

허봉스가

"아쥬 넘녀 말고 잘 잇거라. 후츠 다시 보쟈."

춘향이 돈 셔 돈을 니여주며

"이거시 약쇼ㅎ나 쥬츠나 ㅎ옵쇼셔."

---

180) 『문장』지에는 '다'가 빠져 있다.
181) 『문장』지에는 '하'로 되어 있는데, 원문에는 '인'으로 되어 있다.
182) 『문장』지에는 '님'으로 되어 있는데, 원문에는 '놈'으로 되어 있다.

봉수 길게 셔쎅이고

"아셜라. 고만 두어라. 우리터의 복츠가 업신덜 졈 흔 번 못흔단 말니냐? 고만 두어라."

왼숀을 니밀면셔

"슈나 올은지 지금 쇠천은 못 쏟단다."

바다가지고 돌아가고, 츈향은 봉수 말 듯고 일희일비ㅎ여 도련님 오기 기달일 졔,

잇 쎄, 어스또 손칠의셔 밤을 지너고, 잇튼날 츈향이 싱각 간졀ㅎ여 읍으로 날여온다. 쳔″이 와보ㅎ여 박셧틔 얼는 너머 남원 동구 다다르니, 기스쳥″ 유식신ㅎ이 나귀 미던 버들이요, 녹슈진경 너른 뜰은 녯 단이든 길이로다. 광할누 잘 잇든야, 오작교 무스흔냐? 손됴에 보던 쳥션이요, 물도에 보던 녹슈로다.

츈향 고틱 차져간이 송쥭은 의구ㅎ다. 츈향의 집 갈련ㅎ다. 안치는 씨려지(82앞)고 밧 중원 잣바지고 셕가리 고의 버셔 이우량이 방중이 초년당도 문어지고, 셕화슨도 허러지고, 화게동슨 기쫑밧치 도야고나. 딕문간 도다른이 울진경덕 진슉보을 부쳐던니 풍마우쇄ㅎ여 몸파은 씨러지고 목만 나문 거시 눅쌀을 부릅쓰고 더듸온다 흘깃ㅎ고 보간고나. 셔화부벽입츈셔 흔나 업시 씨러지고, 효계츙신 예의염치 니 손으로 부친 거시 모도 씨러지고, 츙셜츙쏜 남은 거시 가온딕중쏜는 어딕로 가고 마음심쏜만 몬지 찰풕 두여씨고 흐미ㅎ게 뵈난고나.

쳥삽살리 거동 보쇼. 비루을 잠복 올녀 기운을 못 출리고 발노 희젹이며 녯 졍을 모르노라 목 쉰 쇼리로 진는고나. 학두룸미 흔 쌍 노은 거시 흔 마리는 졀노 쥭고, 쏘 흔 말이 남은 거시 흔 쥭진는 기가 물녀 쥭 쳐지고, 셥흔 쥭지 펼치면셔 고면을 반겨라고 길록쑤루룩ㅎ는 거동 쳐량도 ㅎ건이와, 년못셰 노든 붕어 ㅎ나도 업시 어데을 가

고, 올충이는 우물우물ᄒ는고나. 노송 반송 금ᄉ오쥭 쳥〃이 푸루럿다.(82뒤) 어ᄉ쏘 그 모양을 보고 흔슘 시며 ᄒ는 말이,

"집 모양이 〃러헐 졔, 〃 모양이냐 오즉홀가? 불숭다고 ᄒ련이와 가이 업시 도엿도다."

일낙셔산ᄒ여 황혼이 도앗고나. 즁문을 들어가이, 츈향모 거동 보소. 마당을 졍이 씰고, 소반의 시 동의예 졍환슈 여다 놋코, 목욕지게 졍이 ᄒ고, 시 자리 펼쳐 쌀고, 두 무릅 도〃 쑬고, 두 손을 곳쵸 비는 말이,

"승천일월, ᄒ지후토부인, 슘십슘쳔 니십팔슈, 슘티셩, 북두칠셩, 십신졔왕, 오악신신, ᄉ희용왕, 졔불졔쳔, 나흔보살, 오방신장, 고기〃〃 쥬찰ᄒ사, 셔황단 마누라 ᄒ의동심하여 ᄒ림ᄒ감ᄒ옵셔. 삼천동 긔ᄒ옵난 건명 님자싱 니씨 디쥬와 곤명 님자싱 셩씨 게쥬가 빅년동낙지의로 어약을 미진 후의 일년이 못 도야셔 공방슬니 들어던지 이별ᄒ고 가온 후의 쇼식죳차 돈졀흔 즁의, 신관이 슈쳥 안이 든다 ᄒ고 형문삼치 ᄒ옥ᄒ여 지금 사오식의 거위 쥭게 도앗시니, 쇼〃ᄒ온 졍셩을 밧치(83앞)온이 열위 졔왕님네 응감ᄒ옵시고, 니씨 디쥬 즁원급졔 츌뉴ᄒ와 남원부ᄉ을 ᄒ옵시거나, 졀나어ᄉ을 ᄒ옵시나, 양단간의 ᄒ여 와셔 쥭게된 츈향이 슬녀니여, 금실 죠와 유ᄌ싱녀ᄒ고 부귀공명ᄒ여, 나라의 츙신 되고 부모게 영화 뵈야, 금옥만당ᄒ고 만디유젼ᄒ졔 졈지하와 쥬옵쇼셔."

손을 들어 빅비ᄉ례ᄒ고 ᄌ리의 도라안져 쌍바다을 탕〃 두달이며 우는 말이

"쳔지도 무심ᄒ지. 이 졍셩 밧치기을 ᄉ오삭이 되엿시되 도련님이 오련만은 졍셩이 부쭉턴가 춘향이 쥭을 운슈든가? 옥발아183)지 〃질ᄒ고, 셰간집물 업셔시이, 뭇엇 팔아 구ᄒ갈〃. 약슉ᄒ지 〃〃〃〃,

도련님도 야슉ᄒ지. 흔 번 써나가신 후의 편지 일즁 업셧시이, 니 쌀 살기 어렵도다. 셜운 말을 눌더러 홀가? 팔십 먹은 늘근 년이 무슨 죄가 심즁ᄒ여 소년의 과부 도야 쳘 모로는 어린 쌀을 압흘 셰고 술 아갈 제, 고승흔 말 ᄒ즈 ᄒ면 흔 입으로 다할숀야? 쌀을 길너 즁셩흔 후, 이 씨 편희불가, 져(83뒤) 씨 편희볼가? 셰월이 날 쇼기고 갈쇼록 이러ᄒ이, 몹슬 놈의 귀신들아, 이팔청츈귀남즈 잡어가지 말고 날갓튼 년이나 잡어가거라. 안니 죽어 원슈로다. 익고〃〃 셜은지고. 영감아 〃〃〃. 날 달려가게. 여슨 박귀야. 날 잡어가거라. 이 셜음을 엇지 할고?"

흔참 이리 울 제, 어스또 흔춤 셔〃 듯다가, 혼즈 말노

'니가 션졔 덕분으로 과거홀 줄 알어던니 츈향모 향단니 덕이로다.'

츈향외[184] 이러셔며

"향단아."

"예."

"미옴 솟테 불 너어라. 밤의 먹게 갓다쥬즈."

어스또 병신쳐럼

"여보게, 기 집이 인나?"

츈향모 부르는 쇼리을 듯고, 노랑머리 비커 꼿고, 힝즈치마 두루치며,

"거, 누구요?"

나오다가 어스 보고 도라셔며

"거지는 눈도 업지. 이런 집이 무엇 달나 보치는고?"

"여보게, 닐셰."

"니라이, 누구시오? 올치, 져 건너 김풍원인가? 구실 돈양[185] 써러

---

183) 『문장』지에는 "(一字不明)"으로 되어 있는데, 원문을 보면 '아'자로 보인다.

184) 『문장』지에는 '모'로 되어 있는데, 원문에는 '외'로 되어 있다.

진 거 몹시도 지쵹ᄒ지. 오날 장날은 피 무든 숫것슬 팔라리도 할 거
신니, 넘녀 말고 건너가오."

"이 스람, 닐셰."

"이고, 눈도 짝두 ᄒ지. 늘거들낭 죽어. 홍문거리 약186)게 양(84앞)
반이로고. 약은 유감이 갓다 쓰고, 엿티 못 갑퍼 걱정은 죵〃ᄒ나, 할
슈가 업셔 못 갑펏셔. 넘치는 업쇼만는 슈이 가져갈 거신이 넘녀 말
고 건너가오."

"져 스람 보게. 닐셰."

"이고, 니란이, 누구야? 굴둑시 아들인가?"

"셔울 니셔방일셰."

"오호, 빅골 빅즁스 니셔방이로고. 희 다 져 져문 날의 무슴 일노
차져왓쇼? 니 셜운 말 들어보오. 금숀셔 온 옥셤이는 신관 슈쳥 들어
논 열셤직이, 밧 보름갈리 죽만ᄒ고, 져의 아번이 힝슈군관, 오라비
관쳥 고ᄌ, 세간집물 장만ᄒ고, 호강이 뭇쓩ᄒ데. 츈향의 짓슬 보오.
구관 ᄌ졔을 못 이져셔 슈졀인가 정졀닌가 ᄒ다 ᄒ고, 두문스직ᄒ다
가셔 신관젼의 걸어들어 옥귀신이 되깃신니, 요련187) 년의 짓시 잇
쇼? 니셔방도 셔울 스지만은 노양낭은 마오만은 셔울 니가라면 디갈
니을 벗쎡〃〃 씨물고십허 못 살깃쇼. 빅목은 다 미엿쇼? 어뉘 쩌나
올나가오? 옥발아지 골볼ᄒ여 반가온 숀님 본들 약쥬 ᄒ 준 못 디졉
ᄒ니 불먼ᄒ기 측양업쇼."

"이 스(84뒤)람,188) 그 니셔방이 안이도셰. 목쇼러도 몰나못나? 칙

---

185) 『문장』지에는 '얘'로 되어 있는데, 원문에는 '양'으로 되어 있다.
186) 『문장』지에는 '앗'으로 되어 있는데, 원문에는 '약'으로 되어 있다.
187) 『문장』지에는 '런'이 빠져 있다.
188) 『문장』지에는 '람'이 빠져 있다.

방 니셔방일세."

"칙방 니셔방이란니? 지금 칙방은 골쥬부라던데, 니셔방이란니 누구야? 눈 어두어 모로깃니."

"구관 조계로세."

츈향모 씸쪽 놀나,

"구관 조계란니? 춤말넌가, 헷말인가? 얼시고나, 왼말인가? 니 몰난네, 〃〃〃. 인제 춘향니 술여고나. 지흐즈 죠흘시고. 들어오게."

츔을 츄며 달녀들다가, 어스 모양을 둘여다 보다가, 셥언니 물너셔며

"니런 놈의 셰상 보익. 사람이 죽게된이가 비렁방이 다 쇼이닉. 비우 숭히 못 살깃다."

어스쏘 어니업셔

"니 스람아, 가셔 구관조계 니셔방일세. 늘근이 망녕 작〃 피우고 날 좀 조셰 보게."

츈향모 들여다보니 목쇼리는 어반ᄒ다마는 모양을 보익 가련 업니.

"향단아, 불 너 오느라. 얼골을 조셰 보즈."

불 켜들고 조셰 보니, 갈 데 업는 니셔방이라. 왈안 달여들며

"어허, 이게 왼일인가? 승전이 벽희된다던이 〃 지경이 왼일인가? 일런 놈의 꼴된 것 보게. 종노 숭거지논(85앞) 제게 디면 신션일세. 을타, 이 놈에 꼴 잘 되엿다."

달여드러 도포소믜 금쳐 줍고

"오륙식 츅원키를 급제ᄒ라 비러쩌니, 거지 되라 버려쩐가? 이제야 잘 되엿다. 만난 김에 ᄒ여보즈. 우리 츈향 죽어쓰니 나도 마져 죽여다고."

멱술을 홈쳐줍고 이리져리 흔들면셔

"니 집 꼴 좀 된 것 보쇼. 눌누 ᄒ여 이리 된가? 얼골도 쎈〃ᄒ지.

져 지경이 되여가지고 무엇흐러 차져왓나? 이런 놈에 일리 잇나? 이
고〃〃 셔른지고. 시〃씨〃 바라쩌니, 걸인 오기 바라던가? 두 슈 업
시 죽어쑤나. 지닌 일을 싱각흐면 씨미러 먹어도 시원치 아니흐지."

몸부림을 쌍〃 흐니, 향단이 달려들러

"마누님 마를시오. 젼졍을 싱흔들 이 지경이 윈일이오? 져 모양
으로 오실 쩌의 그 마음이 오작할가? 언약이 지즁흐여 쳔리원졍 날려
올 쩌, 고싱인들 오작 흐엿슬가? 셔방님 노여마오. 늘근이 망영으로
역졍 김에 흔 일이오."

어스쏘 어이업셔 어루숀치는 말이

"여보게 즁모. 니 말 좀 듯게."

춘향모 역졍 니여

"즁모라니, 무엇시오? 아모 말도 듯기 시러이."

"나도 올가셔 가운이 불힝흐여 집도 업시 단니다가 춘(85뒤)향과
언약이 지즁키로 불피풍우 날려올 졔, 고상흔 말 엇지 다 홀가? 원두
막에 춤오이썹질 아닐너면 발셔 죽어에. 날여와셔 들어본즉 춘향이가
옥즁에 갓쳐다니 할 말은 업네마는 죄 업시면 죽는 볍이 읍실 테니,
졔가 마지막 보고가게 흐야쥬게."

"보면 무엇할고? 달은 데나 가셔 보게."

향단이 어스쏘 손을 잡고

"셔방님 노아 말고 방으로 들어가십시다."

어스쏘 춘향모를 비웃노라고

"이이, 향단아. 밤맛 본 지 몃칠인지 형용를 잇기시니 요긔 좀 식여
다고."

향단이 부억의 들어가셔 먹든 밥을 졍이 찰여

"셔방님, 시장흔데 우션 요긔흐읍쇼셔."

어스쏘, 미189)운 지를 ᄒ노라고

"물 좀 써다다고."

두 숀을 훨젼 것고, 찬밥을 굴게 뭉쳐190) ᄒ 덩어리식 들이치고, 눈을 부틉쓰며 싱키면셔 물 ᄒ 변식 마시니, 츈향모 쏘 어스 밥 먹는 거동를 보고

"음식 먹는 본시가 인졔도 얼마 비러먹을는지 몰로깃다. 션셔 덕분으로 남원 칙방 명졍 쎠라, 아쥬 무용건이라. 져런 축실ᄒ 셔방 못 잇고셔 슈졀인지 긔졀인지 밋친 년의 게집 아희 옥귀신을 면ᄒ볼가."

어스쏘 밥승 물여노며

"향단아, 요긔는 면ᄒ엿다마은 반양도 아니 찻다. 밥 좀 마니 ᄒ여다고. 여보게 장모. 이왕 살여왓시니 나고 갓치 가셔 얼골이나 보(86 앞)게 ᄒ오."

"그려셔 숫컷시라 게집 싱각은 나∥보다. 헌 누덕 쇽의 쌍티셔션 달고 쓸듸업네. 어셔 도라가게. 싱각ᄒ여 무엇할고?"

향단이 ᄒ는 말리

"셔방님, 염여 마오. 미음 가지고 갈 거시니 갓치 가셔 보옵쇼셔."

츈향모 흔슘지며

"향단아, 등불 들나. 미음인가 먹이러 가즈."

어셔 이려셔며

"갓치 가셰."

압홀 셔∥ 가는 거동, 바람 마지 병신갓치 빗슥∥∥ 거러가니, 츈향모 뒤의 가며 어스 모양 보고 괴탄ᄒ여 우는 말이

"원슈의 게집인년. 어셔∥∥ 죽어시면 졔 팔즈도 좃쎤이와 니 팔즈

---

189) 『문장』지에는 '무'로 되어 있는데, 원문에는 '미'로 되어 있다.

190) 『문장』지에는 '무쳐'로 되어 있는데, 원문에는 '뭉쳐'로 되어 있다.

은 더욱 좃타. 져런 것슬 셔방이라 밋고 잇셔 슈졀ᄒ네 긔졀ᄒ네.”

옥문을 다″러셔 독을 니여 ᄒ는 말이

“압다, 이 년. 죽엇는냐, 살앗는야? 이거시 원일이니. 팔십 먹은 늘근 년이 밤낫슬 헤치 안코 옥 문턱이 달아고나. 발아고 밋더니만 밋든 일도 허ᄉ로다. 잘 도앗다. 요런 세판 다시 업다. 가슴 시원이 너다 보와라.”

츈향이 혼미ᄒ여 누엇다가 깜작 놀나

“이고, 어먼이. 어둔 밤의 우웨 왓쇼?”

“왓단다.”

“무어시 와나? 긔별이 왓나? 숨쳥동셔 편지 왓쇼?”

“살여왓시니 늬다가 보려문나.”

츈향 반기듯고 두[191] 무릅을 집고 일어셔며

“이고, 달이야. 이고, 목이야. 거긔 뉘라 알여왓나? 바야산 바위 밋테(86뒤) 슉낭ᄌ가 셜은 말을 ᄒᄌ ᄒ고 날을 츠져 날려왓나, 슈양산 빅니슉졔 츙졀ᄉ을 의논코자 날여왓나, 숭산ᄉ호 네 늘근이 바둑 두ᄌ 차졋던가? 날 치질 이 업건마는 거긔 뉘라 날 츳는고?”

옥문 틈으로 늬다보며

“뉘가 날려왓쇼?”

츈향모 ᄒ는 말이

“압다, 요 년. 반가올나. 종노 숭거지 ᄒ나 예 와 셧다.”

츈향 늬다보고

“이고, 어먼이. 망녕이요. 눈이 어두어도 말년이 잇지요. 만져본들 모론단 말이요?”

---

191) 『문장』지에는 ‘두’가 빠져 있다.

"압다, 요 년. 발근 눈의 즈세 보와라. 니가 놈이 아니면 엇던 년석
의 아들인야?"

어스쏘 문틈으로 갓가이 가셔

"츈향아, 니가 왓다. 져 지경이 원일일192)이니? 반가온 중 션곱고
나. 내 스정 좀 들어보라. 나도 운이 불힝ㅎ여 긔스지경 도야시나, 너
와 언약 지즁키로 춘〃젼지 왓던이만, 져 지경 되야시니 피차 할 말
업건이와 져 고싱이 오작ㅎ야?"

춘향 칼머리 밋기안고 그 즈리의 쥬져안져

"이고〃〃 셜은지고. 져 지경이 원일인가? 니가 죽을 운슈로다. 져
모양 날려올 졔, 남의 쳔디 오쭉ㅎ며, 시장인들 오작홀가? 뉴원슈구
할 갓 업늬. 팔즈나 흔을 ㅎ지. 승스일염 밋친 흔이 병입골슈 깁피 들
어 싱젼(87앞)의 다시 못 볼가 흔일던니, 쳔위신죠ㅎ여 오날〃 다시
만나보니 지금 죽어 흔이 업쇼. 너일 신관스쏘 싱일 긋헤 나을 죽인
다 ㅎ니 혼이라도 원이 업쇼. 죽이거던 미장군 들이지 말고, 셔방님이
달여 육진즁포 썰〃 묵거 질머지고 선녕 발치 무더쥬면, 졍죠193) 흔
식 단오 츄석 도라와셔 졔슈 퇴물〃 녀노코 슐 흔 잔 셔방님이 친히
들고 '츈향아' 부로면셔 무덤 압헤 부어쥬면, 그 아니 죤 일이요? 니
집이 츠져가셔 나 즈던 방의 금침 벼고 평안이 쥬무시고, 너일 일즉
와셔 '죄194)인 올이라' 녕 나거든 칼머리나 들어쥬오. 나 흔 말을 잇
지 마오."

"온야, 우지 말라. 천파부싱이요, 죽을 병의도 스는 약이 인는이라.
신관이라 시관은 미양 호강만 흔다던냐? 넘녀 말고 죠셥이나 잘 ㅎ여

---

192) 원문에는 '일'이 두 번 쓰였다.
193) 『문장』지에는 '초'로 되어 있는데, 원문에는 '죠'로 되어 있다.
194) 『문장』지에는 '저'로 되어 있는데, 원문에는 '죄'로 되어 있다.

라. 닐일 오마."

흐즉흐니, 츈향이 져의 모을 부르더니

"셔방님 모시고 가셔 더운 방의 닌 금침 펴고 잘 쥬무시게 흐고, 노리기 집물 파라 의복관망 흐여들이고, 부듸 잘 디졉흐여쥬오."

츈향모 역졍니여 손벽치며

"동니 스람, 들어보쇼. 낫편 궁근 몰나보곤, 허는 궁근 안가흐니, 이런 연의 말이 잇나? 팔십 먹은 늘근 년니 스오삭 옥발(87뒤)아지 흐노리도 슐 흔 잔 담비 흔 디 먹어보라 말이 업던이만, 원슈엣 놈 보던 낫테 노리기 파라 〃, 의복을 팔라 〃, 좀 지워라, 잘 먹여라, 이거시 원 말이니? 마음갓게되면 난장 쥴리195)를 흔착흐면 시원홀 듯흐다."

츈향이

"여보, 어먼이. 이거시 무슴 말슴이오? 젼졍를 몰나보고 비은망덕 될 말이요? 셔방님, 늘근 망녕으로 알고 노야말고 부듸 나 흔 말슴 잇지마오."

"온야, 글낭 염녀 말아. 죽는 볍이 읍는이라. 조셥이라 잘 흐여나."

흐직흐고 돌라올 졔, 흔 모롱이 도라와셔 츈향모 흐는 말이

"셔방임은 어듸로 가려시요?"

"즈네 집으로 가지."

"여보, 이거시 진소의 들에질이요. 옥196)발아지 흐노라고 집 팔라 먹고 남의 겻방의 든 줄 번이 알연이, 알며 집이란니 무어시요?"

어스쏘 □□197) 말이 "여보게, 즁모. 졋발인들 흐로밤이야 못 잘

---

195) 『문장』지에는 '즐피'로 되어 있는데, 원문에는 '쥴리'로 되어 있다.
196) 『문장』지에는 '올'로 되어 있는데, 원문에는 '옥'으로 되어 있다.
197) 원문은 파손이 되어 판독이 불가능하다. 『문장』지에는 '한는'으로 되어 있다. 두 글자 중 첫 글자는 받침을 확인할 수 없지만, 'ㅎ'는 보인다.

가? 너무 괄셰ᄒ네. 눈치을 □□198)지로 모로는가? 이것 좀 보게."

마뢰을 니여뵈이, 츈향모 흔춤 들여다보다□199)

"니런 놈의 심ᄉ 보게. 남의 집 졉시을 쑤두려 츠고 단니네. 글야 멀졍흔 도젹놈일다."

쑤리치고 달아난니, 어ᄉ 홀알200) 업셔 광흔누 츠져가셔 좌우산찬 살펴보니 젼일 모양 의구ᄒ다. 란간의 〃시ᄒ여 밤을 시울 졔, 각읍 슈령 션불션과, 방〃곡〃 넘탐 문셔와, 신관의 죄목 죄단을 일〃치부ᄒ고, 니일 츌보ᄒ량으로 좌우도 보닌 츄줌 셜리 너일□□□201)(88앞) 가 ᄒ며 안져던니, 동방니 긔망커날, 좌우로 비장 셜리 미명의 다량ᄒ나, 어ᄉ쏘 각쳐 문셔 바든 후의 분부ᄒ되

"오날 오시의 본읍 츌도할 터인즉, 죽실리 거힝ᄒ라."

가쳐 역쥴들리 분부 듯고 등디할 졔, 이 씨 본관 셩일이나. 공방 불너 보진ᄒ되, 동현 말우 비계 미고, 구름 차일 놉피 치고, 손슈병, 인물병, 환문졔의 면단식을 줄노 친다시 ᄯᅡ라놋코, 스룡, 쵸더,202) 양각등을 줄〃의 달아놋코, 시악슈 불너 스면 등디ᄒ고, 슈로 불너 기싱 등디시기고, 관청비 불너 음식 등디ᄒ고, 호장 불너 감슝시기고, 네방 불너 손 디졉 식기라 흔춤 분〃헐 졔, 인근 업 슈령들니 모야고나. 님 실현감, 구례현감, 젼쥬판관, 운봉영중 차례로 덜어올 졔, 츠러노 안진 후의, 아희 기싱 노의홍숭, 어룬 기싱 착젼닙ᄒ고, 늘근 기싱 영솔ᄒ여, 거문고 남청 듯고, 히금은 녀쳥이라. 긴신면 디무 보고, 영순

---

198) 『문장』지에는 "(二字不明)"으로 되어 있다. 원문에도 두 글자가 훼손되어 있다.

199) 원문은 파손이 되어 판독이 불가능하다. 『문장』지에는 '가'로 되어 있다.

200) 『문장』지에는 '할말'로 되어 있는데, 원문에는 '홀알'로 되어 있다.

201) 『문장』지에는 "(三字不明)"으로 되어 있다. 원문에서도 세 글자를 판독하기가 어렵다.

202) 『문장』지에는 '지'로 되어 있는데, 원문에는 '디'로 되어 있다.

도〃203)리 잡츔 불 졔, 거승 치고 상 올인다.

어스쏘 슘문간의 단니면셔 들어갈 틈을 츠지알 졔, 혼금이 더단ᄒ
다. 문 엽헤 비켜셔〃 도스령덜러

"여보, 을날 싱일 잔치의 음식이 번화ᄒ니, 슐준니나 어더먹어면
엇더ᄒ오?"

도스령놈 등처들고 후리치며

"못ᄒ지오. 스쏘 분부 지엄ᄒ여 줍인을 들엿다가 졀곤즁치ᄒ다 ᄒ
이 얼는 마오." 어스(88뒤) 할일업셔 관문거리로 다이면셔 혼즈 말노

'미오 잘들 논다만은 흔 번 쏭은 쓰보리라.'

단니다가 문간을 들여다보이 도스령놈 쏭을 누려 간 쓰니의 쥬먹
을 불근 쥐고 동헌을 처다보며

"엿쥬어라, 〃〃〃〃. 어라 더상의 엿쥬어라. 으더 먹은 걸인 슐잔
니나 으더먹즈 엿쥬어라."

더상의셔 호령난다.

"우션 문군스 보라 ᄒ고, 져 걸인 니모라〃."

좌우 나졸 달여들어 승토 줍고, 쌤도 치며, 팔도 쓸며, 달이 쓰고,
풍우갓치 모라닐 졔, 도스령놈 분을 니여 등치로 후리치며

"니 놈, 널노 ᄒ여 죄 당ᄒ게 도아시이 잘 도얏다."

함부로 탕〃 후리치니, 어스쏘 욕을 보고

"져 놈은 눈의 겟두지 졋것다."

표허여두고 도라단이다가 월앙 틈으로 들어가셔, 모진 냥반 힝쳥의
올나가듯 붓셕 올나가 운봉 엽셕 안지니, 번관니 호영ᄒ되,

"그 쇼연,204) 악쇼연니로고. 더하 잇다가 슐잔니나 쥬거든 먹고 가

---

203) 『문장』지에는 '돌'로 되어 있는데, 원문에는 '도〃'로 되어 있다.
204) 『문장』지에는 '글언'으로 되어 있는데, 원문에는 '그 쇼년'으로 되어 있다.

는 거시이라. 좌상을 함부로 올나온단 말가?"

운봉니 청ᄒ는 말니

"그 양반을 보와ᄒ이 좌즁205)의 안질 만한 양반인가 ᄒ이 관겨ᄒ오."

좌승의 승 올인다. 운봉니 분부ᄒ여

"져 양반게 상 올이라."

어ᄉ 압헤 상 올일 졔, 가만이 살펴보이 모 쩌러진 기상반, 디초 하나, 밤 ᄒ나, 져리김치, 모쥬 한 사발니라. 니 승 보고 남의 승 보이, 업든 심졍 졀노 난다. 어ᄉ쏘 을206) 밧다 실슈흔 체ᄒ고 발길노 차며 □□207)의 업허놋코

"압불ᄉ! 식복 업는 놈은 이럴 찌 알□□□□□□"208)(89앞)

훔쳐다가 좌승으로 쑤리면셔

"실슈ᄒ여 니리 도여시이 엇지 아지마오."

좌긱의 얼골의 모도 슐니 쑤민, 번관이 승을 찡그리며

"망측흔 꼴 다 보깃다. 운봉으로 ᄒ여 니 봉변을 ᄒ것다."

어ᄉ쏘 ᄒ는 말니

"졈쟌은 좌셕의 실슈가 도얏시이 미안ᄒ오."

운봉이 상을 물녀 어ᄉ 압페 미러노으이, 어ᄉ쏘 ᄒ는 말이

" 〃 거시 왼일이요?"

붓치을 것고로 잡고 운봉 엽구리을 벗셕 지르며,

"갈이 흔 디 ᄌ셔보오."

---

205) 『문장』지에는 '쟝'으로 되어 있는데, 원문에는 '즁'으로 되어 있다.
206) 원문에도 목적어가 빠져 있다. 의미상으로는 '상'이 빠진 것이 아닌가 한다.
207) 『문장』지에는 '좌상'으로 되어 있는데, 원문은 글자가 쓰인 부분이 파손되어 있다.
208) 『문장』지에는 "(以下六字缺)"로 되어 있다. 실제로는 네 글자는 보이지만 판독이 불가하며, 두 글자는 원본이 파손되어 있다. 보이는 네 글자 중에 세 번째 글자는 '도'로 보인다.

운봉영중 쌈쓱 놀나

"니 양반, 싱갈니을 쩨러드오?"

살방을 션쵸을 되거 안케 두우니, 운봉니 고기을 비키면셔

"니 양반, 션쵸 그만 두루시오. 눈 쌔지깃쇼."

붓치로 운봉 지르며

"슐나라 ᄒ는 거시 권쥬가 업스면 무미ᄒ이, 기싱 ᄒ나 불너 권쥬 ᄒ 번 들으면 엇더ᄒ오?"

운봉영장 ᄒ는 말이

"동기 ᄒ나 날여와 권쥬가 ᄒ여 슐 권ᄒ라. 붓치 바람의 역구리 충 나깃다."

기싱 ᄒ나 날여와며

"운봉ᄉ쏘은 분부 ᄒ 목 맛터나 보다. 망측ᄒ 쏠 다 보깃네. 권쥬가 안이면 슐이 안이 너머가나?"

졔번악중 쇼리ᄒ며 겻히 와 안는고나. 어ᄉ쏘

"고 연, 얌젼하다. 술 부어라, 먹즈."

슐 부어들고 권쥬가 할 졔, 외면ᄒ고

"잡으시오, 〃 〃 〃 〃. 니 술 ᄒ 잔 즈으시면, 쳔만년니다 막문루식 ᄒ올이다."

어ᄉ쏘 술 마시며

"좃타."

산젹꼿치을 쎄여 질경 〃 〃 씹으면

"요 년. 이것 좀 마됴 물어라."

"고기 먹을(89뒤) 쥴 몰나요."

입가으로 부연 물을 홀이면셔

"요 연, 입 ᄒ 번 맛쵸즈."

기싱연 이려셔며 욕지기호며

"간밤 지난밤 꿈즈리가 스납던이 망측혼 쏠을 다 보깃네."

욕셜니 분〃호니

"죠 연는 눈 밋톄 스마귀 낫것다. 여보, 운봉. 식후 제일미라. 동기 분〃호여 담비 혼 디 붓쳐먹으면 엇더호오?"

"동기 호나 와셔 담비 혼 디 붓쳐들리라."

동기 승을 씽그리고 머리을 극젹니며

"니 양반, 담비디 니리 쥬오."

곱돌디 니여쥬이, 담비 담으붓쳐 담비통을 붓썩 들이밀며,

"옛쇼, 담비 줍슈."

어스쏘 쌈쌱 놀나

"압다, 요 년. 슈염 다 <u>쓰스르</u>깃다. 방졍 마진 연이로고. 져 년은 턱 밋히 졈이 잇것다."

어스쏘,

"좌즁[209]의 통합시다. 금일 셩연의 음식은 잘 먹으시이, 시츅을 니 여쥬면 글나나 혼 귀 짓고 가면 엇더호오?"

니방 불너

"지필 들이라."

지필묵 들여노니, 운쓴은 피혈 기름고 놉플고쓰라. 어스쏘 일필휘지호여 운봉을 쥬이, 운봉니 바다가지고 즈셔니 본즉, '금쥰미쥬은 천인혈이요, 옥반가효은 만셩고라. 촉누낙씨의 민누낙이요, 가셩고쳐의 원셩고라' 호엿거날, 니 글 뜻지 장니 유숭호다. 어스쏘은 글 지여 운봉 쥬고 니리셔며

---

209) 『문장』지에는 '장'으로 되어 있는데, 원문에는 '즁'으로 되어 있다.

"음식을 잘 먹고 가오."

슘문간으로 나간 후의 좌즁니 글을 들어 보고

"니 글이 원을 시비ᄒ고 빅셩 위흔 뜻지이, 슘십육게의 즉위상책이라."

운봉210) 본관(90앞)의게 ᄒ는 말니

"여보, 나는 니일 환상 시작ᄒ깃기로 종일 동낙 못ᄒ고 먼져 가오."

운봉 도라간 후, 곡셩현감 운봉 가는 것 보고

"나는211) 오날 저역니 친기기로 먼져 가오."

"평안들 가오. 먹을 거 업다고 먼져들 가시오?"

한참 분〃할 졔, 어스ᄯ 거동 보소. 셰살붓치 번듯 들어 군오ᄒ이, 셰퓌역졸 거동 보소. 슌쳔, 담양, 디평, 양시 죠희 들어 ᄯᆫ을 달고, 육노리 등치 숀의 들고, 셕즈셰치 감발ᄒ고, 왼달갓튼 쌍마퓌을 슘문을 두달니며

"암ᄒᆡᆼ어스 츌도ᄒ오!"

소리을 지르면셔 길쳥으로 들어가며

"니방, 호장!"212)

"녜."

몽치로 후러치며

"네방, 곡네방, 니 놈, 어셔 나오라!"

직근〃〃 두달이며

"남요 달영 밧비 ᄒ랴."

"이고 쎔이야. 눈 짜지네."

"힝슈병방."

"네"

"어셔 밧비 나와 스면취더 등더흐라."

익구지구 야단할 졔, 동현 마루 장관일다. 부셔지난이 양금, 희금, 거문고. 씨여지난이 장고, 북통. 부러지는이 필이, 졋더, 요강, 타구, 짓터리, 스롱, 쵸써, 양각등은 바람결의 씨여져서 됴각 〃 〃 허여지고, 임실혐감 말을 것고로 타고,

"말 목니 근본 업던야?"

셩화 나셔 도망흐고, 구레혐감 오좀 쓰고, 검을 보고 너을 니라 쥐 구영의 숭토 박고

"누가 날 찻거던 발셔 갓다고 흐여다고."

젼쥬판관 갓슬 뒤집어쓰고

"어니 놈이 갓 구영을 마갓단 말인야?"

긔구영으로 달어(90뒤)나고, 번관을 쏭을 쓰고, 니아의 들어가셔 다락의 들어안즈

"문 들어온다, 바람 다더다라.213) 문 들어온다."

디부인도 쏭을 쓰고, 실니부인 쏭을 쓰셔 왼집안 쏭빗치라, 흐인 밧비 불어 왓심이다.

"거름즁스 밧비 불너 쏭을 더강니라도 치워다고."

져 역졸놈 심스 보쇼. 길쳥, 즁쳥, 형방쳥 들이달아, 와직근 쑥짝, 육방 아젼214) 불너들여 만항폐빅 스실흐고, 환상젼결 닥근 후의 우션 본관은 봉고파직 장계흐고, 형이 불너,

"슈도 들이라."

---

213) 『문장』지에는 '라파'로 되어 있는데, 원문에는 '다라'로 되어 있다.

214) 『문장』지에는 '져'로 되어 있는데, 원문에는 '젼'으로 되어 있다.

죄인 치죄ᄒ고, 각관의 비 관노와 각쳐 죄인니 이리져리 〃슈ᄒ며,

"츈향 올이라."

형방 밧비 기려 옥ᄉ장이 지쵹ᄒ여

"츈향 밧비 올이라."

옥ᄉ장니 옥문을 열덜이고

"나오너라. 죄슈 츈향, 나오너라."

츈향 쌈짝 놀나

"익고, 오날 죤치 슷테 무슨 일이 잇다던니, 인졔는 죽나보다. 한양 계신 셔방님니 어졔 져역 오셧기로 오날 와셔 칼머리나 들어달나 ᄒ엿던이, 긔한을 못 이긔여 구복 치오러 셕는가? 안이 오리 업건만은 엇지 거러 올나갈가? 익고, 달이야. 익고, 목이야."

젼목칼을 빗게 안고 졋츅 〃〃 올나가며,

"익고 〃〃, 셜운지고. 어먼이는 어듸 가고 짜라올 쥴 모로난고?"

도ᄉ령놈 소리 질너

"밧비 거러라."

동현 쓸의 다〃르이, 어ᄉ쏘 빅포장 틈으로 날여다보고 불숭ᄒ고 반가오나 쳬통도 싱각ᄒ고(91앞) 한 번 죠롱ᄒ노라고

"희갈[215] ᄒ라."

칼 벗기고 분부ᄒ되,

"네가 츈향인가?"

츈향 졍신 찰여

"네."

"너는 어이ᄒ 게집으로 본관 ᄉ쏘 슈쳥도 안이 들고, 관졍 바락ᄒ

---

215) 『문장』지에는 '말'로 되어 있는데, 원문에는 '갈'로 되어 있다.

며 능욕관장ᄒᆞ엿단이 그런 도리가 잇슬가? 노류장화 인기가절이여든 너만 연이 그더지 완만할가?"

형방이 분부ᄒᆞ이, 츈향이 긔진흔 목쇼리로

"알외이다 〃〃〃〃. ᄉᆞᄯ견의 알외리라. 소녀 본시 창녀로셔 구관 ᄌᆞ졔로 빅연결약ᄒᆞ온 후의 더비졍속ᄒᆞ와 퇴ᄉᆞᄒᆞᆸ고, ᄉᆞᄯ 체귀시의 부득동힝ᄒᆞ와 두문ᄉᆞ직ᄒᆞ와 도령 달여가실 ᄯᅥ만 발아고 잇습던이, 신 관ᄉᆞᄯ 도님 초의 슈쳥 긔허라 ᄒᆞ시기의 못될 줄노 알외온즉, 형문슴 치 즁장ᄒᆞ와 착216)가엄슈ᄒᆞᆸ신즉, 소여는 죽ᄉᆞ와도 열불경이부지심 을 일신들 잇소잇가? 슈졀ᄒᆞ다 죽어스면 오른 귀신 되거기로 어셔217) 죽기 원이외다."

어ᄉᆞᄯ 츈향 거동 살펴보며 목소리을 들어본즉, 밧비 날여가셔 붓 들고시부나 억지로 진졍ᄒᆞ여

"〃보아라, 본관ᄉᆞᄯ 슈쳥은 거역ᄒᆞ엿건이와 오날붓터 니 슈쳥도 츙탈할가? 밧비 올너와셔 거힝ᄒᆞ라."

츈향 다시 ᄭᅮᆯ어 업들이면

"이고〃〃, 니 팔ᄌᆞ야. 죠약돌을 면ᄒᆞ면 슈만셕을 만나고나. 여보, 어ᄉᆞᄯ님, 니거시 왼 말슴이요? 슈의로 오실 더는 불효부졔 오륜슴강 모로는 놈, 쥰민고틱ᄒᆞ는 슈령,(91뒤) 공ᄉᆞ불치ᄒᆞ는 슈령 넘탐ᄒᆞ러 오 셧지오? 이런 일을 발켜쥬지 안니시고 슈졀ᄒᆞ는 게집더러 슈쳥 들나 ᄒᆞ는 법이 디젼통편의 인난잇가? 이러 누셜 드른 귀을 영쳔슈의 씨셔 볼가? ᄉᆞ라나면 무엇ᄒᆞ오? 어셔 밧비 죽여쥬오. 혼이라도 미망낭군 좃차가지. 이고〃〃 셜은지고."

어ᄉᆞᄯ 우는 쇼리을 듯고 **흉**격이 막켜,

---

216) 『문장』지에는 '참'으로 되어 있는데, 원문에는 '착'으로 되어 있다.
217) 『문장』지에는 '에서'로 되어 있는데, 원문에는 '어셔'로 되어 있다.

"츈향아, 얼골을 드러 쳐다보아라."

"보기도 실코, 듯기도 실코, 기운 업셔 말도 흐기 실스오이 어셔 밧
비 죽여쥬오."

어스쏘 금낭을 열어 옥지환을 너여 형니 쥬어

"츈향이 갓다쥬라."

흐고, 빅포중을 거드치고 츈향이 옥지환을 본즉, 이별할 제 도련님
드리던 신218)물이라. 정신 찰려 디승을 쳐다보이 미망낭군 거긔 잇데.
천금갓치 무겁던 몸이 홍모갓치 가뷔여워 몸을 날여 이러셔며

"얼시고나 졀시고나, 지하자 죠흘시고."

츔을 츄며 올라가셔 어스쏘 목을 얼셔 안고 여슨폭포 돌 구듯시 데
굴 〃 〃 궁굴면셔,

"이거시 윈일인가?(92앞) 하날노셔 나러왓나, 쌍의셔 쇼션난가? 바
람의 불여왓나, 구름 속의 싸여왓나? 어졔 져역 걸인으로 어스 되기
의외로다. 얼시고나 졀시고나, 어스 낭군 죠흘시고. 지흥자자 죠흘시
고. 동정호 너녀219)른 물의 홍안 옥기 졔격이요, 츈삼월 호시졀의 호
졉 오기 졔격이요, 칠월칠셕 오죽교의 견우직녀 만난듯시 널녀 츈향
죽어갈 제 어사 셔방 졔격일다. 안고 썰며 스랄을 그닥지도 쇼이시요."

동헌이 분쥬할 졔, 이셔 츈향모는 강변으로 희남포 쌜니 갓다가 이
쇼문을 넛짓 듯고 쌜니 그릇 졔물좃츠 담아 이고 오다가, 쌜니 그릇슬
니고 쏭을 누다가, 향청 방즈놈니 나오면셔

"할먼님 을식 기운이 엇더시요?"

"긔운인지 무어시지, 밋 좀 씨게다고."

방즈놈 식기 도막을 들고

---

218) 『문장』지에는 '선'으로 되어 있는데, 원문에는 '신'으로 되어 있다.
219) 원문에도 '너'가 두 번 반복되어 나온다.

"궁둥이을 죠곰 들너시오."

한참 들러보다가

"여보, 할먼이. 구역이 둘이 〃 어늬 구역을 씨실잇가?"

"압다, 요 연셕아. 독기 긔자옥갓튼 구역은 말고, 쵸상 〃졔 포망 웃당줄 밧싹 됴은 듯흔 구역을 씨셔다고."

씨쳐쥬고,

"할먼이는 그런 경스가 잇쇼? 춘향이가 어스쏘 슈쳥 들어 호강을 흐옵데다."

쌜니 그릇슬 이고(92뒤)

"참말이야, 헷말인야?"

웅덩이을 두루다가 쌜니 그릇 미치 쑥 싸져 물을 뒤여씨고

"얼시나 졀시구나, 지흥자 죠흘시고."

슘문간을 흔들며 들어올 졔, 굴노스령 문안흐이, 춘향모가 비양흐여 변덕을 피울 졔,

"이 놈에 슘문간, 장이도 셰다지. 얼마나 드셰가 보즈."

흐며,

"긔특흐다, 〃〃〃〃. 우리 춘향이 긔특흐다. 팔십 먹은 늘근 어미 고상흐다 싱각 슈쳥 허락흐엿다지. 탁쥬 흔 잔 먹어든이 웅덩츔이 졀노 나고, 약쥬 흔 즌 먹어든이 억긔츔이 졀노 난다. 얼시구나."

호장이 나오다가 지흥 〃이

"호장 샹쥬 고만 두게. 니 쌀 춘향이 죽어갈 졔, 말 흔 마듸 안이 흐데. 구관즈졔 니셔방인지 어졔 져역 차져와셔 자고 가즈 인결키로 괄셰흐여 보니엿지."

호장이 흐는 말이

"〃 스롬, 지금 어스쏘가 구관즈졔란네. 고 연이 아지도 못흐고 담

방〃〃ᄒᄂᆞ."

춘향모 그 말 듯고 기가 막혀 슘문 틈으로 들어다보이, 괄셰ᄒᄃᆞᆫ 걸인일다. 무안ᄒᆞ고 황송ᄒᆞ여 슘문 열고 업듸여셔

"비난이다, 비난이다. 어ᄉᆞ젼의 비난이다. ᄉᆞ롬이라 ᄒᆞ는 거시 늘거지면 쓸듸업쇼. 어졔 져역 오신 거슬 관속들이 알게되면 쇼문 날가 염어ᄒᆞ여 괄셰갓치 하□□□²²⁰⁾ 그 눈치을(93앞) 알오셧나? 몰나시면 죽여쥬오."

어ᄉᆞᄶᅩ 춘향모을 날여보고

"니 ᄉᆞ이도 ᄉᆞ롬짜기 잘 ᄒᆞ는가? 늘근이 ᄒᆞ는 일을 죠금이나 혐이 할가? 밧비 올나오라."

춘향모 일어셔며

"어허, 그럿치. 니 ᄉᆞ외야. 니 ᄯᆞᆯ 춘향이 길녀짜가 어ᄉᆞ 〃 회 됴홀시고. 얼시고나 졀시고나 지ᄒᆞ자〃 됴홀시고. 니 ᄯᆞᆯ인야, 괴²²¹⁾ ᄯᆞᆯ인야? 당긔 곳테 무궁쥬야? 눈진손의 곳치로다. 부즁 ᄉᆞ람 들어보게. 슈령천ᄒᆞ부모심오로 부즁셩남즁셩녀을²²²⁾ 날노 두고 일어쏘다. 니 보지 금보지난 네 보지 은보지라.²²³⁾ 지허즈 됴홀시고. 이 궁덩이 두엇다가 논을 ᄉᆞ나, 밧츨 ᄉᆞ나? 흔들 찌로 흔들어보셰."

야단할 졔, 어ᄉᆞᄶᅩ 춘향이 달니고 젼후 고ᄉᆡᆼᄒᆞ든 말과, 어ᄉᆞ ᄌᆞ원ᄒᆞ야 가지고 오다가셔 쳐〃의 욕 당흔 말을 낫〃치 셜화ᄒᆞ고, 니방 불너

"츈향 모녀²²⁴⁾ 착실니 공괴ᄒᆞ라."

---

220) 원문에는 글자를 판독할 수 없다. 『문장』지에는 이 부분을 '엿든이'라고 쓰고 있다.
221) 『문장』지에는 '리'로 되어 있는데, 원문에는 '괴'로 되어 있다.
222) 『문장』지에는 '부즁생녀'로 되어 있는데, 원문에는 '부즁셩남즁셩녀'로 되어 있다.
223) 『문장』지에 "내×× 금×× 난데×× 은××라."로 표기된 부분이 원문에는 "니 보지 금보지난 네 보지 은보지라"로 되어 있다.
224) 『문장』지에는 '셔'로 되어 있는데, 원문에는 '녀'로 되어 있다.

ᄒ고, 허봉ᄉ 졈이 용타허며 포목상급 후이 쥬고, 괄셰ᄒ던 기싱들과 문군 잡아들여 치죄ᄒ며, 각쳐 죄인 쳐결ᄒ여, 이슈할 놈 이슈ᄒ고, 방송할 놈 방송허며, 가읍 공ᄉ 발킨 후의 츈향 모녀 달이고 셔울노 올나가(93뒤) 봉명ᄒ고, 츈향의 졍졀을 쥬달ᄒ이, 상이 기특이 알으시고 예부의 젼교ᄒ시고 졍녈부인 직쳡을 날이시미, 츈향과 동낙ᄒ여 유ᄌ싱녀ᄒ여 게 〃 승 〃 ᄒ엿시이, 시쇽 부녀들아, 일런 일을 효칙ᄒ여 승슌군ᄌᄒ고 효봉구고ᄒ여 예졀을 일치 말지여다.

명치 ᄉ십ᄉ년 경슐 十二月 十三日
니 칙쥬 박창용리라.
니 칙의 글ᄌ가 외ᄌ가 들어들리도 보시는 이 짐작ᄒ여 보시읍소셔.

명치 사십ᄉ년 결슐 十二月 十三 畢
니 칙기 오ᄌ 낙셔가 으니 보시는 이가 자셔히 눌너보시읍.

칙쥬은 시졈 박창용(94앞)

■ 김준형(金埈亨)

　문학박사
　현재 고려대 강사, 순천향대 연구교수
　yaso00@hanmail.net

　저서　『한국패설문학연구』(보고사)
　편저　『교주 당진연의』Ⅰ・Ⅱ(공편, 이회)
　　　　『李明善 全集』(전4권, 보고사)

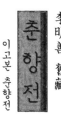

초판 1쇄 발행 _ 2008년 4월 23일

편　자 _ 김준형
발행인 _ 김흥국
발행처 _ 도서출판 **보고사**(등록 제6-0429)
주　소 _ 서울시 성북구 보문동7가 11번지 2층
　　　　전화　922-5120~1(편집) 922-2246(영업) ｜ 팩스　922-6990
　　　　메일　kanapub3@chol.com ｜ www.bogosabooks.co.kr

정　가 _ 15,000원
ISBN _ 978-89-8433-629-2(93810)

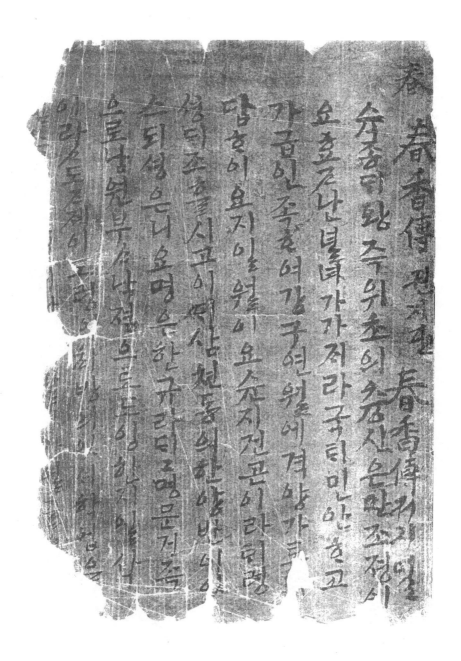

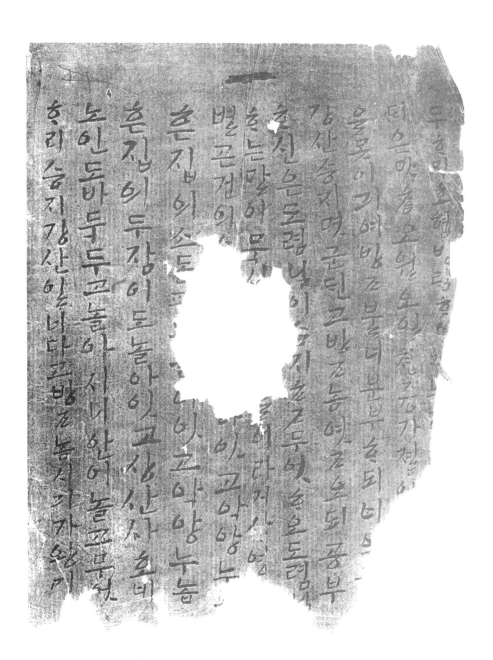

미동규믹이여다 슝지을 믈르시니 고셔일

들어보오 평히 위 슝졍을 진미 상 졍 졍슝

쳐 쥬셔 루 강 능 졍 포 미 양 양 나 산 소 고

셩 삽 일 포 간 셩 쳥 간 졍 통 쳔 츙 션 졍 은

호 히 쥬 미 위 왕 셔 쳔 강 션 누 의 쥬 쥭 통 쥰 졍

관 둉 지 과 졍 이 오 잔 쥬 쥭 셤 누 공 쥬 공

승 지 강 산 이 라 슈 운 셔 무 가 즈 옥 호 혀 미 닙

신 션 이 셰 닌 가 옥 시 동 죽 날 여 와 노 는 듀 누

일 외 오 도 럿 닝 조 아 다 끄 미 슉 면 와 한 누 구

경 아 조 방 z 능 둉 노 z 인 졍 진 눈 다 놈

방 로 공 슈 로 포 슈 안 믈 z 검 졍 쇼 다 z

二

은입스...거라슬몰너시...

시와난다방로늑기동보소방ㅆ바지동형

젼눌날겅즈즈후신을나곡기로드머이고

우단오디젼쥬머아쥬황당스벌미듯느기마

이곤바미곳한산모시갈슐창옷압을잡어부

납티을눌더디끄존버가튼황녹비을들게

직에졉어ᄯᅡ보기죽게비기들고나귀졍마

밧토쥐끄노두이들비며나귀안屑기엿소

이도령기둥보소신슈조흔얼골분셰슈졍

니흐고강틱가른최기메리거을눌너빌제

ᄯᅡ아궁초당기셔우황달아믓만물여곤바디

끄여외ᄉ겹져구리 유ᄉ단 겹비조의 좀물단초

달아 입고 길ᄉ사 겹바지 운문영초 허리ᄠᅵ을

셥으렁이 졉바 고양티 문지 쥬면이 되구팔

ᄉᄭᅩ 아초 ᄉ성면 쥬혹단 흥옷은 식빗모시도

로몸이 맛게 지여 입고 ᄉ조ᄒᆞᆫ 분압디 을 ᄒᆞᆼ

당을 눌너 미 ᄭ살 슈겹보션 이비단 바당 티ᄉ

혜을 보기 조케 돌신고 소상 반쥭 쇄금션을

반만 펴 놉피 드러이럼을 갈이우고 갑ᄉ복

건옥판 달아 머리 우히도 ᄉᆡ고 ᄉ성쳬 초조ᄒᆞᆫ

당비 물을이 ᄉ조이 초 ᄉ녀쳔은 서 ᄒᆞ합의 갈

ᄂ어토인 ᄃᆞᆯ티 뒤이세ᄉ 고운 ᄃᆞᆼ우 남브

다들강희간쥬길게 … 비기 …

나기등션두 올니 민망 … 비 바라밤 …

로가는거동무목기풍쳐로다밤비 보라랑

무당르니쥬라하가쓰스기이슈호문챵고

흘자꼬나쥐들션두날어즁게 올나셔며

소면올살펴보니 화통은즉비낭코운이요

쥬렴은모컨셔산우라득왕가이완티호

고하쳔을 맞아보이상견만나는공이슈쥼

분흐니봄황 되방불흥다보작프흐룬물

이은하슈되리로다무릇이어되마야또원

이여지로다, 젼우셩뇌가되면 주머셩은뉘가될

끄 뒤집지곱벅ㅎ며이진골귀도셩각ㅎ며방

죠야슐들이라곡강춘쥬인오쉬라나 도먹곤나

도먹곤방꼬놈슐부어들고도럼넘우리두리

평발은일반인 쥬면치차져머으면엇디호오

너죤시베나이며살인고소인의나이열일곱

살가옷시오이눈가옷시란이유월이망일

이효곤리ㅎ면날보담일벗가옷시맛져로그

나지곤문초레로먼져쥬라이빅쥬부일비

둘진쉬게먹은후의안셕외지ㅎ여방로

야달여치란압호로엽쥬고가뒤호로방롭

붕미안니버들은초록장동인운듯황금가투

제픠고라병탁갓치소리질너바이쉬흥조안닛다

물은본시은호슈요경은다시옥경일다니

본읍기셩읠미딸슌향이슌쳔효도

장치레할졔후운갓든며리반

와룡소로어리쇼나비져젼반갓치너

게다아자지환나너른당긔슈부다람쥬들

아득물뇌곤바믜고빅젹쏫짜기겨송독갑

젹마이물면쥬궁장바셔빅슌인니라

쓰겨낭봉황나디단초마잔살줌아더젼

입고양나이속보션붕끄옵소경보션이

조지을 침슈당해을 날 슈을 조조제 법신고
암혜 운즁즉제을 이요 뒤의 은금봉호요귀의
운월 지타숀이 은옥지 환은 조롱금조롱
옥즁도산호가지밀 화불슈옥나 뷔진 쥬월
청강석자기향비 쉬향안물향격리 요식당
소문을 뉴여보기 죄게들어 우그즌진유식치
슈건을 체척첩이 손아 쉬 꾀 쳥품고단박
쥐 우산을 하늘광을 갈어들티게 고향상일
졍박길노셥분 올나가떠박만폭타마부
릴제 철 쥬화둘쩌거머리의 끄자보며
만화쥬 쥬후둘티 알고말군국쥬슈이일

○ 요 요

져리 훗터보며 시 흣터여 울기의 손의 맛눈

죠야 돌돌향 유간의 혈을 더 져 피르리 도날며

보며 마론 물덩셕 쥐셰양쥬 지긔 도솔각그로

경기차져 올나가니 도화 유슈 무연가 별유 텬

지 비인간이라 양 유쳥로 녹음 간의 벼로 화 졔

일 지 의 후여 죱하그늬 미긔 박능 보셔 두 발길 눕

노몰을 날티 올나셔그 한 번 굴너 압피 눕

두 번 굴너 뒤가 놉하 빅운 간의 들나날다

츈양 반 공즁 달이 쓰듯 갓도 화 느러진

가지툴 차낫이 난이 도화 나날여 흐우랴

슈쳔의 올나셔그 원군산쳔 발다보며 츈

랑을노랑할졔 흘르거 흘르는저동연
石삼츈비거타라 칠월소녑 옥장프의졋
녀셩이건비는듯 단산오동봉도갓고셔
왕모요지연의쳔변 도지켜겻는션비의
티도로다 풍화일난후여 나음을목이기여
치마군을활근푸러 도화나지거러 놋코슈
건들어당시 초졔얼기름의 지인머리가닥
드러려져셔 옥빈이헌날 인다이뛰이도령
이랑을누의눕피안졋 좌수산젼도라봄네
노을방쏘슝화시이 문여허셔녀산고슌이
부답심고훈을 안산노을사겨보이슬

굿불구희비 취어 ᄃᆞᆯ나가나 누거 동ᄂᆞᆫ

엇고 망뎌타가 신신이 왕홀을 어머기울

쓰오며 눈무 이손을 인고 외롤을 벌ᄅᆞᆯ

머방즉야 뎌껏 즘보야라방 ᄀ놈이 도련남시

ᄂᆞᆫ져솔보고 조쿺티 머어 뒤무어시 오런

님이방 조ᄯᅡ 눈거 셜볶이 조식나부터ᄂᆞᆫ

거시 군번이 잇셔 ᄯᅥᆯ것이 와니 눈무스맛스

로ᄯᅥ 노네 ᄐᆞᄂᆞᆫ 거도 ᄃᆞᆯ넘지 도련남ᄃᆞ시 ᄐᆞᆫ이

소인ᄂᆞᆫ 동풍에 ᄉᆞ시나 무오른놈 ᄃᆞᆫ이ᄯᅥᆯ

이ᄯᅥ샥ᄌᆞᄯᅥᆯ 고저 건니 졔거시 무어시이방

조놈한 춤 보다 가 무어신 지 안이 보오네 눈

의샹슝집포둉을둘너는야 죠셔이보아라슈

셰의보아도안이뵈오샹놈의눈는 양반의발

의티눈만도못홀거다져건니슝님즁이호

양회둑을고벌진잘속을이아마도션비호강

호엿나보다방조놈타답하되도젼님망방이요

신션슐쳐들러보오즁풍셰쯘놈흔곳어슐,

진이업셔신니션녀한통뉘가할가션비란이

될말이오그리면금이야금슈체들어보오여

슈가안니이두굼이슬이가진나라진평이가

범아부텁오랴썅굿스만흐티시니금로짐금

엄스리다그리면우이야쇽쇽군강호여슙니

옥이슐이만ᄒᆞ고콘즌사ᄅᆡ붓ᄒᆡ붓ᄐᆡ옥

셔어구분ᄒᆞ여시니옥도직금업스리다ᄒᆡ탕화

냐명ᄉ샹니안이여든히당화가될말이요긔

신이야구리영손안이여든귀신이될말이요

독갑비야황졔무덤안이여든독갑비가된말

이ᄯ오구미호냐진슝의직병시이나졔우된불여

우가지궁어이잇슬가가이도령여졍니여그리면

네할미야ᄂᆡ쳡비야조롱말ᄒᆞ일러다고ᄐᆡ는이못

졔셔싱어ᄉ둉어사ᄒᆞ여시니조셔이일너다금방

ᄭᅩ놈민망ᄒᆞ여져건니ᄂᆞ닙간의슈쳔ᄒᆞᄂᆞᆫ쳬

ᄐᆡ을무로시요그쳬을보아ᄒᆞ니여향쳐ᄒᆡ

눈안이로다바로이트리다보옵기성월미달

춘향인데불숭수춘경호여슈쳔을하나

보오니드럼이그말을듯고졍신이황홀호여+

이익방죠야네말그러호면쳥기가분명호니흘

번보면엇티호야방죠엇죠오되그런분부두

번만오소또만알으시면소인불가의벌티

그리느모노는회창고장을거지짐쳔셔나가니

구아어윈통호오쥬구면쥭엇지못호가소

떨쩌리꼬도라셔니도련님셩화나셔방죠을

달버눈태니말을들어보라람화광겹

기친마음아모라도쥬긔고나베나을살여

쥬뎐니빈슈로가ᄐ테이다어셔위비불너다고

방즈놈엇즈오되도련님그려시오만상분의

니벗이고형우졔공ᄒ놈시다도련님옥심

의계관ᄒ여그라쥬마그리ᄒ면날썹텀슨아

리니낭터러 호형초노니도영그말듯고이의

八

이거슈쇼즈로다을쥬갑죠엇더ᄒ니방죠

놈도라날여반심을못발리고외입이란무

어시오실켜든곤만두오도련님긔가막혈충

말이지난즁ᄒ다이런쥴을알아터면모

변이나ᄒ여불결천ᄒ쳔지몸슬놈아이닥

지도즈로는나방죠놈뿌리치며다시는마을

마오니도령급한마음즁으면되슈냐방즈야네

형남방즈놈드라셔며우씩니아오나니도령무

안즈나인제어셔불더라고구리호오방즈놈이

츈향이을불디러건너간다진허리슘나

무뚝꺼꺼구로집고슈늬플즁밍후갓치

방비뒤여진티가셔눈우이다슨을언고병역

갓치소리을질머디연슌향아말듯거라야

단낫다야단이낫다츈향이가깍막놀나슈쳔

슘의두여날어와눈을기며옥을혀되일

마치히라졔씌집기집스로열두다셧번나온

반셔누깔은어름이가비긴것즁으롤신두

맛갓 치좌셩원의 호피 구셕 갓치 둘너진 벼

셕이 틱갈히 눈어리 동산에 문달리 더딘 듯

틱덕히 틱갈리갓튼 변셕이 소리는 성고

기갓히 몸시 질너하 드면 이 보가 떠러질

면 흔앗지 방곳 혼 사 듯다가 어니 업쳐이

이이지 집아딘나 입사리 부드러 위 육운 잘

한다만는 니 말으 둘어 보와라 무 아 관쳐되

가 도야지타 꼬리 츄쓰는것도 보고 스가 발돕이

봉션화 들리고 집이 온것도 보고 고양이가

셩격 호고시 집 가는것도 보고 쥐의 의 중실

운셰 꼬초 헌이들 나날 나욱는것도 보고 암ᅱᆫ

월우흐여셔담충것도보와시되어린아

희반이이쏘잇단말는녀 흔테첨듯깃담라

고져반셔말곳치는것죰보기 사랑직기데

이뽈탄내그럽무어시린노나 딕찰분 덕지더

군단야삽속이흔는나나티라민냐나셩이락

넌대야는니말들어보와라굿즁촌조라

지어린탄이피야말궁둥이둘녀더믓잘둘

눈난거시졈션을비우거나방졍을졍쓴건

양단간의혈가시지구나 구게잔아히의봇만

장쳔레흐고번화지녹음가이 슈션을녹피

미꼬들나날나병지시무 히여쏘모졔토

련낭이광할노누퍼셔오것다박슌앙쇽졍가리

햇득졍젹낭이는안눈졍산이혼미여눈이

만졍이되꼬왼몸이시츄이옹티지뒤규기이

듯호꼬두눈이동죠곳쳐가바를동기리울코

손을눅갑ᄒ며셕기나혼양키뜨드불보

라리쵹ᄒ니어셔가죠밧비가견ᄉᆼᆞ람쥬이

깃다미장가아하눌이내거동보게도면안ᄒ

치리뉘옷슐리슌앙이여졍녜여쳐방의드련

닝이날을언졔보와노랄고불너오라지쵹

뎌나네반셤이안지의눌랑슈건이오틴지방

아궁이의보리알졔ᄋᆞ로티ᄆᆞ테다져안졔슌앙

인이고양인이경신번글장외두일지박치
라던나이이츈향아남의이무흔말녀무
쳐지말아우리탁도련님이즁방밋궂두
람이란다말이낫시이말이지쳑방도련
님이인물이일식이오픙쳐은두목지요
문즁운슨마쳔이요셰간이갑부요오입이
장령이요지쳬은군족미요외가은졍풍
이요슴풍이혼랑ᄒ여배갓튼졔집아ᄒ의
이번의젼비가서쵸친물엄을민든후의물
연쥬속것가림을실젹궁비여다가외씬불기ᄍ
외득붓치이영이의늡어겨시오도볘젼서요나도

네딕의 소변슈로나 한번슐여 보고나 춘향이 눈

는말이 네말소은주다마 눈남녀가 유별로 거든

낭의집 구슝쳔 옵을부르기도 실체 요남비 눈

셰부되셕을 숭경현젼 일너시 쳐쟈의 형실

노눈젼녀가 가만무승다방 조놀뒤담을 되한번

소양의 졀비나 니말을 들이 보아라 소람이나도

산셰을 죳손나 눈이라 경상 도눈산이 험준혼

야소람이다 도우이 혹고 졀나 든는산이 족흘기

로소람이나 면간소 츙쳥 모눈산셰가 유순

ㅎ여소람이나 면우슌 ㅎ고 경회 도샹가 눈는

호거 용반 셰로소람이나 면 강유을 겸젼 ㅎ여

알재 흐면아쥬아 꼬모르고 면아든졍 보단졍+

업시칼노뷔고소금을벗눈이라이번길의를

어지면너의조당잡아다가셩장치고티장셔+

셔차가엽슈할터인즉오기두옵기지몰말

어라떨티리꼬모라셔머나는간다슬벼머니춘

향의약흔마음의방조샤니말죠곰두고가거라+

즁눈신도련님이부르신짧갈겨혹나벼조염

혜못가깃다두어조젹어쥬마깟다가들여달교

무스둘인이져어라꼬홍공단두리쥬먼니

쿨더열덜리고라모니여손이둘고갑입+

더일팔회기져여쥬기밥고늑바다들꼬가기+

는간다머는너간이만웅그러니이후일이잇거든니윈

양은다시망라틱기고도라온비도련님이방조

보고반겨라코이자시쥰향으믜드리틴냐어셔 춘향 바

밧비닉려소라방조농갈인흥을니면셔

드시요니도령바다보니글짜마다히끼여코나기러기

흐안나뷔젼게히비둘기구딱을겨어고나이리보

끈져리보되물이울보고깃다방조야이글니무

손글인지아모라도모르기다방조놈바다들고

문쟝이라일컷틴이글네즘을모로시오이거

손무슨죠요가려기안꼬다소인은무시하니유

당으로알외이다울본기러기물보그오라는

안꼬요소인은무식ᄒ니슉당으로알외니
다몰은기려기몰보고오라는안꼬요이거슨
무신꼬요나비졉ᄌ다탐화광졉이꼿보고오라
는졉꼬요이거슨무신꼬요계ᄒ준다게는궁
글다라오라는희꼬요도이거슨무신꼬요미
둘기구ᄌ다관져구지ᄒ지쥬라요조슉티
차져와서금실우지질기ᄀ는구꼬요이롱
니긋팔을둣고그놈밍낭다이고식긴녀가서
슈자이장왕ᄒ여서니웃구을잘넌나부다
쳔쳡의무숭피나형졔간의될발이숙쳔
농의ᄡ솔ᄃ려라옷안슈곡이상번화ᄒ니가련

음야 슈창가ㅎ자나귀 둥셔 두 올나 나죠 올

바라 보며 쳐방의 돌아와서 올버서 홰의 걸

고샹방의 잠간 단녀 나와 안져서 샹가음니 이혼가

이 슘규로 다ㅎ지 기 을기 달닌게 슌향이틀

이잔 두 올나 보고 지고 칠틴 비 바람

치 무 월 둥방 불 쳐 드시 보고 지ㅁ쳐 전반츠보

그지 고기 둥을 안고 돌아 단이면서 손 톱 만치

보고 지고 소리 을 ㅎ것 질 더 던니 동현의 서슌

또 쉬 쳠ㅎ셧 다 가깜짝 놀나 살 평슘의 두더

러져 당비 되의 모을 졑 녀 토 인 을 그 피 불

더니 토인이 티 답 을 가를게 ㅎ니�br 오도규 즁ㅎ되

요。

이놈궁훈씨는그되답으로두어소만의질너늘

여라척방이셔셩친반는소리가나니손야기ㄴ

쏀놈니신달이을줴연눈야영디큰놈이살

랑을지르는야문틈이다불알을끼연느냐ㅓ

밧비가셔알아보아라토인이굽피나가며쇠무슨

소리을그닥지ㅅ너는냐소도게셔평읗이셔취

칭ㅎ셧다가담빅티의목을ㅉ럿유혈이낭ㅈ

하꼬탕건은버셔져호박기가믈고가끈통슈

간집우회곤혼바ㅼ러지듯뚝더러져셔라지ㅅ경

이요도련님갑짜놀나이젼싀쉬란니닉가뉴

칠월푸득ㅅ냐낭문밧즁날인태슈ㅅ슈졉

군니쳑방당오통이로스리을지니다도려니와

소리을암그문는가슬방셕호여무어호소이

말져말하기엇지글일다가시젼치슬월면솔

보고지고호엿다그엿주위라토이이뜨려가셔엿굿

오되도려낭이글을일져뭉기을터여보고지고

연쥴노알외오스또조와라고우슘을웃누메하야

十四

쥬을외틴니만목낭쳥을부토니목낭쳥되

답호고둘어오나스도히셕니만뎐호여고베지지

안소안지라면안지요문즁난배문즁나지요무

뎐호지무던호지요롤비뇟말인지일곳티답호나

굴셰요에이스랑혜니답슬호여베나우리아희말

일셰에장흥위다꼬비도어려셔지니본일니지
마는굴일기쳘을실인거시업는니굴어치요
우리아희는그런법이업네업지요와거는갈데업
지업지요벼슬할리며슬호기요하다못호면무명실
이라도호지요에이스람나가스나가라면나가지요도
난을굽리불터쳐울니여쥬며도련님갓다쥬
로고부지런이일거라고여라토니니쳐을안곡쳑
방의갓다쥬니도련님이쳐울바다압해놋코굴레로
일굴젹어쳔고울니여놋코하눌쳔싸지가울
현누루황황단호여못일까다방죠놈달버들
며여보도련님쳔즈을일지둘낭쳬격을알꼬알
거보호에라이놈맛친놈아쳬격이무어서냐닉일을

께 들어 보오 붓치 우흘펼 젼둘 켜 다 보니 화눌

젼 날다 보니 다지 헤건 가 물편 황단 즁 다 누룩

황풍긔 모져 흔다 어디 ㅎ오니 도령 이 이 읍

셔에라 이 놈 쟝 놈이을 타 갓타 령을 비이 고나 졀을

츌텨 울베 둘어 라 즈시 의 방 쳔 ㅎ니 호 타 호

눌쳔 슈시 의 삼 ㅇ 이 만 믈이 줌심 타 자 상 읫

츈풍호시 졀의 현 조낭 가 물 쳔 금 목 슈 화

오 항 즁의 쥼 황 을 맛 타 시 니 토 지 경 셔 누룩

황슈풍 삽이 삼 ㅎ니 옥 우 경 방 집 우 안 득

강할 젼 만간 의 사 기 죽 타 집 쥬 구 벼 치 슈 어

나 할 이 하 우 쳔 지 달 불 홍 셰 샹 만 스 잇 지 아

소황단홍다졋넙 행츠간부숑 숨민쳐 분드도다날

알르나 스산의히 눈두터러 지고위 숭동여어댤

이위춘야 공산져 문날의 낙 화분분찰 영미

셔불버 슐부어라 넘쳐간다 기울쥑하도 낙

셔장갇보니 일월 셩신별진 원앙칭 비쉬금

횔활벗고잘 슈양가울번젼돌고사양말

끄벌열어히 둥두달이그만단셩회뼤풀쟝

회역을셔후기픠 들어스한디 한찰안어 허룰

참도츄다어셔 오게울니 영동셔한 진다미 손슈

월법쳔터울셔션기이자눈 울아 꼬흥졔갈

잉인졔가면인졔나 울가엽 낙오둥가울 춈버

셔울노진눈 눈슐고 셔슈히 둘두슈야공션져

문니의 유화분젼 오동닝을자지은 옷슐하여
셤샹잠지강요죵이년난뜩봉츈의 윤삭十
둘어부루룬판산흅노발아보니젼나마나남믈
여이몸헐젼나게도면졍셩원일운셩잇누하
뉴동다보니끄승구영션히셰조강지쳐는박디마소

六十
티젼통편법틀누믈네입디임마즈티니양구흥합
법즁녀시화셰풍조흥시고우순풍죠곤로즈국년
지수셜위마소졀티딘한볏양손을니어만져보니
가타은티력모여타한나흥질호시오아셔라못호기
다셔쳐울닉여녹코디문근그흐레로일블졔의젼
지현황흐니황혼티면니갈이라쳔지지가안믈을
지즁의유인이최지흐니구한즁의더욱귀타이

신삼년이라초명긴디부위쏘조젹흔건흐여위졔후
하다졔못오면닉가리라원형이졍은쳔도지숑이
요인의베지운인셩지강이라강보디의못본거시
한이로다밍조견양흐왕하신디왕왈슈비불원
쳘니니늘시이지쳔동방쳘니로마유봉이조
원방니면불여냑호아안니가둔못흐리라란
져귀끼흐지슈롭다요조슉녀군조호거로다요
슉녀호자가와야게그졔론딕혼께호여못일
깃다닉하지도는졔병호며명즈이도오라텬
니내젼원고쳥코니고졍고춘향이꼬니코한테딕니
조곤방고놉달부들며도련낭굴은아니알고시고
교문셔울졍구흐시니소인코눈엇긴흐오베라이놈

七十

물더거라경셔울보랴 변은히여셔고옴기다가거
거기가기야가가지마는거러가기어려외라방즈놈

달녀들며선문을빗우져든물이울둘어보

오비어듸일기보아라가가거가이업순이니몸

이거지업시도아고나나냐너뒤냅소라고부르기

울녀고나고가고나다뼈타다닥부쳐경

이덕업시돌야끄나라라려낼니가는원앙

씨야녀고나고쏙을짓고픙기고잘흔다에라이

놈샹놈일다이굴을못일기다훈쥴에두쥴

되고글즈마도뒤뵈인이ᄒ눌쳔ᄌ군듸 되고다

지못지되고날닐리눈무이되고묘할묘

옥즁보소 츈향이을 신분명ᄒ다 쳔ᄌ강ᄌ되고

밍ᄌ눈 팅ᄌ가 되고 시젼는 사졍니 요셔젼은 단

젼이오 논어는 이어되고 쥬여은 우역이 요쥬

용은 도롱 용이라 이글 익다가는 맛츤 놈

되깃ᄭ나 방ᄌ야 히가 히가 엇지나 도야는야 박 일을

이도쳔 쥬ᄒ야 오도가 도아이 ᄒ오히도 용심돌물

양ᄒ다 져히을 엇지 보니는 야불고 무졍 셰월을

약유 파라 ᄒ터니 히 황한 굴일 졀 고 방을야 히

좀보아라 잇나 서산 고 월숨 즁여을 오근라

ᄒ면 동헌 어서 퇴등 ᄒ앗눈 아 죽머 잇소 도

런님 ᄭ탄 ᄒ되야 슉ᄒ다료 우리 부젼이 야슈

ⓔ 뉴션달을푼편식키죠아기는가례로마밥죠아동한

호다낭의소졍도로룰치여아원졀여듣자홀손가

좀쳐타보아라아지멋려소방죠야비티모란군안

이면되기소말을호오샹방의가셔소둔을좀

보고오니라눈을보면어디호오티즁이인느이라쇠

十 제쥬무실나면호죠금젼거리꼬티의쥬무실

八 나면드문ㄴ굼젹이느이라밧굿놈갓다온던

니어보그눈티즁운못호기슙데다어던

눈식씹호듯간까이두깜젹ㄷㄹ호다가엇던쳐

눈비마진쇠눈굼젹이두금젼굼젹호니일을

슈엄숩데다에리흘레기죠쉬꼬만두어라

니가봄마도련님이샹방의들어가이소도오슈
졍을씨고평셩의누엇눈데눈을씁고낙을보
시나감꼬쥼무시나한참셔궁이타가잠을안
니들어시면나을을보고말할테요잠이집피들
어시면조죄입시나가리라한벅디좋을보졍호
곤안경압퇴가서손꼬락을꼽작죽호이쇼
그거몽을보고거시무슨지신꼬도련님니
망짝놀나두손을마조잣곤물녀티눈말
이안경례의법비지가기놋둥여그리호야기
효어셔나가일고꼬고물뜛부을부지린나흘르
도련님이무안호여오뎐셔눅거갈쇼루즘

도령지쳐방이도라와섬화나겨기다렷일졔희슉

그리동한다니도령조와라고방공쳥ᄒᆞ윤룡의

불켜들고춘향의집ᄎᆞᄌᆞᄒᆞᆯ방공놈부들버너

압픠셰우ᄯᅡ삼문거리홍살문버거리ᄅᆞ토향쳥틔

로도로홍살문버거리을지나가ᄯᅩ졔방공놈니

도령을소기라고부ᄎᆞ뇽을강도라홍문거리을ᄯᅩ오

뉴ᄎᆞ나가니도련닝어섭ᄂᆞ여이이방조야남원

부사뇽살문이멋쳐던냐홍살문이일곱이

요엇던홍살문이일곱인야그러귀예틔모만

이지요그리ᄒᆞ면춘향이집이멋난되노아질멀

어쓰늬가은분슈가령ᄒᆞ면삼ᄉᆞ십너거런는데닌

저 도멀어다니 아모랴 도모로갓다 방자놈 도라셔며 도

련님말삼들으시요 기상의집간는길이우리두리

평발인주방글라말르시고일홈이나불녀쥬요

그리호마네일홈이무어시냐 일홈이몹실고 복

지요소인의셩은발으시요 셩니무어시냐 벽셩

이지요무어시냐가요 셩도교약하다일홈은무

어시니버지요놈셩명도교약도하다 양반이야 부

르깃든야숑놈인다 여보도련님말삼들어시요

츈셩명호여불너쥬시면오신고가련이와방공라꼬

부를테이면도련님이혼자가시요소인은달분데

로갈티인주갓여건가꼬말쎄건아시고려니

도령 밧분 마음의 일각이 삼오츄로다 가마 이상

각하여 셩명을 봇쳐 보니 부루기가 난감호고 부

루지마 즁이 갈길을 못가기네 이 이방즌 아모날

방만 셩명을 긋쳐 부르면 엇더 호냐 되지 못할 말

울마 오아 무리 상놈인들 명 여셩이 될말이오

갈티여 둔혼 거가 오니 일 아즘이 뫼방으로 만

조차가여 이 이말숨 아 어셔 가자 방즈 놈이 등불

납시다 털치고 도령 님이 황망 호여

끄고 가마이 슘여시니가 히 다 한 인가 즁의 차

질기를 이젼 어 엽다니 도령 인마 호여 이리져

리 흥지 면 셔 이 놈 니 여 기 여 되 슘 엇 겟 다 죰

얼드흐는모양은혼즈보기는앗겁다도련님이

싱각ᄒ되방즈야부루면디군단아안되깃고나셩

방을부루자니난즁흐여못ᄒᆫ기네니런놈의셩

도셰상의잇나밤은졈ᄌᆞ깁허가고니일이밤버

할슈업다한번만불너볼가ᄉᆞ니시험ᄒ것다아

버지크게아불를슈이나뭅슐놈이셩녕도

이다ᄒ아일업시불너볼아버지야방죤놈이여

나셔며우이드련님기가짝혀쳔흐의몸슐노아

이다지돔시속이눈냐잣난바고이셔가죤발

잣놈불켜둘꼬단로산이완르이나가며셔좌

우을살펴보니월시슨뗘난한데갑졔쳔명

은분쳐니호미슈호문챵이조긔룡이라호양코

유협쓰면야인쳥누ᄒᆞ는노나만톱통이횔졀돌타

쥬님갑쳐들어가이젹ᄅᆞ시문긔진ᄂᆞᆫ다틱심어울

슬ᄭᅩ놓심에졍쟝른타문젼ᄒᆞ죵우사사로휘어져

ᄯᅡᆼ룽을못이기여우쥬활ᄅᆞ놋ᄭᅥᆸ을ᄭᅮ다동뎌

의우물이오셔면의빈당이라문젼의삽ᄆᆞ리안

져오난기울슬어ᄒᆞᆫ다사변으로살펴보니집치례

광장ᄒᆞ다ᅡ파즁ᄆᆞᆫ쥬른쳥낭의곳쥬티문놉피달

ᄭᅳ안방샹간틔쳥ᄂᆞᆨ간월방간반골방한간부셕

샹간구월독리손자춘여완사챵가루다지국회

냥완자문영챵갑챵쟝지어코즁ᄅᆞ벽쟝소현다타

참난도호다참씨지간회꼰손랑압페연못파고못가
온디셤하산모고수셔으로년을보와슝게울모
완눈데쌍ㄹ졍이양ㄹ비오리티젼갓튼굼부어는
물ㄹ로쳐끄논인눈데화게울도라보니일슝니슝
삼소슝의화죠도찰난호다왜졀쥬진달화민도
랑봉션화모란작약치조동박파쇼난쵸월쥬리
구긔조노숑반숑월사게쵸쥬화비일총호리어화
영산홍구화슈구브두화며홍도셔슈화며
벽오동향일화둉의긔셜빅남셔뎌가약셤의
비화봉북의공소오슈가온뒤황하볏범슈요
려삼어끄나티문을둘어셔니셔화부벼입춘

여가 분명 ᄒᆞ다 타 문희 슐지졍ᄒᆞ 슐몬쉬기

슈보라 입츄티 걸간양다졍ᄒᆞ요 도ᄀᆞ졍 줌보희

슐두렷시 부쳐는데 왁 쇠졋ᄂᆞ 졍긔 와도 연□귀□

커리사 슐ᄯᅵᆫ의 부쳐 잇고 더졍 여쳐 다 보니 슬슬

장이 죵겸득 ᄭᅬ 목두쥬 즁 탕ᄒᆞ라 슐 뎌 놓고

졔 숑 교 위 향 샹 이 뼈 질 창 지 티 목 과 나 쥬 반 동 □

슐 반 쥭 긔 이 ᄯᅩ 시 ᄭᅩ 나 이 도 령 가 싼 이 둘 어 가 셔 와

죠 솟 의 몸 즐 ᄉᆞᆷ 겨 쥰 향 의 졋 쇠 샬 펴 보 니 쥰 향 의

지 둥 보 쇼 챵 을 반 기 ᄒᆞ 고 오 둥 복 관 거 문 고 의 셔

줄 어 젼 ᄌᆞ ᄭᅮ 나 비 기 안 고 쿵 쥬 강 졍 셩 빅 이 옹

밧 초 이 붋 달 어 ᄎᆞ ᄭᅩ 붋 우 리 로 압 갈 이 고 셤 즈 호

슈 슬 둘 어 다 가 ᄭᅡᆯ 고 슐 졔 티 현 은 놀 노 롱 의

우슬니요 쏘현으벙 쳠하어쓰리로다 칠월

편외오며셔 거문고로 화답한다 칠월유화여 드나

구월슈의 ㅎ는이라 일지일필 밧ㅎ고 니지날

별흘난니 사무지일우 쓰흥고 지흔난너녀

피남모거든 젼쥰지희 호난이라 탱지등덩징 타인

난ㄹㄹ호니게 숨쇼야 쇼경니라드뎡 쥴문방ㅈㄹ 월

매 소동삼ㅋ라 둥지둥아 ㅃ도빅다난저 슝어되인난

니라 지둣둥덥지당 영산도리로 진안니 을

라눈 거둥사람의간즁을다 녹인다니 도령니 한

창 듯다가 기힝한바 울ㅎ여던니 츈향이가

깜짝 놀나며 거문고에 놋고ㅏ 니망겨라 가만방의

편느가셔져 의모물긔 우눈데 어머니이러나오 화채속

어인격이잇쇼어머이어셔일어나오츈향어머니가감

까놀나안겻이무어시니문[별]열셰리끄러무어시

왓나혯갑비가완나방경마진졔깁아희구어셜보

끄라는냐노랑머리비켜쏫고집렁막듸걸텨삽고언

션쪽질을걸끄니집이뫼격완나동녀굴방아희돌

비잉도도젹질완나보다이러져리나ᄒ쎠셔모란활고

눌쇽이운군이안진겨시신동인가션통인가봉

니쳔틔여다두고누구울보쯔여기울완나니도령이

무한ᄒ여이러셔내다믈ᄆ질마긴니미쥬영쥰

늘다기로수놀ᄉ먹자몬니가완너무동이요지향화

죤ᄒ니츈문쥬가니안일셰셔로문답ᄒᆞ제방

*군*썸나셔며여본베지마오츈향어미가망쟉

놀나녀는돈누군야최방의꼬요올치노변의씹
다리을들며곳나온변셕잣변의도잉도보슌을
타가딘니두변셕이도왓고나여보더들지짤고
낭의빨좀들어보오빨이무슨빨인니소날쥐
방도련님모시고학할누피여셔갓턴니순향인
가무어신가츄쳔을ㅎ다가도련닝눈의들겨셔셩
화강치불녀다나슉기의불으려간즉좀변의게
집희가편지씨기을소날겨역이오라ㅎ고떠잡이
산병깃츈동사ㅣ쟝ㅅ종지금깟츈드제위러콘
우흐고발나셔가기기돌날니고온일니겨언니바
삭외아들놈욕먹으러왓쇼고변니아지도못ㅎ고

四

슉란더력을ᄒᆞ여가슈ᄌ훈항어미말듯ᄭᅳ고간도리시는

말니최방을ᄭᅳ고두쇠냐어둔밤의울나고나벅나니이

어면이와졈둥갑일다노아기아ᄉᆞ져기쳐방도련

님인냐귀즁훈신도련님니싱야삼졍의무슝일뇨

왜게신고나도령니즘오님이라무안ᄒᆞ여웨달라

어야이이가로유이씨방흐져완네슌항어미후단

ᄭᅡᆯ이여보도련닝구련ᄲᅡᆯ삼물낭두버마오닉달춘

한미물ᄒᆞ여친구왕니져여유고셧도막일안으시

썬우리모녀신셰ᄂᆞ부지극졍될가시니어셥바

비도라가오이도령ᄒᆞᄂᆞᆫ말이할ᄭᅦ그ᄂᆞ넙터ᄆᆡ오쇼

ᄯᅩ도쇼시의우리압집니ᄭᅴ쇠누잉친ᄒᆞ여가지곰기

구북츌넙ᄒ다가ᄋ울타리가지의눈틍이올걸커미여
겻두티기가녓티안녁빙벅말고들어가셰춘향어
비가ᄀᄭᆞᆯ을둣고쥐즁ᄒ시는도련님이방즁의소
섯다가꿍ᄒᆞᆼᄋ로도라가뼌피ᄉᆞ셥ᄒ한타인이잠간단
비가옵쇼셔춘향아니리좀온느라희방도련님이오
셩곰어셔반비나와영졉회라춘향이ᄃᆞ답ᄒ된누
가와쇼오지긔이ᄋ셧끄나긔긔이뼌누구셔소임가란
다엇지되는일가쇼비가모로지알긴ᄉᆞ춘슈슐일비
쥬ᄭᅡ비게티면죠군소라비만누ᄒᆞᄉᆡ아반이근하들
의외ᄍᆞ부손즁ᄉᆞ회다날노더뼌오라ᄒᆞ니셩강ᄉᆞ회
다원당군당모도됩ᄒᆞᆸᄂᆡ인비ᄉᆞ셤여소인다
가가니제ᄎᆞ눈ᅀᅳ면복죵셩일다춘향이짜드고쇼

도로

와라고닉명셩원흥기올돌일가연셔흥일던니이국가란

나반가위라연보올고소음겨도련닝명젼흔다망

샹의올나셔뼈좌우을살펴보니기동의부튼

입슌쟈쏘치봉참셔지요일젼판소부니라원

두샹온불노쵸비헐고당ᄒᆞᅡ발치을두엿시분

셔이고동벽을발라보니긴셔도연명이핑티팅

마다호고츄강이비을ᄯᅥᄉ세샹으로가눈경과쥬

나라강티중이션팔신궁근흔여위수변의나슷

띠올돌이우고쥬문왕기다리눈졍을별희굴

역잇고셔벽을발아보니황산만황도령이ᄯᅥ소

눈기러기맛치라고젼궁의왜젼을머여흉허복

실비졍비과 젼슈남산우타부희졍으로삼지을
맛쳐슘동이러지도록굿가지방촌호여짜지손눌
너데니버기깟치발운살이바람깟치군녀가끼려지
죽지마젼풍증이법도논기슬셔환양비라고궁
시을딸이걸고말이기슬졔쓰고쥬춘볍으혼눈
거동덕즤도굴여꼬바남빅을바라보니숑손소효비노
안이바둑관을안헤눗고콴논인혼져들고이만쿄
안졋다가쳔하사즁이틀엿다그젼우슴이크도혼논
순쳥이횏젼의박우션을젹주증부을보다가
춘일이심곤이바로무름꺼지고곱바조논경
괴도한노인은횏의졍건이졍다졍호리볏다쯘

션문등의션끄허리을밧안굽혀비둑운스숀

노라꼬흐지노고쥭는다꼬말오는듯꼬비둠이쥬

그큰눈양을빅지노인눈치쳐고흐본졍일부터

쟝졍호고훈슈다눈흐틋기이져눈심우안호서얼물

이불거지며이만이도라셧는경차졍이둥스숑이

둥오싱호도쪽고셔등거리입고차간의흐을부어

지셩스로쥐호눈졍을여고희부쳐이고부벽을

바아보니한쭝십유향슈이남양효당공셜즁의

숭고효례호라호고판공쟝비달니셔고거름죠흔

젹도마을치을언져바비믈을즁을다르른

너시문니반기훈미둥고불터문답호며숨난셩이

시되효당의풍명션셩빅슈션숀의쥐고안셔을

위지흐여티 몸소를무노라고 언반이 눈은 경을 현변니

붓쳐 잇 끈젼 초 상즁 응을 법 쥬 호 져 붓쳐 끄나밤

안 을 둘어 가 내 참 헝 닉 쵹 비 호 고 가 장 교 뫄 쇼 라 반 죠

황 유 지 군 도 리 빅 눌 화 토 빅 호 셰 간 도 찰 난 오 다 용

장 봉 장 게 두 쥬 쟈 가 함 눕 반 마 지 가 졔 슈 리 들 미 잣 게

잣 다 리 웃 거 리 쳘 칭 퇴 참 벼 루 집 피 헝 당 쵸 를 시 꼬

씀 봄 그 리 비 젼 고 이 율 두 여 리 쟝 무 비 요 강 타 구 져 터 리

슈 졍 쑤 더 쳡 동 화 로 빅 탄 괴 꼬 은 슈 복 부 슈 디 강 희

간 쥭 길 데 밋 쳐 쥬 으 로 셰 위 놋 고 희 경 노 훈 오 동 셜 합

의 평 안 도 졍 쳥 쵸 을 굴 물 의 츅 고 이 츔 셔 가 두 이 나

허 두 꼬 소 픠 통 붓 쓰 고 셰 웟 눈 데 당 쥬 지 분 쥬 지

술 즁 고 이 쌍 하 놋 고 소 셔 응 경 여 미 츈 쥬 랑 이 소

아두고인물병모란병은슈병도일을아보옵쑤티당이
블켜단요원잉글주며기슬바다지외사아녹코자지뎐의
김슈건을쎅더에졀어두고쇄금경더반만타디머리맛
티비쳐녹교화문등이안화방셩빗조은호타은을줄
맛츤위깔아녹코좌좀시게갸명종을여기져기거려녹
코의거리화류문갑좌우의쎄려녹코소동복관거문
고와일황양금이야고ㅇ둘여기져고나슌향이거
동보쇼셩홍쳔텬셔펴며도령닝이리안지시오더도령
이황솔을쎠두무르곱곱솎이예코안즈시니쥰향
니가당바담이빅단붓리즁간티여룡상갸랍부여옵
아보도도씨셔둘터젼프당비좀슈시쇼나도령니
두숀으로공슌이바다들고졋향아슘님티졉흔

노라고 슈구가 되다 한다 춘향어미가 노랑머리 비겨

꼿고 곰방티 빗기물고 춘향경해 안져 딸 고랑을

여가며 횡설슈셜 잔쇼리로 밤을 시오려 만고나

니도령이 민망호여 춘향어미을 다려 눕는눈치

도로고져 외 슈을처 우눈데나 도령비어소니 셜부

손으로 비을잡고 의고 빈야 쏘리을 지르면셔

좌불안셕은고나 춘향어미가 거불너 여나거시

셴일인가 광난인가 회슘인가 이길곰질이청셩

환을너여라 슈환반을 드려라 강찰을 말여라

곰피을어떠너 호되 오동졍음셔고나 춘향

어미가 겁을너여고 보도려 병졍신 초려갈곰호게

니젼이 알른본병인가 곰크그에 호여 무슨냐

을소리가나며어슬티엉지리호면엇기울기젼
보텬으즁이나게도면뜻긔혀바슌터면틍이늣데여
보고리흔면란까흘가니머나맛디어보셰그만두게쓸
데업데늘곳어이비누쇼챵읍데츈챵에미니눕치알
고어헌제알게고나늘거지면쓸데업서지쥭는거서
숯지안서도누거서티우슬다꼬리호면나는간
다더뷔키리호여보라딸때리고건너간니도련님
겨아일어안져인져죠곰밧는꼬나츈챵이졍신업
기안젓다가도련닝엇더시요간져지안이흐다날
이각가이오니라네한믈네티도는젼만꼬의무솜
일다안겨라보됴셔거라보됴숭굿슈셔라이쑥을
보됴아쟝으겄일어셔빗만꼬터다불여라만졉챵

산을군범이살진양키물어다놋고흥을겨워논
일듯시오슈도만져보며머리알도만지면셔비
셩이무어시나셩가요터우쏫타녀셩은니가다
이셩지합엇더호난도나이명산인고히랄이요
눈사사심유일다셩일는언제나하ᄉ열쇼팔일
조시요나눈고달고날희셔니ᄅ셩훈고명당슬다동
변통원돌일셩이사가쏫골돌벗시이수리아밧지
가한무큼만다거구어시면너너의너런이가불슈
산을것구로조셔터면통슈졍이딸반흔엿고나슌
향아화줄둥밧셔ᄉ양야의슘법시ᄉ만무미호다ᄉ
향이향단불ᄂ민놀라넝게규조찰녀여긔
슌향이향단불ᄂ

둘드려 오라 ᄒᆞᆫ 항씨미ᄂᆞᆫ 문이라 규중을 건비ᄒᆞᆯ제 딸

모 겹슨더 모 밧의 안셩슈와 일 굿다리 이 못ᄂᆡ 반ᄉᆞ와 호게

이가 긴안 쥬ᄃᆞᆷ아 ᄭᅳ다 쳥실너 ᄒᆞᆾ실너 ᄭᅡ 근 성슌 젼은 ᄌᆞᆫ시

용안ᄒᆞ여 쥬ᄃᆞᆼ티 ᄉᆞᆫ을 노코 오셔 정 ᄭᅡ문 에 젼부 ᄡᅡ 의 회 최

을 겨ᄃᆞᆯ 드리 고 야 ᄃᆞ시 쥬 박 기 며 줄 병사탕 오 여탕 녹 고티

양푼 갈 비 ᄭᅵᆼ 쇼 양 로ᄃᆡ 개 ᄒᆞᆼ 신 섭 노겨 들 리 고 무 졍 에

겨라어 젼ᄭᅩᆯ 의 기르 디 라시 ᄭᅩᆾ들 너 녹 교 두 권 발 쥭

용 어 먹 기 죠 흔 물 셥 기 세 붓 치 갈 되 ᄉᆞ단 경 당 물 버

물 셕 졍 편 슐 겻 드 리 고 보 기 죠 흔 용 긔 죠 아 웃 기 로 언

졋 ᄂᆞᆫ 데 졍 겨 죠 중 등 쇼 ᄆᆞᆷ 근 이 세 여 녹 고 문 여 젼

부 봉 오 려 ᄃᆡ 구 반 쳐 올 여 녹 고 쳥 슈 리 병 의 빅 ᄉᆞ 쥭

빅 고 박 뉴 리 병 의 홍 쇼 쥬 녀 코 노 죠 쥭 잉 무 네 슬 요

박 ᄃᆡ 예 밧 쳐 ᄭᅩᆺ 다 ᄒᆞᆫ 항 이 바 다 둘 여 녹 고 도 련 님 약 쥬

잡수시오부어타며ᄯᅧ토머르구나드려어보ᄌᆞ장쉬미

셩놀아보ᄌᆞ일비일비을진쉬케머은

후의횡셜슈셜쥬졍ᄒᆞ며ᄭᅥ문고을만지면셔슈향아

이거시무어시냐거문고요옷칠ᄒᆞ나무어ᄒᆞ는거시

냐타는거시지요타면호로며이나가노ᄯᅳᆫ거시오ᄯᅳ

눈ᄃᆞᆫ이잘ᄯᅳᆮ며멋죠각이나ᄯᅳᆫ는냐졀을회롱ᄒᆞ

면풍뉴쇼리나셔노리을화답ᄒᆞ눈거시요이의ᄆᆞ리ᄒᆞ

면한번누아보ᄌᆞ머ᄂᆞ기문고로화답ᄒᆞ언다눈별노쇼리ᄒᆞᆯ

번ᄒᆞ마그럽시다츈향이셩옥슈을들어다가ᄀᆞ둘ᄭᅡᆯ나

비켜안ᄭᅩ지ᄌᆞ둥덩지두둥텅ᄃᆞ여셔ᄀᆞ오니도령취흥

을못ᄉᆞ기여노리을부르눈ᄃᆡ회셩이ᄒᆞ죠벽산월니요

고물회진입창오운이라ᄭᅮ단산희ᄀᆡ로한졉죠ᄭᅩ천ᄉᆏᆨ

강명원이이 디경슈쳥으 면니발〓번니거시을 □〓강슌〓
젼의 흘틴두콩보로 웃짐쳐셔 취라양 규줄만 깨〓〓
두목지로〓믈〓라두덩〓나 흐여 고목 졔미〓〓 〓
안스로흘〓흐고 모기너〓낫〓〓〓 왕 환진〓〓〓
가고져 밥조요 무슈 흐 단 쇠 로로 웃짐 쳐져 류〓〓
도틴화리아와슈우오 둥연낙시라 흐더 박 나 쳔말 〓
여라 둥지 둥덩 편 규부 후 흐여오강의 김셔셔 흐련
범여로 흐 〓 흐고 죠 거 빅아로 죠 위 죠 셔 흐 단 오 〓셔 로
〓을짓고 〓샹〓반 일 두불 아 르마셔가 〓 〓 더 영 파
로 웃 징 쳐 졍 질 좌 유 흐 고 안 바이 이 지 흐 던 인 〓 〓 로
말 물 여 라 두 덩 지 덩 슈 구 부 앙 흐 여 결 샹 유 효 흐
던 부 열 노 을 〓 을 고 영 슈 의 셰 이 흐 고 기 〓 의 거 쿨흐

틴쇼부로 쯕을짓고 위 슈의 나서 녹코이티문황호던강즈

이로우 집쳐셔 분 슈의 침롯미호고 둥강이 박가티엄

자룡말물 벼라둥뎡지 둥도 둥이 비슈 현호고 파쇼

슈허쳠 금호던 협졍으로 호 쯕호 꼬 룰금둥황호여

졔목면피 호던 겹졍으로 쯕을짓고 쏨 젼춤부호여투

버호단호던 죠말 노우 집쳐셔 쏭죠당이겨숙호여방

황불인거 호던 꼬졀너로 말물 벼라둥뎡로 신펴 뉴궁

인호고 항과나양을 단쇼진으로 호 쯕호고 입위지춤호고

슐위숑호던 죵의로 쯕을짓고 졀헌 납치호 하양소쳐

죵호틴 범슈로우 집쳐셔 슐이방 함호고 풍슈겨죠

왕호던 슌우곤으로 말물 벼라둥팀 둥젼필 숑픔팔

휘호던 호션으로 쯕 꼰운슈유악기 쥼호여 결슐

쳘니 호던 당조방으로 쯕을 긴고 유호 물기게 쥬던

투

지평으로우김쳐셔두발이셩지호고무져진열호던면
깨로말몰녀라등뎡으롸진란쥬흐여부졀양도호면
쇼화교훈쪽으로뉴화와이슘흐여젹혀거젼융흐던젹이
기로쪽을지크깅츄쇼운흐야농안늄지흐던쥬발노
웃김쳐셔시호으부쳐니흐던씌쳘노말몰녀라등쳐
뎡뭉뎡쵸우낭즁의거신으로흐쪽을고외기쪽졀흐여
쥬발이박흘딴솜우도쪽을지고슘신불스니군흐크
별비불겸니부라흐딴왕쪽으롸우김쳐셔지셰즌난
흐고매란니도흐딴의쪽이로말몰녀라등지등뎡쩨
뎡구도지웅이밍샹군을쌰도병부르굼난흐던살
눈군쪽을짓고편르타셰귀롤쳥흣군으즛김친고씨꺼
니셩규리흐던스쥰신군으로말몰녀라등지뎡르쥼흐
쥬지흐던둥으로흐쪽흐고더슈쥼군풍니로쪽을

지고유자지화경경호던경장으로웃짐쳐셔안젹좌영

호던마원으로말물녀라등지드등텽경빅유교뇌호

탄양빅니로홀쯧호곱부곱죵소호던니포로쯧을지

곱부미결슌호탄장강이로웃짐쳐셔불우반군착결

이면무이별이기라호던우호로말물녀라등진등명

니십의남뉴강회호던시마쳔으로호쯧호고요지뎐의

투도호던동방사으로쯧을지고동도부지단반프로

물녀라등텽휴지불타호고중기불셩호던화

웃짐쳐셔후셔이양조윤이지라호던양웅이로말

은이로호쯧호곡과쳡슘호티과티

로쯧을지곱불의강셔호던셔슘이로웃짐쳐셔젼

눈모히호던진원비르말물녀라등지등명빅

니부마 ᄒᆞ더ᄌᆞ로ᄒᆞᆫ쪽ᄒᆞ고 웟소ᄅᆞᆯ셜ᄒᆞ여 휘ᄀᆞᆯ을ᄒᆞ던

유젹이로ᄒᆞᆫ쪽ᄒᆞ고 션쳠ᄒᆞᆫ 황향이로 웃짐쳐셔

병이엿던 왕숑이로 말ᄆᆞᆯ녀라 둥지둥텅 오판쳔중

ᄒᆞ던판ᄋᆞ운즁으로ᄒᆞᆫ쪽ᄒᆞ고 아두슬풍의안고일션즁

니도시답이라ᄒᆞ던 죠운스로 쪽을지ᄭᅩ 즁판교ᄉᆞ의틔

각빅만ᄒᆞ던당이틱으로웃짐쳐셔 할뉘기포ᄒᆞ면

마렁긔말 몰녀라 둥지둥텅남양 풍셥즁의쇼

당츈슈 푝ᄒᆞ던 졔갈양으로ᄒᆞᆫ쪽ᄒᆞ고 뵈슈이랑

ᄒᆞ던셔ᄂᆞ로ᄒᆞᆫ쪽ᄒᆞ고 규슈연ᄒᆡ개ᄒᆞ던 봉ᄉᆞ션ᄉᆞᆼ

으로웃짐쳐셔 금즁고 항셩의지영 둥이졀츙ᄒᆞ던

슈경션성 말 몰여라 둥지둥뎡 젹벽강뎡 원야의

횡셕부시ᄒᆞ던 죠밍틱으로ᄒᆞᆫ쪽ᄒᆞ고 셩되죠슈의

문뇌실져ᄒᆞ던뉴 황슈스로쪽을지ᄭᅩ 혐소일인

헌 쵸픽황으로웃짐쳐서견구부인지북을웃고밧든

스마의로말울여라등지등떵부창청풍승의희황승

인이라ᄒᆞ던도년명으로혼쭝흐그강좌풍슈져승의슈

동스로쭉을짓고승신의바두두던소촌로웃짐쳐서

화음시음의티쇼즌녀ᄒᆞ던진단으로말물여라등

지등떵슐잔입슴ᄒᆞ던니졍니로혼쭉흐고ᄭᅮ슈여

슈호던니젹시로쭉을짓고박주쳔손과분향우

로웃깅쳐서슈쳥궁금흔셔평왕으로말몰

셔라등지등떵쳔흐도리가진져공문흐던희양풍요

로혼쭉흐고쳔슈금감녹지던당구령으로쭉을짓

고독야당의음쥬음시흐던비신공스로웃깅쳐서슈

문장들이든니터율로말울터라등지두떵픽표의

二후

걸비ᄒ면명ᄒ여놀쪽ᄒ고무명불명심ᄒ면양져

시로쪽을깃고슈쥬고퇴형ᄒ면가도로슈깅쳐셔오

션서가말니ᅀ햣것던슈ᅀ경ᄋ로말ᄆ어라등지

등뎡궁도고ᄒ면완젼ᄋ로ᄒᆞ쪽ᄒ고요간결읍ᄒ면

필임ᄋ로쪽을지고ᄒᆞ삼슈지ᄒ던뉴령ᄋ로웃짐쳐

셔은어쥬ᄒ던셕만겻ᄋ롤말물려라등기등뎡셔쳔

ᄒ우ᄒ고후령늘낙ᄒ던범회문ᄋ로ᄒ쪽ᄒ고교쳔

ᄒ어티ᄌ져안ᄒ던한위쿵ᄋ로쪽을지고쥬이부

셩ᄒ던굴회쿵ᄋ로웃짐쳐셔쏘ᄂᆞᆫ초도ᄒ고디

ᄉᄂᆞᆫ불로도ᄒ던어단ᄋ로말물려라등지등뎡

지쥬슈교불려ᄱ롬ᄒ던왕원지로ᄒ쪽ᄒ고니박어면

ᄒ여명문쳔ᄒ라ᄒ면구상슈로쪽을지고쳘풍을

셔리ᄒ고슈파은불ᄒᆞᄂᆡ라ᄒ던쇼동파로웃짐쳐셔

위슈의 심장월이라ᄒᆞ던 황노직 스로말몰여라등기등
덩난졍쳡지던왕희지로ᄒᆞᆫ쪽ᄒᆞ고뎌즁명팔위부인
으로쪽을짓고황견유부외손희구라ᄒᆞ던ᄎᆈ즁낭을
웃짐쳐셔여쵸한으로졍봉ᄒᆞ던 회쇼로말몰녀라등
지등뎡농탄즈루ᄒᆞᆫ한방쳐로ᄒᆞᆫ쪽ᄒᆞ고ᄂᆞ화슈상달
위인ᄒᆞ던노쥬로쪽을짓고파경이부학셩도셔ᄒᆞᆫᄃᆡ아ᄎᆞᆼ궁
쥬로웃짐쳐셔단니니셔ᄒᆞ던ᄒᆞ후셩녀로말몰녀라등
지등뎡소동녀ᄒᆞ던반쳡녀로ᄒᆞᆫ쪽ᄒᆞ고겨산쳔이ᄒᆞ던
깅깡스로쪽을짓고션곡거부ᄒᆞ던 즁지쳐로웃짐쳐셔
호가십팔바지던문희로말몰녀라등지등뎡죵쥬후
ᄒᆞ던됴비빈으로ᄒᆞᆫ쪽ᄒᆞ엇누ᄉᆞ던봉ᄒᆞ던왕소군스로
쪽을짓고본셩녀화ᄒᆞ던반희로웃짐쳐셔오슈후졍
화노리ᄒᆞ던장녀화로말몰녀라등지등뎡취무표

四후

무려ᄒᆞ티셔시로ᄒᆞᆯᄶᆨᄒᆞ고 첨 향졍의 박졍ᄒᆞ던 양티진ᄋᆞ

로ᄶᆨᄋᆞᆯ지 고ᄐᆡ월셔 ᄒᆡᄒᆞ며 뎐 양ᄋᆞ로 유집쳐셔 박두

음지 두타문군ᄋᆞ로 말몰 ᄇᆞ라 ᄃᆞᆼ지 ᄃᆞ뎡 ᄒᆡ 영 ᄌᆡᆼ곰

의 남교 듕ᄒᆞ던 슈미 인ᄋᆞ로ᄒᆞᆯᄶᆨᄒᆞ고 봉의 졍의 년환

ᄭᅦᄒᆞ던 쵸션ᄋᆞ로ᄶᆨᄋᆞᆯ지고 믹 샹의 겨셩ᄒᆞ던 진나 보로

웃집쳐셔 부지어 랑 ᄂᆞᆫᄋᆞ로 말몰 ᄇᆞ라 ᄃᆞᆼ지 ᄃᆞ뎡

박수셩 회답ᄒᆞ던 영양몽쥬ᄒᆞᆨ쪽ᄒᆞ고 기 문평 놋

ᄒᆞ던 난냥 공규 쪽ᄋᆞᆯ 짓고 양뉴ㅅ 화답ᄒᆞ던 진겨

봉ᄒᆞ웃집쳐셔 위션 위귀ᄒᆞ던 가 ᄎᆞ운 말몰 ᄇᆞ라 ᄃᆞᆼ

지ᄃᆞ뎡 김무ᄒᆞ던 심 온변ᄋᆞ로ᄒᆞᆯᄶᆨᄒᆞ고 용봉의 쟝

봉ᄒᆞ던 박 눔파로 쪽ᄋᆞᆯ 짓고 ᄒᆞ단 명 기게 ᄒᆡ월 노우좀

쳐셔 남보롱 ᄒᆡᆼᄒᆞ던 져경 ᄒᆡ 말 몰 ᄇᆞ라 ᄃᆞᆼ지 ᄃᆞ뎡

낙양과 기풍누호의 도령훈쪽호고 동졍슈월갓고

눈파부용갓튼 춘향으로 쪽을짓고 봉구황곡화답

흐던겨문끄 웃짐쳐셔 광슐누의월노승믹 든방죤놈

딸물터라지 두둥딩엿터 흐야 그련소리 좃터 흐오남

은슈미부어라 단원즁취불 원셩일다 팔쳡병풍열

터리끼거림도 졸그리 그문취도이 승흐다쳐 그림이 무어

신야 그거슬 로시쇼 오소운 둥남타이요 건곤는늘

야부니 약양누가이 한이요 또져거는어 미면야 목죵

인불쳔 흐고 강슝슈봉쳥하이 소죵강니게안이요 또

져건는어 디먼야 슘순반난 쳥쳔외이 슈즁분빅노주거

봉황더 가이안이 요율려면 또져거는어 미면야 원낙쳬슘

맏쳔흐데야 반죵셥이도 기션흐니 흐소가이안

五三

이 요 등히 가 여 디 에 아 비 류 작 슴 셥 와 의 비 라 은
호 니 구 쳔 호 니 여 슨 푸 포 의 안 이 노 도 겨 가 여 디 면 니
쳥 쳔 녀 그 호 앙 슈 쇼 비 조 쳐 쳥 빙 무 쥬 호 니 화 학 누
가 히 안 이 요 화 동 무 스 러 남 포 순 이 요 규 럼 모 퀴 셔 슨 우
호 니 등 왓 가 니 안 니 쇼 쇼 위 수 오 의 우 호 니 우 슨 엽 니 봉
니 안 니 요 참 골 그 럿 다 오 도 료 의 규 령 닌 다 화 졔 도 가 도 녓 다
왕 쇼 군 그 려 니 턴 모 뵌 슈 가 그 랫 치 쇼 쥰 향 의 손 을 줍 아
어 리 안 겨 라 양 인 이 다 졍 호 니 밧 변 회 토 호 여 보 젼 가 슴
도 만 지 며 셔 스 랑 간 흉 다 누 눈 다 츈 향 이 가 며 다 밀 며 셔
여 보 간 지 럽 쇼 망 영 이 요 쥬 졍 니 요 일 가 라 던 니 그 리 시 오
일 가 라 도 무 촌 을 관 계 치 안 니 호 다 슈 상 가 겨 일 위 보 졋 춘
항 의 피 좌 호 여 녓 고 온 되 도 련 님 을 슌 손 죠 만 는 도 련 님
은 귀 공 조 쇼 변 은 쳔 기 손 니 지 금 아 지 욕 싱 으 로 둘
이 겨 라 호 엿 다 가 소 돈 만 일 알 리 시 면 듀 현 넘 슬 나 가 셔 끄 란
되 가 셩 춰 호 여 군 살 지 니 보 신 듸 의 쇼 녀 가 튼 쳔 쳡 니 아 셤

이졔리흐엿다 가소돈만일알르시면 돈려냄스나 가셔 고관

되가셩췌흐여 귀를지니 보시 가면의 소년기특 쳔쳡니 이곰

부일언니 즁쳥굿시라흐예 난니 오날밤 곰셕송냑흐⋯쟝

곤달은 곳의즁가 들씌아들 보가약을 놈업다 너손

슈즁미흐마 춘향이셔 조외되고러시면 일졍슈거나쳘

셔쥬옥굴낭은 그리흐라 지펼며 여녹코의필휘질

연시되우슈지 단순아는 낙양기호 요변는 호남지

명기라우연듄누 샹봉흐시 옴간지명월이 쇼슈즁

지연화로다 금하슴 경의빅판 둥 낙지명으로 셩포나

십약슈후일비 약지폐거나 다인즁 졀지단디거둔다

차문겨로고 반곳라 졍유언실심 사일야 의거유의

너몽용이요 즁인의방긋고두시라 여셔준니 춘향남

다이리졉고 겨리졉어 금냥이 간슈를 꼬 도련님들

어보오무족지언이비철니라ᄒ셧시니부텨교상ᄒᄂ소

소도맛힐아르시면우리모벼걸단니요ᄂᆞ넓은넘녀안ᄌ

술부어라함 반ᄌᆞ나ᄒ오ᄌ우리두리박션어야미ᄌ기서인

쳔맛셰ᄅᆞᆯ유젼ᄅᆞᆯ흐더ᄂᆞᆫ쥬어희양김셩들셔가셔오

리목이되고나ᄂᆞᆫ쥬어슘ᄂᆞᆫᄌᆞᆯ도다미ᄒᆡ셔ᄅᆞᆨ가진ᄯᅳᆺᅒ

셔잇가지됏ᄅᆞ친ᄅᆞ감겨니셔평양풀니지마ᄌᆞ고나니ᄂᆞ

눈쥬어음앙슈라ᄂᆞᆫᄃᆞᆯ니되고나다던쥬어인낫시가되

야물우희둣실ᄅᆞᄯᅥ셔노곤나너ᄂᆞᆫ쥬어인졋니되

고나ᄂᆞᆫ쥬어맛치가되야젹벅은숑신슘쳔셔벅은

니슈팔수승ᄒᆡ 양듯기ᄂᆞᆫ인졍쇼리로을이둘

은듯츈하츄둥신즁쳔떠나지마고고나녀ᄂᆞᆫ쥬어들

망양돌ᄌᆞ귀가되고나ᄂᆞᆫ쥬어꺼들낭슈돌셕귀가도야

분벅ᄉᆞ죵여맛칠졔마썬드득ᄁᆞᆯ노죽고나츈향

이가ᄒᆞᄂᆞᆫ말니셤ᄅᆞᆯ고야흔물니셩젼소후ᄅᆞᆯ미테

이가ᄒᆞ는말내셩고룸고야흔몸니슘지쇼추슬미러

되고나는뒤여밋쥭미도와암쇠가즁쇠을물고방ᄌᆞ돌

고놀즈고나그랏시면좃쇼춘향아아임ᄒᆞ얏시니그만져

만근ᄒᆞ면엿ᄐᆞ흔냐도련님물낭어셔쥬무시쇼쇼변는

아직잘낭멀어쇠올ᄯᅴ기잔줄누비여아문즈굴더누

비꾸화두루미밥먹니고화쵸밧혜물퍼다가쥬끄담ᄇᆡᆨ

뒷ᄐᆡ먹끄문고즁눈추셔걸끄잘타인쥬니셥셔는

마옵쇼셔니ᄯᅥ가마ᄒᆞ여오날방은느리긴냐추눌

ᄒᆞ고셔즘춘향ᄒᆞᆯ일업셔지마버셔돼의걸끄션

만요ᄃᆞ단니불원앙침을눕도낫도ᄒᆞ게펴로벌

여놋고화류문갑열ᄐᆞ리끄만강ᄉᆞ탕오ᄒᆞ당슬너여

입의물고질겁ᄌᆞ를씹다가셔눈슈ᄭᅥᆼ양쳐ᄒᆞ고옥강

타구쥣더리슬젹과셔다어벗키노교도련님업셔시요

니도령ᄒᆞ는말리미ᄉᆞ눈갈쥬신이라ᄒᆞᆼ시내너면

져버셔라도련님마음니올쇼冊이시기는타로올까

눈말솜인다도련님이면쳬배스시요죠흔슈갓

다슈르껏기흐혀보죠지는스랑니면져벗기흐고그겸스다

도련님니면져흐오그려면더안다르흐니면션보고졀흐는

방아가무어시나방아지무어시나또안다르흐니디곱

스등니가무어시나나모기다그꺼슬몰나셔오란다너

져지도안다르흐니안진꼬리션꼬리뒤는프리입는고리ㅣ

가무어시나그려슈르껏기도인나나는모로깃쇼니일음틀

어보쇼안긴꼬리둥고리션꼬리문고리뒤눈쓰기고리입눈고

리겨그리지그꺼슬몰나인쳬너겨지무스쌩게흐려는나

도련님니할거시니알아너오어셔흐여라도련님안다르

흐니손임보고면져인ㅅ흐는기가무어시요기지무어시나도

안다르흐시니셔모파눈쥼스가무어시요셰샹의그런쥼

도이나그모로깃다셜어미쥼스을몰나쇼슬컨니쥼그려

로나도아다르흐니니누기치눈기이눈기치눈기가무어시요나

로나또아다로흘너니부가치누머마누라치누기가무ㅇ人오나
오로낏다나는기는소리가차는기는노리가머는기는꼬말기
치느기는도릭미진것도물나신제셔로비겻지요ㅇ춘향
샹랑즁끼고나서셔도먼져버려라운춘향내노야라고
벽슬산고영도을다나디도렷내무한훈셔이쉬춘향
아노야는내이리오게셤로셔요셜셔안고시리오게춘
향이부리치며서요며보듯기실소아모리쳔가라끔
디기도무례하오니도령초는말이무슴말노ㅇ느냐잘못
눌겯일너다고춘향이도라산져셔도뎐님들셜봅
소낭가녀혼쳔나로밤의실낭신부셔로마나준슬수
지질길더의신부슬벗기라면그러리렷긴속도릭글
봉츠쉴뀌탄벗겨노코우젹구리숙체마란슉갸바지글
글너벗긴후의신낭이나장벗고신부을산사다가

ᄉ루

이불속의 안고누어 손ᄃ것 모ᄃᄃ인기 발포락싱을 슈어
꼭집어 발치로 미ᄌᄯᄂᄌ밀쳐 놋코 순우지나 이ᄎ흐ᄂᄂ
데날더러 쏜 슈버스라 ᄒᄂ니 반송지분이 가잇소이다지
셜ᄭᆡ 흐오니 도령희가 막혀이 이춘ᄒ야 그런줄을 몰ᄂ
곰나지니 보지못ᄒᆞᆯ일을 쇠망 ᄒᆞ여 무쇠 슬리 그리ᅌᅳ면
녁벗기마 춘향의 손목을 줍고 달여치마 ᄯᅩᆫ풀고바지
ᄯᅩᆫ풀고 도련님니 활젹벗교 춘향아 오져죽기 무미ᄒᆞ냐ᄂ
랑가료노라 보ᄌ 춘향이 슬ᄃ두루쳐업고 어둥ᄃ니 ᄉᆞ랑
남츙부츙노젹갓치 담불로 젼인 ᄉᆞ랑평ᄯᅥᆼ바다
물갓치 고고마다의진ᄉᆞ랑어 허도ᄃ니 간ᄂ지 잇기녀
머로도라 보며 닛ᄉᆞᆼ랑이지 그어기요어치보와 도닥간ᄂ지
그어치쇼도련님고 만나려 노호파도 솝푸기요나도좀
어붐시다 오냐 그야보ᄌ더는 날을셧겨 덜이ᄂ 느지막이

어분시다 오냐그아 보즈녀눈날을여겨덜나눈지막이

어버다고H

던이끄만이끄나는못섭기쇼등셔리이흥나갓쇼마른당의

말두박듯쫙쫙질녀못업기쇼려기로늣게업이타곤느지

막이업고셔셔허두르냐소랑터눈갓치놉푼소랑하희갓

치깁푼소랑듕긔르녀간의이지이리좀보오녕소랑이지고

어치녁셔방이지아모려면중원궁졔할셔방꼬리옥당할

셔방승지창판할셔밧졍승판셔할셔방의허둥녀

셔방잘녀를흐든틀면셔너냥군이지므려치우리고만고

흡시다오냐그리흐조의샹금칭장떠기스를우리두라

벼고누엇시나누를와주이졍녀오비변가야일위셕니

갈나구졌비졍냥쇼너고나꼬무어시니조슌릐호조

비겸이요꼿질궁흘둘요이히춘향아이겨시왼노

인야하눌시돈쭉만슐교땅이미양을틀고인졍

더미방울만호고남의 문너바 눌군여 만흥고계신
야와다갓다 흐더아모라도 야단낫다흐 바다마슈후
의춘향이도련님비슬슬근만지다가시 흐너응를겁사
들고즁아로쌀 화라상제야말라손톱의 쓸너노
코너슬규여 보슈흐나는 아리로물을쌀고더는후
흐로필을빠나야 홀신도련님의견달슈가 잇는
나 빈놈이열셔안 그비도살그 문지르면후리두리의려도
가날리곳셔 면엇지 호가쥬야흐쳔 더러지그말 아시면
이수고달흐기 수고날라 셔너춘항이 할일업셔물의
일어나셔 성치달이 견체 슈선스 겨것들 더셔쟝국
상갓다 노코일 변쥬계당 쥬물물 의화청 흐여도련
닝너갈너그근 들며셔 일어나 소무슨 일을형셔
힛다 이다지꼿효시오 어러 나소 인물슬 덤셔 안고빨 둡

히야 이다지 못슬기 소리 에 나소 신물 쓰면셔 안그 밤 둠

리도 안나 이러 나오니 도령니 셧두 어려 나며 눈 부비며너

무샤단 호지 말 아 즁부의 간 즁다 누는다 히졍 으로

슐마시고 할 일 업셔 써나 올졔 지쳑 동방 쳘너 라

희는 서 이머 더가며 방은서 이 슈이가 노녀 일 져셕 의

다시 오마 호직 호고 도라올졔 신졍 미흡 흔 셔 흔 거

름도 아 보 포두거름 의 손지 호여 히 방스로 돌 아

오니 츈향이 호는 거동 눈의 암으어 혀여 광 못살 깃다

일일 슛슉글 슬 지 여 방 불너 보 라고 호졔 숑문

간의 요란 커널이의 방즈 아음 문간 이요란 호 니 낫 아

보아라 방즈 놈 단녀 소던니 회 셔 이 만면 호며 돈 녀지

승풍 호 셧나 보니 도령오 맛도 두 곤니 지스로 올 나 가

면 죠 흘 거시 무어시 나 겨 눈도 나고 왼 슈로 곱 긷을

포판 두고 이 플폭 웻 니 나 흥 여 시 면 니 게 눈 돈 실

○○일다밧는동헌의오늘나가니죵쓴임이니방 블녀부
향슌비호고뉴지을떠려보이오죠흠의나졀호여
금희슌졍호라호여고나온도니방블녀즁기다보도
련님블녀들쎠나는지영일떠날터인주녀는니일녀
횡당다오시고먼져올나가라니도졍니말듯고쳔찌가
아두호여복즁의이친마음눈물이오듯호먹열
글을슈기지못호고쳔즁을쳐다보며닉일비오실
듯호오이돈셔아녀는집반쳔지호단녀져셕이
무셔슬뭇이져셔려노이오하가마이본즉글도변
이안이익끄무엇호려단보려소의셔씩기잡슬려
단여지요셔씩기는즁어무엇호노마지반츈호여
들이지요그셔성잇다여셔바비들어가져치힝
두호다솔게졍식뼈쇼리을다호고셩짓다쳣들어

두령문밧기 나셔 마바 식발 소리 나는 물 엇고 셔 일빅가 양플

가라 도련님 할 일 업셔 나 안느 로 들어오며 슈셩 탄

식 ᄒᆞ는 말 나야 슈ᄒᆞ지 를 우리 슝ᄉᆞᆼ 야 슈ᄒᆞ지 무

슨 셩 춘셕다 끄니 직 슝 풍 원 일 인끄 도포 소미 로 낫

슬 싸 끄니 안는 로 들어 간 니 살 너 부 인 녀 다 르 며 뭉 풍

아 웨 실 이 우 는 야 아 바 기 가 졀 를 다 오 무 슨 일 노

티 던 나 너 슬 다 아 기 를 졀 의 부 르 면 날 가 ᄭᅦ 면 ᄭᅥᆯ

가 금 옥 갓 치 길 너 여 니 가 후 손 이 자 ᄒᆞ 끄 미 ᄒᆞᆫ 지 을

안 이 쳐 셔 이 만 지 나 길 너 떤 니 ᄆᆞ 라 는 게 시 무 어 셔 냣 졋

조 은 슈 령 도 야 조 식 이 졸 못 ᄒᆞ 거 든 나 안 눈 로 들 어 와

셔 즁 아 리 을 칠 거 시 지 공 ᄉᆞ 방 의 ᄆᆞ 라 보 코 소 의 길 니

외 실 인 끄 셔 두 슬 기 틴 나 스 기 말 끄 말 ᄒᆞ 여 라 낫 더 리 ᄉᆞᆯ

나 가 간 다 ᄒᆞ 로 가 라 저 드 나 ᄆᆞ 가 졋 서 의 슬 싸 편 눈 바 나 도

○령이러부인게동보고호번들어갑플호단지라안다

솔나가며그거스엇져고가요무스을말닌나홈삼을

지무허시샹젼호단는나쳔지의는법슬텐이벗젼

말인이듕강을듯변그런데들어보게독그말츤여

라본음기셩월의달츤향이날과동변듯월동일

셩이요인물이실식이요문월이누셔호고젹길이

듯신의그거슬말이고가요나는쥬셔도달셔갈튼

히가틴부인이말듯고어쳐이거원말이이샹푸동

그려켜의글쇼릭가넙먼가보다머리취슬루쳐다가

션젼시졍통비다갓드회드친강켜급프솔고슬

비질호듯월승보고치듯아죠짱그두달이며슉

일놈이말듣겨라미즁가샤치놀부쳥샤라의방랏

폭기셩쳐가원실인이죠졍이셔일게도연과거도

리쩌쥬으라고샤슬이뉜인들어말누하셔로티려두말

다기실쳐가왼실인이 고졍이셔실게 돈젼과거도

리며 쥬으라 고샥을ᄒᆞ이 홀임들이말 누ᄒᆞ여 몸을ᄲᅦ

쳐 두디막ᄒᆞ여 혀방스로 나가며셔 공연ᄒᆞ말 을ᄒᆞ 교셧

불만짐녀 고나녀 외싱졍 어반ᄒᆞᄃᆞ쳥편지가 져가니미

한기더다리 비ᄯᅥ리슬쓴다 듬끄 몽으삽푸로쑨향 셩

각 간졀ᄒᆞ여 모양보아ᄒᆞ나 녀실은 갈ᄐᆡ인쥬 쥰녀

틔 도 춘향말좀보고슨단 의말이나ᄒᆞ고 오ᄅᆡ라 힝방

문 씨나셔 롱더 튀로 증성소리로 이리져리 즈져

가며 니실더 날셜가ᄒᆞ이 병셔 이누구는 듯 일혈

무광ᄒᆞ셔 쇼슈드ᄒᆞ는 눈물비 오ᄃᆞ셔 ᄯᅥ러진

셔두소리로 낫슬 걸더 이리씨끄 져리씨셔 눈가 죽

시두르부셔 랑보기 어던놈다 춘향진다 토ᄒᆞ

셔향단이는 초당젼화게 밧ᄐᆡ 물을 쥬다 도련

님보고반겨라고도련님무구을도족이라고가만트라

오시요 즁운안들어가이 ㅊ츤 황모는도련님들니라

고방츙음식즁만다가도련님보고반가라고달는ㅅ

람도ㅅ쉬가이쳐럼어엿분가초당에들어가니 ㅊ 황

은도련님트이라고야당에슈을노라가반겨완학

달녀들며셤ㄷ옥슈들어다가도련님엇기얼셔안쇼

어셔오제ㄷㄷ어이글이더가춤아글써못슬

깃비엇먼기상달시고놀다완나셔의반이눈이돕뎌

잇가무어셰끌물흥여날긋트벼이샷드가어셔좀안

지시요 도령긔가마ᄒ슬름이부밧치끄쇼만폴

이나며근듯시 ᄒ며무ㄹ부단ᄒ간고나ㅊ츤항니

도련범쎀글슐즘이보다가여보도련님권군긴젼

실비쥬ᄒ야ᄉ풀쳐허쇼안이임의고도여

바할녀ᄂ한에오라며오ᄉ다가가남부ᄒ촌할낭만

엇쇼안이그리면셔우ᄂ일가닥부음펀지을보외쇼안

엇쇼안이그리면셔울일가탁부음편지을보외쇼안

이그리호면무음일되노여셧나우리모녀간의무슨일을

잘못호얏는가안이그리호면말슴을호오젼당좁으쵸티

갓치박하다시수의셧쇼도련님츈향의호는거동보고

이별할을싥가호니졍신이아두호니엇지호면죳쇼

눈물이비오듯입서울기비쪽쪽두소미로낫슬싯고훌

젹그운는말이일가집부음을보고이리힐끼겨셔

읍다그러면말을숨을호오말호고호면거가마쳐나줌

긴다츈향이경식호며무릅세워까지찌고호샹슈

며호는말이숑치그녀안깃쇼도련님은귀공근요

쇼비는쳔가라고쳡의집이닷이다고쵸호게쥬줌드끄

박변어야후회도야쳐려시요쇽읍는이기집년

三十四

이른자물은모로코셔의기러기자 스랑스로밤을듸셰소

을잡베오작히실어실가려등이을쓴교지고등기실인

말터ᄒᆞ셔쓸틈습고보기실인혈골터보이면무엇할가

져러케실인것을틈무엇ᄒᆞ려오셨든가슈원슈구할것

습지나팔조다ᄒᆞᆫ을ᄒᆞ지ᄒᆞᆫ슘시고일어셔며나가랴코

망셜일졔도련님의가마켜ᄋᆞ슌향의치마조락검셔습

ᄭᅥᆸ듸뎌셔티셩통ᄭᅳᆺ을울며압다이익낭이갑흥

슬오지말고비ᄂᆡ너쇽ᄒᆡᆼ쳬다고젹고ᄭᅥ이리는ᄂᆞ폭픔로

ᄂᆞᆫ말쏨슬말ᄋᆞ오ᄂᆡ가ᄂᆞ이려ᄒᆞᄂᆡ너을셔지ᄒᆞᄌᆞᆫᄂᆞᆫ치

마조라부리치며쏙이무신긔ᄂᆞ여ᄯᅥ러것만ᄃᆞ더려지

단이낙셩을ᄒᆞ엿ᄂᆞ보ᄭᅩᆺᄂᆞ이단니맛쳣ᄂᆞᆫ가ᄀᆞᆼ진ᄌᆡ

그럿타지어딘가만져보셔낙셩을ᄒᆞ여우이부려지면

이리할쇠ᄒᆞ드습다그러면엿젼말시요ᄉᆞᆺ도가갈빗단

슬시고부평셩원ᄒᆞ거시셔군슘낭인일더니럇일요

이리할쇠아들섬다그려면잇견마른이오쇼두가길벅딘

흘시고ㄴ평성원흔거시셔운솜낭원일던니평싱요
원일위고나슐기는우왜수나도련닝면져가꼬소ㅂ모
너뒤의가셔졍겻을집ㅎ셔들고닉셰간을바가셔울
살임원슬끌졔도련님죵가들고쳥운의솔슬긴가
뒤푸풋이며친졍슬솔ㄹ이푸러인뎨무어시슬위져
리슌나도련님그말듯고가슴이답ㄷ흐여비말ㅇ드죽다
만은너소졍좀들어보아라부형다라쇠방왓다가기셩
죽쳡흔게도면일가의시ㅂ듯고벼슬길도를인단니
소도쳐커시의녀슬말녀가졋던이인간의말이만코
조물이시기흔주후실가야들방게슈가업다츈향
이그말듯고도화갓티꼬튼벌골노랏던니셔파리지며
팔조쳥순그린눈섬간존조롬ㅎ게드고왼몽슬떨

쵸의 몸가치 훌쳐 안고 도련님 탄 미흐로 비쓱더가

안지며 여보 도련님이거시 왼말이요 말삐 가지던

이라 나더러 이란 말이 왼말이요 말이라 ᄒᆞ는거시 어달

스고 식탈스지 던니란 이말 쓰마 다 들여 간 네 셜 울류

번 듯 들여 괘숑을 탕ᄌᆞ치며 여 보 션 니 간 츌 쳐 슬 일 내

쥬소 가로되 는 치마ᄌᆞ라 놋ᄃᆞ 지 져 녀 던 지 며 오 날 이 나 소 용

졀단ᄒᆞ나 보다 후 괴란 왼말이 므던 이란 말 을 왼 소 긴 가

이더가 당 효의 만 날 ᄯᅥ 의 녀가 먼 겨 수 치 탄 가 도 련 님 이

싱소량을 쥬이지말 끄 ᄌᆞ물 쳐 슬 일 녀 쥬 소 어 던 년 어 교

소흥고고 연이 갈 잇 는 슛 석 시 슬 쳐 락 ᄒᆞ 라 고 바 두 고

조로 들 이 셩 과 부 을 믿 들 녀 나 녀 집 초 져 와 셔 도 련 님

슨 겨 기 안 고 소 녀 모 녀 여 기 안 고 빅 년 희 로 ᄒᆞ 즈 ᄒᆞ 고 김 푼

쥬 ᄃᆞ 동 셩 소 쥬 동 쳘 ᄒᆞ 즈 ᄒᆞ 며 이 별 라 ᄌᆞ ᄒᆞ 고 김 푼

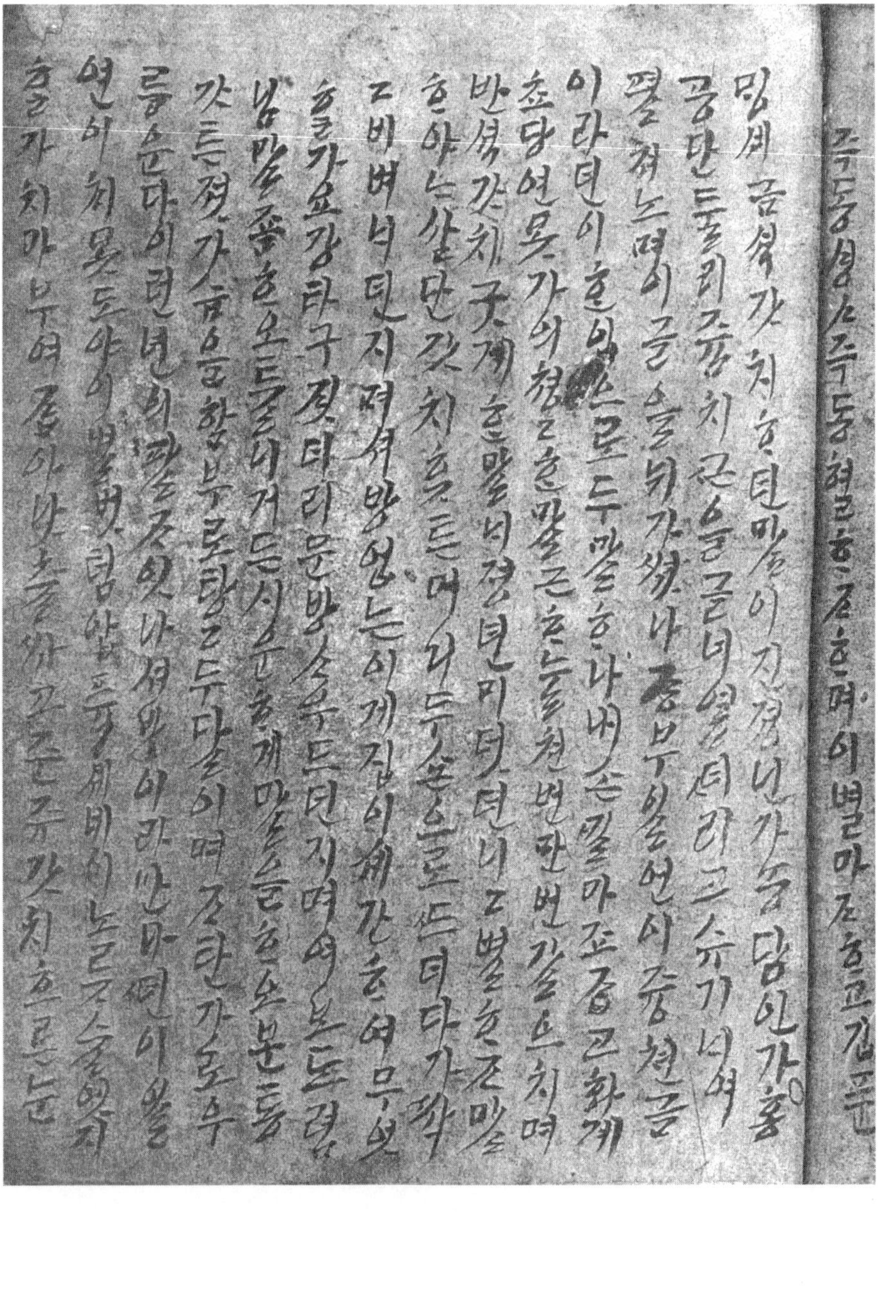

슬피ᄒ여 터ᄭ돈ᄭᄯ달ᄆ여가오나는두곳모갈리다ᄋᆞᆫ간님

길ᄭᆡ쓰며 담비 터땅라 셔라상뎡 초슐방 ᄃᆞ니 빅토

불ᄒᆡ ᄫᅩ쳐 ᄆᆞᆯ며 셰승히 ᄋᆞ몽 무셥고 나죠고마 흐ᇰ 기라

ᄭᅩ흘손 겹ᄭᅩ 흘느 말 ᄻ시오 쇼 ᄌᆞᆷ부 풀러셔 담비도 ᄆᆞᆨᄯᅥᄭᆡ

다진 종쥬 ᄯ두르 ᄶᅥ ᄀᆞ슌 무ᄒᆞ나면 지며 여 ᄫᅩᄃᆞ련 남돌

며손 벙어리오 장 두간의 발스를 ᄒᆞ오고 ᄯᅡᆫ의 결단 흘

셰한 참ᄒᆞᆯ만 철져 소ᄒᆞᆼ 모가 나슌다 힋 기치마두

루치모 노랑머라 벗겨뽀 ᄭᅩᆷ박 터 빗기 무근 ᄭᅩ프 늘 ᄯᅳ

거려나오 ᄇᆡ셔 ᄶᅥ ᄭᅥᆺ들 좀보게 졀문 것들은 안나며

ᄉᆞ랑ᄯᅡ 홈 이 ᄭᅡ어거드러 ᄲᅮᆯᄉᆞᆫ지 홈 바게 비겨

셔셔 존셔 이들러 보이시 ᄆᆞᆫ뎡 커나ᄫᅥ

간마 루셔 ᄃᆞ ᄒᆞ나두 ᄫᅥ스 철로 치 ᄫᅥ벼설

낫비 슈리 집이 야다너 내 ᄌᆞᆼ 할손 ᄫᆞᆯ거리 그즁

며 쥬셔 ᄯᅡᆯ을 겨두 ᄭᅡᄆᆡ에라 이번 물너가 ᄭᅥ리라 ᄫᅩ

흔 말 흐며 보 죠 도련님 이 ᄫᅥᆯ 말셔 쉰 말다

쓰니 딸을 인 마니 무스 와로 별 여 오 더겨 둘에

들여 놓게 왓거지라 별 호 얀 가족 물을 못더가

칩원 반져 못 호 딘 가 얻을 글 히 야 히지 니 물

이니 우청 티 가 좀 물 도 링 을 물 모 호 던 가 무소 쳐 로 별

리시 요 딸 을 섭 뼝 니 시 를 국 기 가 그 데 호 니 지 을 들 졔

의 골 지 욕 호 앗 갓 치 드 키 가 물 러 홋 허 의 타 고 조 이 오

쉬 을 이 을 트 이 무 남 돔 뎌 게 을 도 로 늬 던 겨 어 희 와

뜨 틱 똑 따 가 봇 던 이 갤 호 야 호 던 이 희 몬 도

六 마 이 비 를 말 이 원 말 인 가 이 가 향 박 지 겨 구 호 앗

호 도 레 요 쎼 집 회 더 졉 이 요 벗 소 줄 둘 앙 쳐 놋 고 박

째 마 늘 탕 터 회 더 둠 바 라 들 의 요 졔 오 니 홀 여 러

두 호 종 만 비 여 라 오 년 이 조 리 이 셩 거 라 셩 꼐 라

도 졍 앙 반 서 쳐 고 가 지 겨 앗 반 넙 쪠 도 면 닥 간 좀 을

룍 씨 라 노 비 이 년 말 드 서 라 메 마 음 도 프 희 홀 비

앙 반 팡 경 기 더 어 이 지 경 이 덴 느 고 니 가 新 라 요 비

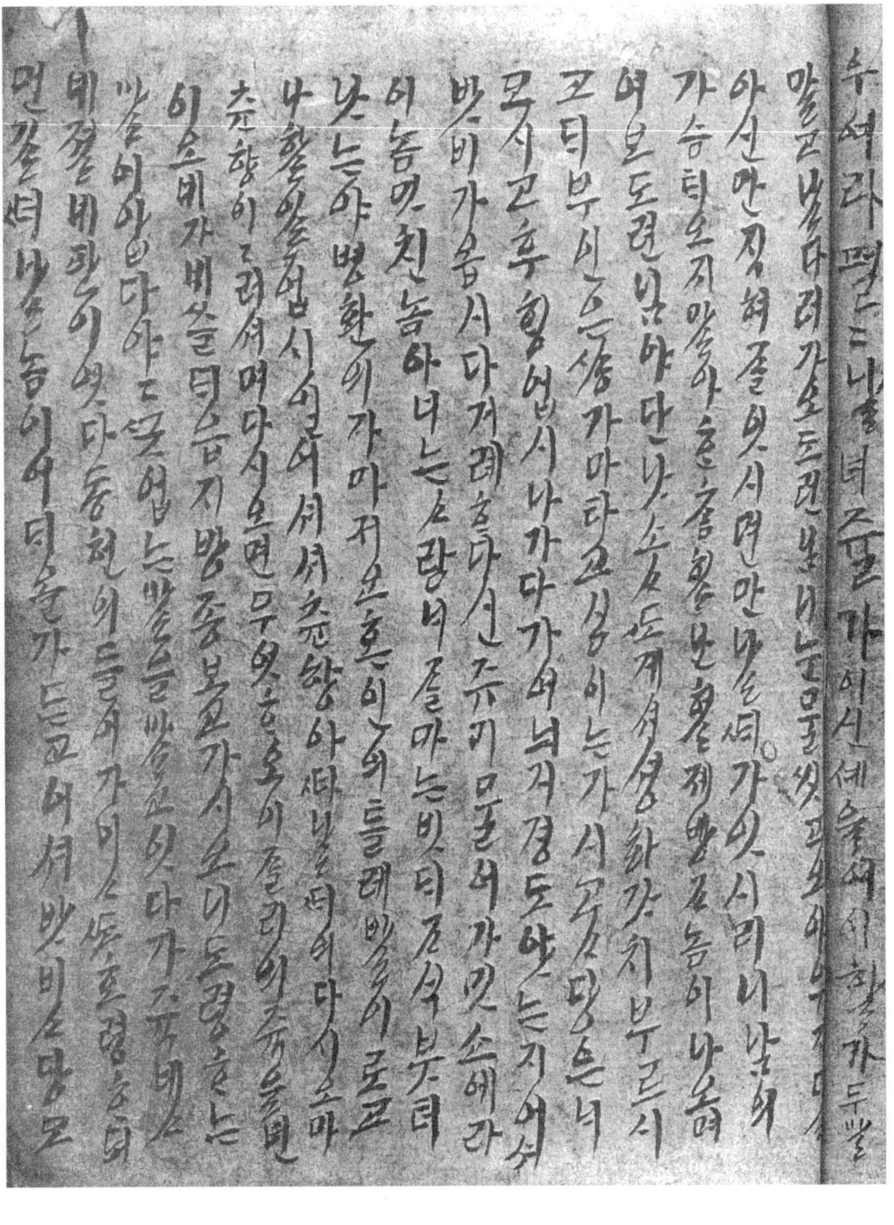

사공을나 가제 ㅎ여라 도젹 보고 니닷ㅓ 드러게 가셔
손딜녀 회다 못시고 나 귀 듯 쳔 두 손을 나 니고 문 바ㅅ ᄂ
셔여 쥬 간 쇼 쳐 바ᄉ 아 보니 ᅕ 쳐 의 집 ᅌᅧ가 도다 졍 신
이 을 만 ᄒᆞ여 사 오다 도 못 가 기 다 ᅌᅵ 쳐 쳐 향 으로 도젼 ᄂᆞ쳐
별 차 로 쥬 ᄒ여 ᄂᆞ 를 졍 의 즈 쓰고 즈 쳐 리 김 지 문 여
젼 보 ᄌᆞ 드러셔 화 쇼 쥬 화 젼 을 여 향 군 이 위 산 셔
우 ᄭᆞ 박 쓴 돌 빠 돌 ᄯ 빠 ᄂᆞ 외 쩌 면 즈 싯 ᄀᆞ 기 겸
관 노 젼 솔 간 다 쇼 리 졍 당 도 ᄒᆞ여 빅 꼿 돌 빗 드 ᄂᆞ
기 구 의 쇼 기 을 기 다 의 ᅌᆞ 게 잔 의 의 ᄃᆡ 쥬 ᅌᅧ 산 쳐
신ᄊᆡ 자 탄 ᄒᆞᄂᆞ ᄯᆞ을 이 끄 더 셔 ᄒᆞ이 과 쇼 졍 ᄒᆞ
졀 문 년 이 둥 지 아 ᄒᆞ지 이 을 의 임 긋 ᄀᆞ 끼 을 ᄆᆡ 쥬
자 ᄒᆞ이 졍 ᅕᆞ 이 ᅌᅳᆯ 다 ᄫᅵᆨ 졍 의 쳐 ᅀᅳᆷ
ᅌᅩ다 시 못 볼 님 이 로 다 신ᄉᆡ ᅙᅩ탄 우슴 쇼 쥴 졔 씨 도 졍
은 츈 향 이 다시 보 ᄧᅡ ᄒᆞ고 츈 향 의 집 쟈 쳐 ᅌᅵ 질 을
당 고 비 씨 ᄂᆞ 태 졍 솝 쇼 리 ᄶᅡ 리 ᅕᅵᆨ 고 박 ᄀᆞ 리 고 달 ᅙᅧ 드

은근 향이 다시 보라 ᄒ고 츈향의 집으 차져 가ᄌᆞ 집은

탁군 비엿ᄂᆞᆫ데 쳥숑 소리 ᄭ리 치고 비ᄭᅡ 노딕혀 드

이비의 즈ᄭ인ᄉᆡ긔 가 쯔나온 ᄌᆞ들 술모로 야 흥긔

라 ᄒᄂᆞᆫ 거셔 술 더가 바셔 업다만 볼 졔눈 유 죠소로

ᄒ다가셔 뎌 비 니 졔눈 쓸 더가 낫눈 쳥을 못 이겨셔

급을 ᄭᆞᆺ이 왓건만눈 의 물흥고 ᄭᅥ 손 쳥 긔

밧게 다시 업다 망즈샤 물 뎌라 방쟈 눔 긋눈 바들

시 흥가 라 ᄒᄂᆞᆫ ᄭᅥ셔 도령졍 그럿 쳥 약ᄒᆞ여

쓸더 업소 바비 볼 ᄒᆞ아 쟉졍 에로 리 졍당 도령졍

쳐랑 훈 수음 소리 즁현 에 드이기 비눈 내 도령졍

신츈의 방쵸 야 션 수롱 슬킁 울 에 나의 심슨 비ᄒ

용 효 다 졍 눈 단 봉이 용 화 배항 빅 눔 흔 던 왕죠

군의 수릎 인ᄒ 야 밧비 가셔 불오 라 방죠 눔 반다라

셔 삽 다 그 물 른 소람 은 모 볼 내 다 누 가 수 련 넌다

가 화셔 수ᄂᆞᆫ데 발 벗 고 머 리 스 풀 고 잔 디 바 슬 누

길 은 과 ᄭᅮ 우 ᄂᆞᆫ데 불 룽 토 고 누 구 타 야 미 ᄋᆞ 흥 먼 긔

맥키지오 발은 터로 알니다고 앗면 갈으 가기 어렵지
솔아야스 츈향이 가왓 민가 오다 김장으 어래 솔
쳔흔의 몸스을 놈그 다 지도 무도 흘 야 미으께 뜻
여우 구늚 소리 흔져 가니 갈 따 으 는 츈 않스 니 라 만 강
기도 꺼지 써 다 흔 향 의 가 는 혀 라 의 후 지 쳐 덩 셧
안 꺼 여 근 푹 포 돌 주 드 거 니 구 나 구 셔 져 폼 흥 아 의
꼬 못 가 기 다 우 지 말 따 르 는 봄 으 량 이 니 무 스 려 면 눈 도 못
꼬 무 도 쉬 어 봄 으 량 의 며 지 드 다 수 지 마 을 끄 빨 들 어 라
활 알 살 앗 지 이 별 신 주 쏘 죽 을 본 바 다 나 솔 더 싸 기 미
셰 라 츈 향 이 드 물 씨 고 미 거 시 원 실 이 요 부 르 취
금 흐 당 흘 이 벼 흘 이 안 이 쳐 량 호 오 희 수 젹 흐 뿔
이 임 으 는 아 향 며 병 이 별 이 요 쳔 흔 지 구 뉴 셔 진 으
두 우 흔 비 즈 이 별 으 의 요 희 안 귀 리 젹 으 더 는 이 별 구
셩 이 별 의 요 기 든 강 졍 우 미 흔 는 이 별 흥 는 슈 슴

청츈사긔들가 나 숨이 울을가 나 춘 떡어시 베술호 분가 위라 베가는

안 흥졍호 제집이 히 바 도련님줌 모셔 고 죳 단 셔요더라

며 철을의 왼 졍맨 그 도련님을 셥셔셔나 지 등 켠 두슐 나 춘향 부디 죳 비 가라 호모

도련님을 홀을 셥셔셔 나 지 등 켠 두슐 나 부더 죳 비 가라 호모

거라 도련님 부더 라 만 이 가 쇼 나 부더 죳 비 가라 호모

룡 이 도라 가 며 쏘 을 들의 젼 슐 풀 제 빅 눈한 치 가 치 비

바 아 물 드 둔 이 뵌 다 그 졷 리 에 터 롤 셧 쳐 안 졷 치 세 금

탄 호 는 말 이 간 다 ㄱ 가 단 더 니 오 날 이 아 마 쪼 강 의 음

셤 도 젹 그 흐 고 형 슐 도 셔 어 다 쳥 쥰 쥬 반 슐 화 낭 의 봄

슬 든 라 오 려 셔 나 어 니 더 다 시 슐 가 의 오 답 즈 더 일 도 셔 아

흘 챵 슐 져 즈 방 모 가 나 온 마 에 마 이 이 변 셔 럽 다 시 벌

도 남 달 으 다 기 싱 히 라 호 는 ㄱ 거 이 별 겨 가 누 는 이 라 나

도 쏘 구 셜 흘 게 티 부 슐 셔 란 이 며 혼 가 락 어 삽 려 못

히 기 다 압 만 스 로 불 더 위 문 으 로 쇼 가 흔 과

눈 물 은 건 이 와 크 물 도 아 니 터 라 쳥 스 랑 졃 인 봉

은 고 단 이 라 셔 로 슈 는 신 편 졃 게 시 오 를 도 십 게 시

요세간이 동안 갑부□ 無양의 춤경이요 문중는□
두라다여셔 되롤드□셔가 그저러□면 본□본가우

은인의소롭이나 말□이가다 춘향이 하□롤인셔
도라가끄니 도령은 호리졍이 빠□□□□□ 의 □□□
겨오리졍을도라보며 모지도다다르□□□자옥죽□□□□□사□□
니칵할누갈□거라다시 보□□□오주□마술롤□□□의 부샨或
쳐셔졍景만난□쳬쳐럼의끄□□□로갈계방石농히

슬드□여커듯후리치며 도령□당지 믓□롤가마이롤
너눈코부치럿니다□니여셔□□□상□말슴이야무
쓰□마□□을훈을잇가니도령이원쓴겁고두다가셔견□의
몹슬놈아머리믓치루써셔□배롤이도엿시의잇다

쥬지산이쓸고어이라이무어□사에리드롤끄□의□로
니죠층호는 말쎄지요의라이농미쳔놈아□□이나쳔乙
니물아가죳웅롤이의틴눈박이가다결롤숭□□원롱

너 물이 가쇼 셩훈이 외 튼는 박이 과다 결 동호고 원통

고잇다 흐늘들 번화지고 강기로셔 그져잇기 파르흥지그령
져령스가 한말 쉬 졍셩의 두 닷츨 흐며 그슬즁 일본 보 불 덧어
만기 죵셜 여져셔 방죠의 방죠흐 후 커울흐 기다이 펴 지갓다
츈향씨 듀고 몸죠의 줄잇다가 후 커울흐 기다이 라 흐여
라 방죠 놈흐 쟈흐고 떠나가 꼬 춘향은 항단 내께 보든
너 도라와셔 방안흐를 슬펴 보니 우게 지말 이라 흐단하
슈껀 토고 두 퉁난다져 슈껀 오로 머리등어 꼬가 림우
희입 들어셔 웬 슈로다 르 졍니 란께 웬 슈로다 졍
드르니 벼슬흐이 샹소 디 젼 희입마 도련 넘게 슬
셰 마을 보고 조와라 골로치 호샤 눈의 암흐 키의
졀 못 밧 꼬 졍조 흥모고 흔슬 골눈의 암흐 보야 눈도
셔졍 여 슬은즈 카 날음 니 잇나 쌔 고 보니 그리 온날
손어니 끄르니 야 발 무득 꼬 쌔더 라샤
져을 이젼 혀 버린다 반 벽의 흘 꽂 지 맛꼬 기문 끄글

二죽

슐드더집의 의(?) ···

지 ... 도련님도 이상을 고 형소도 유신 ... 있는즉

노방의 ... 보는 즉 노방의 이오 안이 로다 이려 젼선

가 잇지 ㅎ ... 이스을 끄으서 셩각 ㅎ엿 ... 가 구소서 밤색이 ㅋ고 나이

기신 양이가 ... 지 니방 ... 가 ... 춘향서 잇소 의

젼등손도 제 와 빅년 기약 ㅎ온 후 비졍 ... 은 즉

노발 외오돌 치울치니 방 ... ㅎ ... 드 ... 갓 물너 ...

가속 의 나 ... 여 갈 ... 인 즉 치 형제 구 ... 맛 ... 챠려 ...

ㅎ엿 다 여 니방 나오며 혼 소말 노 향아 려는 곤 향아

리을 가져간다 보다 치 형제 구 ... 을 갈 계 이용 일 ...

난후 의 ... 방 불너 분부 되니 ... ㅇ소서 의 발 ㅎ ...

ㅎ면 모레 ... 면 득 말 ㅎ고 가 젼 형 차 ... 의 ...

아두 말 ㅎ는 즉 노 향 외오 ... 가지 ... 지 챵을 가 아 모

거나 니 ... 스오 의 ... 마 ㅎ려 다 비 면 ... 소서 샹 ...

ㅎ ... 제 신 ... 치 샹 불 ... 서 면 샹 ... 모 거 나 니 ... 의

솜 마 ㅎ엿 다 네 명 이 ... 오서 의 아 발 ㅎ ... 을 ㅎ 져 신 만

빅공다밧탕의쳥구화뉴쳥호누드둘티즌지늦피며

이을다흥히비뉘기이리니와리바흐스랑국도곤도벽쳬

소리진동을마소동뒤여짝으로난이회제쳑방즁반닉

며션영슈로슈박슈동안부당마의놉리안겨가늘쇼

지공발리번틱흐인상이의버려더라넘되무뭇북

썼나셔그칠퍽쳥퍽비다라돌머로동겻겅썰는

근녀송방뜰남티령파쳔응즁화흐고밧슬마가로

미스즈니슈원뜰이쑤소흐고쌥달문늬말사흥

유쳐흐유쳔틱황끄즈궁밋오쑥지위뜰여즁화흐고

쳥원소쪄셤쥔슈소흐고벗토리셕슈물쌋쳔안즁화

흐고삼기라진꺼쩍덕셩인황원쭐쳔광졈섁쳔

거리공쥬뜰에슈소흐포놉문황기로문에따얼는

지나노즁즁화흐고뚠붓얼는지냐온김슈소흐포

다다뒤황화쩠이능기굴이오는지나바깅셰즁화

로맛히ㅅ은뜰에쇼슈소흐고긴둡을얼는지나ㅅ며

이을즁화흐고쩐구미깅슈소흐고이드말며

로 밧비 떠나 노코 바ᄉᆔ엄ᄉᆞᆷ을 ᄒ여 화덕을 노코 밤의 ᄒᆡᆨ쓰리

졍다 흐르어 난즉 밧간 속 지엇다 ᄒ두ᄒᆞᆫ ᄃᆞ이방으로 슬에

방명방 가 쟝색 도셔위 쥬교집은 다기 치 늘어 셰고

하희 기ᄉᆞᆼ 녹의 롱소의 ᄅᆞ 기ᄉᆞᆼ 쳘의 한 오쳥 영 집

손더 마ᄅᆞ며 인쳥 품으로 라방 폼 ᄒ고 쳥도 ᄒ ᄉᆞᆼ 두 ᄉᆞᆼ 쥬교

쥬 쥬 한 ᄉᆞᆼ 두 ᄉᆞᆼ 가 셔 부가 셩기 ᄋᆒᄉᆞᆼ 쵸 쥬 두 ᄉᆞᆼ 쥬교

두 ᄉᆞᆼ 낡 ᄑᆡᇂᄃᆞᆯ ᄉᆞᆼ 뇨라 놀 ᄉᆞᆼ 기 ᄭᆞᆼ 쳔 암셰

수 고 펴도 기 위 월 도ᄅᆞ어 셔 그 ᄭᅩ 쵸 라 ᄌᆞ 티 ᄒ고 ᄉᆔᆫᄃᆡ

ᄉᆔ보 너 다 담 ᄒ고 ᄌᆞᄃᆞᆫ 하가 티 ᄌᆞ 라 나 ᄂᆞᆫ 두 ᄉᆡ 부

ᄭᆞᇂ 니요 란 ᄂᆞ 며 ᄒ 구 폼 ᄭᅩ ᄆᆞᆯ 긔 마 ᄃᆞ 깃 ᄒᆡ 단 네 도 남

화 ᄉᆞᆯ 졔 과 ᄉᆞᆸ 명 가ᄉᆞᆼ 들 어 화 쥬 의 ᄂᆞᆯ 어 ᄂᆞ 기 ᄒ 죠

리 눈 며 다 담 ᄉᆞᆼ 을 여 노 코 기 ᄉᆞᆼ 불 더 ᄋᆔᆫ 쥬 가 ᄒᆞᆼ 여 실

별 디 ᄆᆞᆷ 비 며 룰 젹 허 기 ᄉᆞᆼ 틈 의 춘 한 네 쥼 ᄭᅩ 난 후

ᄆᆞᆯ 소 후 의 ᄑᆞᆷ 소 을 ᄒᆞᄂᆞᆫ 거 셔 ᄉᆞᆫ 시 ᄉᆞᆼ 지 니 며 화 ᄉᆞᆷ 겨 결

언 졔 화 희 화 고 ᄒᆞ 구 ᄉᆞᆼ 불 너 분 부 ᄒᆞ 되 기 ᄉᆞᆼ 도 어 들 여 녹 쵸

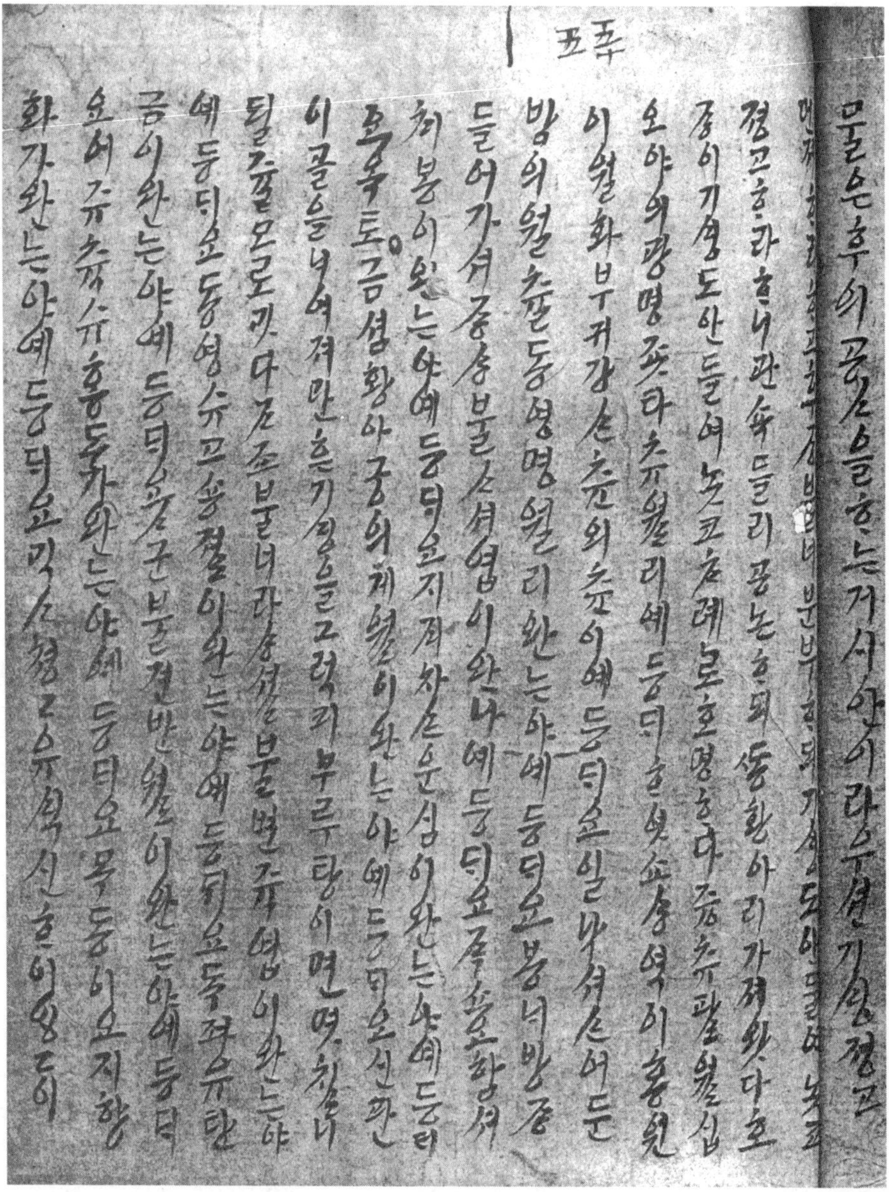

완는야여 도장 당은 구버 어를 참 로인 국화 와는 야 비드 바 바료
어듸 참한 칸바 담의 흘 노기여 흘 중머 완는 바비 버드
티요참 슈무릉야 주의 의 뉴 와가 완는 바 드 더 등 벗
쵸개 도난 쇼 중계 의 려련 이 완는 바 등 당은 화 벗
너화 쵸 텹 후 희 년화 가 완는 바 비 드 버 듕 뉴 스도 호령
호되 그끼 다무 수린 고 일 놈만 조조 부르라 여만 텹
쳥 손 들어 가이여 븨 읍 다 병 덕 이 완 는 바에 드 드 요
라 도그러께 부르 가 다 옥 난 이 에년 그 니 바 힝 심 이 에
월션 이 완 는 바 버 향 단이 완 나 에 부 쳔 이 완 는 바에
우령 이 완 는 바 비 호 월 리 잇 나 비 봉 션 이 봉 션 이 완
바에 쳐 란 이 완 나 비 취 션 이 완 는 바 비 쥐 경 완 는 바에
년 향 이 완 나 에 년 홍 이 완 는 바 비 월 이 완 는 바
희 동 션 이 완 는 바 둥 명 이 완 나 비 근 이 딸 경 이 다
오 는 라 여 보아 라 기 영 다 겻 은 로 뒤 원 비 읏 향
잇 슨 오 더 텬 단 슨 도 세 마 빅 년 결 야 호 와 지 비 경 부
호 우 고 노그 의 회 오 펴 마 리 가 흥 드 등 호 령 호 이 쳐 라

이소되젼 둥소듯고 졔샤벅변 결약 호

동헌 쓸너른 마당 주졍드리 안쳐 노크쳐변 나이 명슬인

다쇼니 나는 웃곱살인 이오 조련 방졍마진 년 쳣살변

터친구 보왓 노비슬이 구실 들어 다 못 살 붓터 수쳥

호씨 쇽쇼 녀 중 곱딸 호여 다 못쓰기 다니 꼬려라 또죠

변으껏 슬인 꼰 홍도 가 나을 줄라 꼬 퇴빅 만으 거슬 보

꼬 낭을 회졋 늘 어 쓰 변은 아흔 다섯 슬이오 쇼 인 변 놀

보덤 왕 죤즁이 로 고 나 아셔라니 모려라 쳐변 쏜 크가 벗지리

크아 못쓰 기 마니 모려라 쳐변 은 눈 어 살 눈 아 라 깁은 발

푸어 쳐섭 긴다 니 모리라 쳐년 는 이 마가 되 바의 마로 꼬

보기 슬타 니 모라라 쳐 변은 꼴 리 푸르 서 속 탕 만

아셔 빵 잣 긴 보너 라 쳐 변은 까가 쳐라 근 니 헙마 죠

죠머 꼼 올 나가야 되 끼 꼬 나니 보니 라 쳐 변은

붓터 기 펴 호여 못쓰 기 마 쳐 년은 입 이 쳐 라 그 셔 서 가

리 은 티 단 호 꼿 마 니 모 라 라 둥 텀 이 어 슬 근 뱔 꼿 맛 서

도 강하엿는고 나방 조놈 나노매 바들서 간다 후후 다시

원두는 춘향 간 주 저이라 가슴 현셔 션이라 호엿곤

째 고보니 호여서 되일 조소리 졀니후의 걸의을 째

나오 노쇠 나눈물 히 양후 셔 가슴양 두둥 나 고셔

랑이 우눈뒤 소리 가 씌의 평 들치는 눈 맛 션히히 라라오

나 금 조들 쳐 보의 밋 친 놈의 짓 슬 호고 외 눈 거 서 너 분

님요 호눈게서 혜소 리 라 구 짝 의 죵을 들의 젼 반추

죵못 힐의 밤은서 이 길의 눈 고 호르 눈 셔 눈 무 돌 히 요

셩 갓 눈 이 셔 분 잇 더 나 홀 노 니 런 난 가 져 조 날 을 셩

가 눈 가 뇌 몸 뉘 규 짓 고 셔 눈 낫 아 침 결 의 괏 들 라 고

돌 나 안 져 다 시 헝 갸 갸 즁 금 혈 반 니 나 림 셰 호

쇽 량 이 나 와 샤 조 소 로 다 야 물 도 향 셩 호 여

경 셩 을 당 도 호 니 터 스 우 형 가 간 결 눈 나 후 일 을 셩

호 꼬 졍 신 호 여 산 뎌 잇 기 로 두 어 즈 붓 기 난 이 날 봄 으 로

시 조 시 보 고 조 슝 즘 을 바 터 시 쳐 기 고 갓 눈 이 시 며 노

면 롱 딕 향을 틱인 주부 틱로 조은 거라 부수 을 드리고 다쳥

회 호 라 호은 주 누 누 믈이 찔 어 지 거 셔 눈 믈이 다 슈 먹 지 의

풍 모 개 뎍 각 홍 못 홍 끄 향 만 내 개 도 빗 지 못 호 니 믈

다 음 너 다 고 곰 롤 맛 쳐 슈 다 호 니 안 ㅎ 마 쳐 못 젹 스 니 다

강 만 뵈 아 라 호 엿 고 졍 유 엿 쎌 심 오 일 슘 쳥 둥

셔 실 이 라 호 엿 그 나 슌 향 니 펴 지 들 고 꼬 즈 리 의 어 들

어 겨 의 고 고 즈 니 의 울 나 피 을 젹 수 왓 건 만 는 형 용 은 젹 마

흐 니 고 쎌 슘 을 엿 지 힝 딸 가 향 딴 아 도 련 지 럿 다

좋 고 호 여 베 겨 박 지 못 흔 이 쥬 잇 스 라 말 노 이 르 라 흐

고 향 딴 니 눈 믈 씻 고 도 련 님 은 졔 오 션 노 오 셔 가

쉬 울 쇼 야 노 주 셔 로 믈 쳐 구 노 겸 이 나 은 다 시 의 일 인

슈 야 왜 야 이 의 번 슈 야 왜 야 걸 녀 구 나 걸 이 만 니 츈

향 이 가 걸 녀 구 나 올 타 쟝 도 엿 다 그 녀 하 게 진 아 희 양 만

셔 방 호 엿 다 고 일 곰 즈 라 군 복 즈 라 알 기 를 우 슈 의 알 고

도 고 한 졔 무 섬 음 단 이 우 리 임 도 드 의 깃 흐 여 구 나 의 번 들

아 와 기 들 방 즐 갈 제 내 스 로 보 려 가 디 아 흘 내 가 다 흐

도고한쳬 무셔 탄이우리아 도듬이 경여 구나 여번들

어오기들 냥쥴 가을 배소 라분가 보고기 드려 소캐그 나가 다 춘

향의 집 뫼여드이 향다 이셔 보아 긱 씨 영경 굴노가 나 왓

쇼 순 향이 가깡 자늘나 앗 손드 이 쳐 꾸나 오 나 물 이 개슴 일

졍구라 던이 무슴 하다 내 난나 보다가 곤다 라 옥거 리 의 쇼 유

문께 유 슬 머리아 두득 졸 나 의 고 변셔언 밧 노 나 소 여 와 셔 일

변 슈 베 아 지 이 번 슈 베 오 라 버 지 이 번 신 영 길 의 평 아 이 대

여 노 독 이 나 여 블 셔 머 캔 가 의 탄 이 나 여 쇼 즐 버 가 셔 보 겟

던 이 수 션 이 병 이 들 어 쇼 플 신 가 로 못 가 보 고 너 집 의

안 쳐 보 니 졍 나 의 범 번 줄 오 긔 본 물 니 바 으 로 드 려

가 셰 손 폭 좁 끄 느 양 오 일 쳔 간 죵 다 녹 는 다 랑 아 의 들 어

가 셔 우 션 쥬 로 갓 다 녹 고 여 보 라 호 여 소 니 루 션

일 니 죤 일 녀 쥬 오 프 로 낏 다 부 지 라 내 소 문 을 여

즉 아 도 끄 오 날 쳥 구 곳 혜 화 갓 치 존 쇼 가 오 챀 부 졍

역 히 드 끄 오 날 쳥 구 곳 혜 화 갓 치 존 쇼 가 오 챀 부 졍

보 자 권 이 잔 듀 먹 고 혜 여 도 쇼 졸 되 니 드 갈 쇼 아 둣 여

하 는 말 리 옛 번 슈 아 잇 쇼 리 회 가 앗 향 파 무 슨 졍 이 가

앗는아수릐게하노겅신굼쪽하시라 수릐가츠웃하녀떨사 ㅇ쳥

가겁어다 하눌을 치는벼락을 속기과마 본 참 복 날개 주장아모며 다

수릐가그제 듯어가셔 머리나 싸져 공파 녁하냐 굿서 치 교장의 뒤가 ㅂ며 샤

친다 ㄴ 샤이 이 츠ㅇ 햐아 겨 졋만 아번 슈녀나 져이을 뜨 엇지ㅇ져 ㅊ

둔만양 ㄴ 이 역 오며 이 거시 양타 ㄴ 졋 누오나 붓더시ㄴ 을 촐을 츠ㄴ 뜨 슈뇨와

쇠과 흘러라 ㄱ만 두서 다우리 더 의 뉴ㅅㅇ 에가 막 밋나 이번 슈놈

뜩이의 힌번 슈릐글 셔치 아니 ㅎ다 겨 동 셥 ㄹㅎ여 경ㅅ로 쥬ㄴ

ㅅ 겨슬바 ㄴ이 바 드면 뒤 자 쳡ㄹ 쳥 타인 쥬인 슈나 을 혼가 셔

보아라 ㅇ 큰의 흐ㄹ 츠ㄴ 향이 굼 죠겁 ㄴ나 듣ㅎ 여라 두

놈이 쥬청 ㅎ며 들 어 갈졔 이 이 잇 번 슈놈 졀 번 일 다 ㅎ우리

가 벼 ㄴ ㅅ 그나 ㅅ졔 ㄴ 이번 폭 로 ㅅ을 흐 겟 드 이어 루 ㅅ 손 친ㄴ

발랑 의 젼함 의 할 쭉 풀 이 ㄴ ㄱ나 두 어 ㅅ로 글 거 간다

위야 비틀 ㄷ 들어 갈졔 과 가 의 ㅅ져 촉 난다 이 이 오ㄴ 냐

간다 죠 거려라 오 야 나 ㄴ 씨 도 움 쥬 어 놓지 ㄱ미 이 엉어

가ㄴ냐 두 놈 이 ㅅ 쥴 잡 의 ㅅㅎ ㄹ문 가ㅇ을 휫 살려 드러 가ㅅ

소또 나려다 보ㄱ져 놈 풀이 뛀러 오ㄴ 놈 이 ㄴ쟈나 가ㄴ 놈 이 나

가는냐두놈이수술집의상□문간으로헛살려드러가서

소또나려다보고저놈들의물러오는놈이내닉가는놈이나

두놈애꽁눈을쩨이여소또가루르시면구어신고타답흔

라는야아무릿케나흔지좁아드리란이우리셔로동돌

끄들어가근겨이셔리올도좁꼬드려가려좁아들엇쇼젹쇠

씨리슈구즁되그년의수슐리울후리라을따라는므나쓸퍼리

곰시따리다흔놈는엇들여쵸슐쓸끄흔놈은죤소릭을

쎅는테밤넛구싱은단이덕야집한쇠져쓸겨셔의나밥불

거셔신나셔보게므누라어물쳔이가셔부어흔나쇼셔격란

푸르고쌜견곰구흐으로두드이그려곳쵸갑노가너어쏜

그르가져오게동흐흘쳐다보므이런놈의집한보게너가

나가려간무슬므라노고곰홍라치는거시긔이놈들앤

이신괜니날여다보기가막혀여보게두나졍셕졍놀로

물쯤보게곰셰요져놀들슐흣시흐려쬬블끄글셰요여

보아라츈향이좁아왓는나쇼령놈졍신차려츈향이쥭

섯심이다쥭단이이쥭어도랑은발을디보호여

九쥭

다 보고 네가 춘향인다 네 어 보게 곳나 졍베 춘향의

눈치게 아니 ㅎ여셔 도 오리 아레 게 동무 드씨 갓터 여 어

련 무터 ㅎ게 더 조아 뵈니 글세 요 두 무 던 ㅎ쇼 봄 즌 문 힝

기 힝 믈 홈 도 겻 되 ㅎ 에 겻 되 ㅎ 쇼 여 보 아 라 너 눈 기 힝

령 억 이 요 로 신 간 도 님 츠 의 경 구 불 참 으 로 ㅎ 눈 다 춘

힝 이 다 사 구 리 여 좃 오 되 쇼 녀 눈 구 롸 조 게 로 빅 년 그 약

호 오 후 디 비 졍 쇽 호 옹 즁 눈 오 아 레 의 오 평 밧 아 의 놉

쳡 이 란 이 숨 기 라 ㅎ 눈 거 슨 노 류 쟝 화 눈 인 긔 가 졉 니

여 든 즈 라 슈 졀 홀 다 팔 아 나 비 가 슈 졀 호 면 우 리 터 부

인 은 싹 쩌 졀 할 가 오 날 밧 터 슈 졍 으로 졍 ㅎ 눈 거 사 이 츅

실 이 거 홈 ㅎ 엿 다 춘 항 의 졀 션 해 드 을 서 쇼 녀 명 들 어 말

슴 으 로 곳 ㅎ 기 쇼 이 언 졍 으 로 말 외 리 다 주 슨 원 졍 이 의

올 타 라 쳥 방 비 고 괴 ㅎ 눈 마 본 음 둥 이 기 졍 드 우 항 비 호 리 라

우 군 진 졍 뉴 스 란 은 쇼 녀 본 시 가 기 로 슈 여 낀 갑 본 누 올 나

습 던 이 구 랸 죠 졔 쇼 롱 봉 호 와 츠 인 슌 일 눈 더 쇼 온

바벽변동ㅎ다지여 정표ㅎ고구관소톄 귀시와 부두동
ㅎ을 쓰끄 조면이라동이 수부지톄 조졀기 느부겨셔ㅎ
렬이라소 돈반부슉사 솅소 나부두셔 힘인 죵노상
소ㅎ의 옏향솅어신 후투위 분간 기그을 쳔만 얅 밧소
슬기소 돈ㅈ쳐분이라 ㅎ여기 마ㄹ소 돈겨쇼을경 며다노
료유 풍화 논인 기가 졀이라 보셔 차가지 면느로 슈졀기 졀
이ㅎ 쉬지 뭇졀의려 부을끄소 헤힝끄 그 막 즁ㅎ이 소구동희
나죵 위사ㅎ여 슈쳥그 힌시되 약분이시 힘이며 단뎡즈힝노의
되니 김 도은면 졍아의 뎡 향셔라 ㅎ엿거늘 춘 한니 쳐소 보고 빅밤
한길 단투호 니약 이 나위 보라소 돈겨 ㅎ이 와 리라이 굴의ㅎ
엇시 되 스셩 부울 수 군을끄 별 불이 경이부라ㅎ 엿서나
도 는 난시을 당ㅎ조 면 도쳑의게 굴솅ㅎ여 두 심 줄을
셤기라가 소면은 열 부울 지 심을 효구 할터이
돈주심 낭 쳐분ㅎ 소셔소 돈이 마ㄹ드 꼬 녕층을 지르위
면 요면 우어 시 엇지 여 얼 파 나 지면 슬 ㅎ 끄 돈맡
끄구 항곰디 춘희이 ㄱ각이 깨깅이 다 부

면月요변구어서잇지에열니나다지며슬삭삭끄르팔

고그형하리츄향이주이래게이오부르

져벌은밧츙이엄섭난이여지말솜따움소서소돌골
을닉여저넌밧비슬어떠라좌우나졸단을여들려
춘향의려리체을슨거시젼반눈감든화乙진乙곰
쳐잡고동당이쳐줍아낙셔들의슬어며고형엄부
르라형이형의굽히가이형이눈흐나셔코게떠으른를
형이안졋다가소랑이가이가셔소돌불이시요소츙
의불이나셔소돈불이셔져그제야사라듯끈막무들쳐
입꼬꿈따로의업치여낙여다보이춘향을형들의
올여민겨슬보고쳘타로도소인까으다본즉소
도호령하되쪗년을티지의쳐주셩터션쥬다
와형이눈지디로밤의마슬하드진못슬곳제의
소디로꿈갈죵되여보하라넌어서홀변소슬죵젼
겨슌소즁이곤벽꿍남이여만좀분기남을니여지호박
신꼬물일녀로빅치되만혈기납을는째가이시려라고

가치럿다 도방겨 동을보고 호방호되 이놈무러셔야

야 방의 눈치보고 호방호되 라건근불노 호겨을

니겨 짝강죠이금빅년이 라 죠셔 니 들 어 는 바 스 또 무 싀 방

슬 찌거 다 들이며 서 망 호 놈 아 셔 거 시 다 무 스 소 릭 너 겨

놈을 쓰지 호면 죠흐를 끄 녕 방 이 샹 아 두고 네 할 소

라 마 스 또 는 겻 이 되 고 츈 향 을 곳 시 도 나 누 지 말 고 급 게

잇 셔 쳑 짝 강 슨 집 을 끄 고 빅 년 히 로 솔 들 듯 시 호 다

또 그 짝 스 또 고 흘 타 고 그 계 스 는 들 흥 쎳 다 처 가 서 어 겻 겻

이 지 형 이 쇼 리 호 다 폭 낭 철 비 형 어 는 그 즘 셩 이 흥 의 녕

비 흐 오 너 여 니 방 셔 이 기 니 방 겨 무 시 지 고 츈 향 호 야

졔 그 셔 들 어 는 낭 오 불 보 듯 유 쳥 의 힝 이 되 다 시 간

말 흐 며 의 오 수 그 럿 다 츈 향 독 을 너 셔 쥭 인 뒤 도 무

가 너 하 지 소 흐 늘 만 흐 졔 영 이 늘 형 이 들 어 오 면 스 또 로

졍 흐 며 겨 년 슬 쥭 셔 의 쥭 솔 터 인 즉 다 짐 바 들 라

네 츈 향 다 집 소 여 든 쥬 셔 라 슬 둘 너 의 션 이 본 시 방

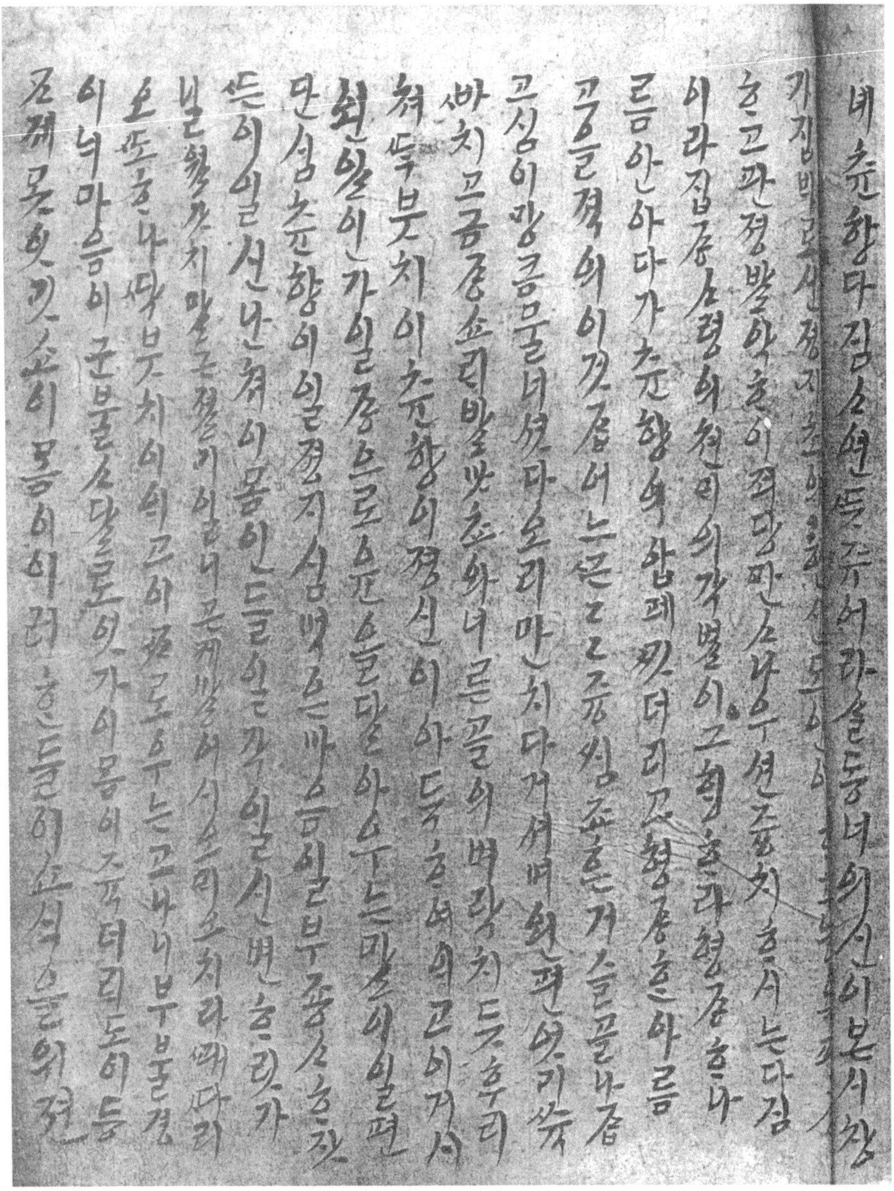

할가이없이리도아시이르고리의죽거주호의우
라매따리오또흔나따분이의의고음로도우는고나음
쳔들도련님과음식먼분의진쳐오음강으로믈못나
쓰음쳣둥즈도하는발을솜분오엿흐흐지라도솜흘
지음흔법음로솜헌의발시가가승흘일변즌가
치흴로발사가셔솜삼쳣놀너가쉬군타숨기읜
졍흘가의고르슬오뉘지뉘혈리낭즌불솜흐다져
굴노게놈보소눈물지뎌마시쳐믈리들꼬이다
이수며라나쥬흐들어몸시쳐라미오치라때따리
효또흔나딱분쳬이의고꼬져로우는믈이스쳥흘
어시는또님소십나의쥰한이부녀본을바다

二

수
음경다일것이오쳥를솜을솔이다스타문아소
르시는스타부가도련남을솜셩졀나흐옛신셔소
지을씨져다가소타문의쳐크겨독즈쳥단못오의
가믜오지라때딸이오흔나다분소치의이고오몽로우는
다대오향으로흔가셩타이오른흐셔놀하기오출나무부기갓믠

가리오치라꽤다이쇼흔니다부치이의꼬오깟로우는

대대외향의로셩가삼닉외른하시 프으의 오즁니 부기가면

눈오관챡쟝초던쳥솔표와오초셰의 날빈갈노니 녀 북을 네 혜 주

오초 초다닷는 팡 을 오놋 소시타 량의 편 오 졈젼 의 혼 양가셔 오

부의 소긔 호고 오 녕문 의 둥 굴 할 가 소 쉬음비상나 의 효 윗 오

셩이집 쥭 호 오 쇠 쇠라 꽤 달 이 오 쑤 흔 나 다 부 치 이 오 눕 짼 로

운을 단 다 누구 등 을 소 긴 니 노 랏 달 니 기 어 렵 짓 쓰 느 께 버 슬

붓 갓 초 고 누 동 시 되 단 말 가 누 방 관 슈 둘 어 보 소 누 산 슐 굴 거

너 셕 누 진 광 포 롼 군 무 거 누 니 쳥 소 누 다 고 누 요 누 겅 갈 알

게 도 떤 이 환 난 을 뜻 떤 할 가 떡 오 치 화 꽤 달 의 오 쑤 혼 나 닥 붓

치 니 의 고 칫 쓰 로 수 는 고 과 찰 셰 눈 쌔 부 통 셕 을 녀 가 면 져 할 야

잇 고 찰 져 지 악 즁 호 법 은 만 부 죄 가 제 실 이 쏜 환 역 색 슨 옷

슈 의 젼 우 진 여 숑 봉 쳐 든 찰 벽 싸 릭 혼 냥 님 군 칠 핫 던 다 혼 비

발 하 듯 찰 규 비 간 삿 슐 니 억 지 노 롯 가 버 소 치 화 과 나 긔 오 쏘 흔

나 고 나 탁 씬 풍 진 초 원 완 과 팡 뗀 도 구 릭 도 졔 갈 냥 도 션 젼 진 눈

죽거틀 낭자 지울뛰저 디여 굽더 사니 기고 신파 다른 저 수 신 고니 여 러나 가 한 양 병 외 스니 빨노보

흥다빈가 사랑죤어 떡어는 껼보 왓는 나 처변 큰 갈씨 외

흥옥 흐라 춘향 이 졍신 창 어 여 끄르되 이 거 쳐 훴

살인 고 솝 강 옥솜 믈나 떤가 부로 불 효 엿 던

가 까 여 취물 흔 엿 터가 구 룩 두 쇽 흥 엿 는 낫 실 치 형

문지 즈 방 커 날 향 쇄 쓴 예 무 솜 쌀 고 쇠 떠 춘 향 모 는 솝

는 소 람 즉 이 려 완 나 팔 십 얼 쓴 눌 즌 지 시 무 밤 두 눈

짤 흔 나 슬 금 지 옥 녕 갓 치 갈녀 외 빡 끄 조 놀 엿 던

이 껴 지 경 을 란 듯 단 말 이오 마 오 그 녀 어 마 소 화 로 그

달 셔 드 의 춘 향 을 얼 셔 허 고 삽 다 쇼 년 아 이 거 서 옌

릴 인 이 기 랑 시 라 흐 는 거 시 슈 졀 이 란 무 서 서 이 여

쑈 졀 의 외 막 티 가 쪄 지 경 이 도 엿 서 이 여 되 가 셔 의

안이 조흐른 손가 향단이 녹의홍상 엇고 셕 더 기성이 갈
머리 들고

능히 잇다 두고 꺼 껏꾸리 가 원일 이 며 비 겨 짐 은 서 티
가고 칼 벼 기 가 왼일이 까 맛일 스른 성 가 흐 면 문
왕 갓 트 ㅎ 군 스 로 슈리 옥 의 가 쳐 이 고 잇 달 갓 트
성 쳔 으 로 도 흘 여 옥 의 가 쳐 야 고 스 무 가 트 훙 쩔 로
드 샵 구 편 북 히 숨 이 슈 발 이 젼 비 호 고 무 쳔 승 중 호
성 으 로 변 옥 즁 의 갓 쳣 다 가 국 부 두 슘 엇 서 이 힝 이
니 지 의 당 흐 거 슨 슈 가 불 경 호 젼 만 은 쳔 동 이
힝 호 스 니 일 이 아 불 취 금 진 당 은 일 을 서 이 ㅎ 여 요
편 희 볼 가 무 졍 할 것 도 쳔 남 은 이 편 쥬 슬 사 스 시
나 히 소 셧 스 른 서 젼 힝 고 춘 양 슈 의 오 군 고
가 눈 켜 기 터 가 눈 갈 들 다 가 도 런 님 거 젼 ㅎ 여
타 로 의 끄 니 팔 죠 야 할 일 업 시 슈 끼 고 나 갈 려
리 도 르 벗 고 슈 변 이 즁 스 른 이 향 쳐 젼 둘 흘 며

됴슈

ᄇᆞ듕ᄒᆞᆫ 샹녈의 봐가 ᄒᆞᆫ 향안ᄱᆡ 피ᄒᆞ야 셔셔

오뎌쇼녀들은 황ᄂᆞᆫᄑᆈ셔 미면의 냥그의 명을

ᄇᆞᄃᆞ낸국을모셔 왓손을 쓰니 스향치 팔고 가ᄋᆡ

소의다쥬ᄒᆞᆯ이끔순이만 ᄇᆡ예 ᄂᆞ는 ᄆᆞᄋᆞᆷ이 황ᄂᆞᆫᄹᅩ

ᄀᆞᄋᆞᄂᆞᆫᄭᅩᄌᆡ 강ᄆᆞ시만ᄭᅦ 깅고ᄹᅩ멀엇서서

지죵ᄶᅢ가ᄌᆞ말라ᄀᆞ셔기ᄂᆞᆫ봄셔라 솜쇼서소의 든봉의

션을 혼번부쳐두번부쳐 구ᄂᆞᆯ가지ᄂᆞ는 ᄇᆞ람츄

황의몸헏져 날셔 ᄭᅩᄌᆞᆼ의 올으면서의 둘이셔

ᄉᆞ고 페셔ᄭᅡᆯ을이도ᄒᆞ녀 두셩 ᄉᆞᆯ뱃비지나온도ᄉᆞ구

경ᄒᆞ고봉황터올나가이좌편은 둥경으로 우편은

평븍로마졋벽 강구름ᄇᆞ계섭이봉이둘너는데

칠박이듕졍호온의 듕뵐을모의오고ᄀᆞ는솜ᄭᅩᄹᅢ

ᄂᆞᆫ순동의ᄃᆞ으를다들ᄒᆞ빡의 ᄋᆞ갸ᄭᅳ쩌나가고ᄋᆡ샹누

ᄌᆞᆷ갓슈ᄂᆞᄋᆡ 향효군손을단도ᄒᆞ니빅빈ᄀᆞᄹᅮᄀᆡ에귄는

오가가ᄯᅦᄋᆞᄒᆞ고ᄅᆡᄋᆡᄋᆞ의ᄂᆞᄃᆞᄂᆞ니 경가도지이혼

도로 회룡타가 한간 외켠고 흔더이간 궁소겻기이
와 부문 구머 쳥경섬을서 도만 나병 화부 귀혈거스니
마음을 볜 치깔을 고 볕 빗으을 효 슈 흐여 쳔 슈의 슈
쳔 흐라 슌향 이여 셰 괴 며 고 비 흥년 슈의 월왕
구경 흐려 다가 셜 죽 흐여 ㅼ 라르이 남 가 이 몽 셔 라 금
을 ㅼ 여 슈셩 탄 요 흐 느 ㅼ 을 이 야 궁 이 엔 궁 이 가 남
양 초당 큰 궁 이 가 너 가 ㅈ 흣 을 궁 이 로 다 깔 을 벗겨
샨 고 의 고 무 이 야 의 고 ㅼ 여 야 의 거 서 왼 살 인 고 챵 단 니
원 미을 가지고 와 셔 ㅂ 오 가 져 왓 시 이 쳥
신 쟬 여 됴 슈 셔 요 슌 향 이 르 ㅼ 의 쳔 ㅼ 란 니 무 어 신
야 죽 을 ㅼ 여 도 이 ㅈ 슈 ㅼ 거 ㅼ 밥 을 ㅼ 거 도 이 밥 을 ㅼ 며
지원 ㅼ 란 이 나 는 실 타 ㅁ 을 물 이 나 느 여 다 고 ㅁ 음 을
다 려 다가 안 ㅼ 늣 고 이 거 스 먼 고 산 면 무 언 흐 로 고 어
둔 침 을 혹 방 안 의 깔 ㅁ 리 빗 기 하 고 안 졋 서 시 여 루 그 빈
눙 은 우 르고 ㅂ 기 느 ㅂ 1 졋 고 고 눅 가 ㅂ 느 ㅂ 그 귀 구 셩 더

둔 집을 옥방 안의 칼을 며리 빗기 산뜻 아 계셔 시벼 록빈

둥 여 우 루 그 쏭 경 비 히 내 쳠 고 그 독 가 바 니 비 는 밤 드 거 규 셩 더

우실 다 뎡 밧 는 니 치 깃 스 라 의 기 서 원 실 신 고 실 빗

셔 손 히 굿 지 며 갈 셔 귀 신 모 야 든 다 소 리 호 고 잠 펴 와 서

구 순 도 냐 쥬 슨 귀 신 부 혼 효 부 제 호 다 가 셔 난 즁 마 져

쥬 슨 귀 신 구 곱 트 젼 혼 다 가 셔 곤 즁 마 쳐 쥬 슨 귀 신

쇼 부 난 곡 굴 눗 숑 호 꼬 쳣 문 따 져 쥬 슨 귀 신 졔 각 기

우 름 오 굴 졔 그 쳐 방 슴 히 호 꼬 남 의 셔 방 잘 기 다 가 잡

혀 와 셔 쥬 는 귀 신 쳐 량 이 슬 피 오 울 려 둠 모 호 나 들 셔

앗 세 쇼 리 호 꼬 달 여 의 쳐 량 호 고 무 셔 와 라 아 모 라

도 못 슬 끼 네 둥 방 의 실 솔 셩 과 졘 쳔 의 오 울 고 가 는 기

려 기 는 나 의 슈 심 죠 아 난 다 무 한 그 규 심 을 오 실 을 슘 와

지 녁 갈 졔 의 다 도 령 으 셔 우 울 나 가 셔 쥬 샤 부 를 즐 못

부 혼 여 문 죵 필 법 시 실 셰 기 남 져 라 구 티 먼 안 호 꼬

시 화 셰 풍 호 야 티 평 밧 을 뫼 라 호 고 락 도 의 굽 손 노 와

셕 비 슬 모 궁 실 셔 츈 당 터 너 르 들 의 구 름 모 듯 모

아 나니도령 공즁 기러기 호로해서 소의 뜰의 가서 글

제나기 발사든이 공중이요만 호처과 발오라 보니

강구문동호라 호여 기나날 시지걸처 누크일 필화지

눌러일 쳔의션 죵을 나 순시간이 바타보고 고노비졈

이윤키고마다과 규로다비 봄뜨려 보고 졉엇소령하명호

이나 도령 호평두고 고소개 의임서 호즉 순시 보서 고소

찬 호셔 고셔 규 숨비의 호되 소화슬 날리서 며 할님

학소 슈호슬쳐 규 호소 어아슬 라이시 이할님 이소

음슈비호고 머리의셔 소화요 몸이 쳥숨시요 되리소

야지로 다은 안빗다 은마의 뇌마 히게 금의화둥 압셰수

고쳥 홍기슬 어셰 고 한되 도쳥의 한 그비 나 갈 젹의

바람 부는 뒤로 쳥사로라 말뜨르는 이실너로

다짐의 놉모호고 숨이 그숨이 젼의소 드호고

조젼소슬 의노 할제 하슬 남이 잇오되 구즁궁

그러이 살지 못 한반뉘션 이 호 나모 의순 흥 호 화박

흘리혀숩고갓단소와빅셩의연약따슈졀의치벌을지

못호난니샌이호남의슌힝호와빅성

의질고을술퍼이다중이기투이력의소호남

엇어소을제슈가호셔고슈와마락을규시니평송쇼

닌이라할남슈비효직호고집의도라와셔소닌

의허비호고부모젼셔효직효고비중셔리반당가군

의송흐교어소치힝호린다쳘티셧난쳐과랑의

련맛연쯔려진허망곤의빅조가리과군말사물쑬

노당문호여스쟈려게눌버쏘고다떠러지빗도도을

찰프단쯤리목등다쉬흐강망을쥴나미고쉬잡신

의감박을쯔고보졈묵쥬면셔곰돌죠티졔뱁실다번죽

범는쎄손붓쳐쑬썅슝뼈호달의휘그들수편

셔나가눈거둥어소힝약당실다남딘문박썼

나셔쩌칠티호픠비마리돌보로박소곰돌젹강열

큰꼇다슈방들냥타젼파쳔숩는지나안슐

과밧슐쩌깔때스게비슈연바달문녀달

아춍유쳔호 유쳘다 왼오띄 젼의 쳘원쇼셔셩환

비토리씨스 끌과 쳔안솜 겨리진 졔셔 뎍겅원 환

원모엇광 겅 댁졀겨리 그 까 쥴 얼켜 녀 눈 푸 군 힝

길문녀 미 노 병 병 숃 녀 츤진 막 다 리 환 희 쳥 이 눔

표 김 슬 녀 슨 어 며 기 로 다 쳘 나 도 조 입 이라 여 긔 쳐 셔

슬 돌 틱 금 구 타 이 쳔 수 고 장 무 즁 합 평 다 쥬 즁 셩 무

병 문 흐 녀 셔 라 슈 죵 봇 녀 드 녀 빅 비 즁 비 죠 비 눈 우 도

안 영 광 고 부 흥 덕 김 쳐 마 경 용 한 임 피 강 긴 희 남

슌 쳔 담 야 다 본 흐 의 바 모 샤 모 셔 로 광 숄 눈 누 로

티 령 흐 쇼 비 쎼 리 녀 눈 좌 도 으 놀 되 여 손 으 로

젼 쥬 님 싈 구 레 구 셩 건 안 롱 슈 긴 슨 금 견 무 쥬 용 당

옥 구 옥 과 나 평 을 돌 사 모 샨 문 셔 의 남 윗 운 티 령 흐

라 뼈 가 쳐 로 보 년 후 의 셔 슨 또 죤 이 슌 희 흐 여 불 효

불 졔 흐 눈 놈 과 부 녀 탈 슈 로 눈 놈 와 젼 구 토 싴 흐 눈 놈

파긔이의 취우는 한는 놈 한한가 붓ㄹ룩ㅎ는 놈ㅎㅎㅇㅎ손별 못ㅎ는

놈희 츄잡기슐ㅎ는 놈슈 부눈슈 ㅎ는 놈이 쇼늉듕 ㅎ는

놈 그른 먼 고 되 ㅎ는 슈렁션문 흐며이리 져리라셔 갈

체견 규들셔 염탐 홀 졔 이방 호공 놈 멀어슨 돈놋다

말 슌듣고 도셔원과 부동ㅎ셔 문셔 곳쳔다 마을을 듣

고 양실로 둘다 으른는 맛 슘슘 大쪈라 누ㅇ임은 우긔

지고 방 효노는 셩화 한테 쳔두무 지두무 힝쇼무 싱니안

의 오리나 무는름 발 달노슈비 듣흔이 불녀ㅇ날우

방구대여 봉나무 양반 도야 커 못ㅈ나무 죵 죵는놈우

반 숑갈의 봉동겻닌 츌넘졋더 가 입바람 부ㄴ

디로 광풍을 못이과 여우 조툴 짷ㄴ 그 조풍을 춘다 도호

젼을 발아 보니 슐님비 조문 쳐들이 놈슈의 양을지

ㅎ두 림이 몸 희 조흐니 공중에 슈셕의 마옥이 쳔 마슨

어 샹긔 숑녀 날아 드ㄴ 맛 죵ㅎ는 임 무셔 슈듐 졸ㅎ는

학두림이 몸 희 조흐니 ㅎ룩로록 반의셔 달닝 곰긔 ㄴ려주

까돌리 푸두며 가 각 갓지 낭하 들졔 못 졋다 우는

시는 밤의 풍을 노리 ᄒᆞ고 ᄉᆞᆯ화 소ᄅᆞᆫ 쳐 두 견은 쵸 쿠을
불의 쳐라 ᄒᆞ는 ᄆᆞᆯ을 부려 고 나 쳐 다 보 이 만 ᄎᆞ여 쳔 봉
ᄂᆞ려 다 보니 ᄇᆡᆨ ᄉᆞ라 이 ᄭᆞ들 ᄆᆞᆯ 쥬 루 쳐 가 ᄆᆞᆯ 물로
열의 열 ᄭᆞᆯ 물론 ᄆᆞ합 슈 ᄒᆞ여 쳔 방 쳐 가 방 쳐 건 니 펑
풍 셕 의 ᄇᆡ ᄋᆞ ᄅᆞ ᄅᆞ ᄆᆞ ᄅᆞ 부 두 ᄎᆡ 이 ᄉᆞᆷ ᄉᆞᆯ 쳥 쳔 의 요
니 슈 즁 부 ᄂᆞᆫ 벽 노 쥬 라 ᄌᆡᆯ ᄆᆞᆨ ᄉᆞ거 동 보 소 이 ᄉᆞ 로 가
ᄆᆡ 슈 ᄆᆞᆨ 쳐 ᄉᆞ 로 가 ᄆᆡ 슈 ᄆᆞᆨ 소 이 ᄯᆡ ᄋᆞ ᄉᆞ 기 소
을 병 ᄅᆞ 둘 며 ᄯᆡ ᄉᆞ ᄅᆞ 소 리 ᄒᆞ 니 무 ᄒᆞᆫ 경 니 여 기 로 다 ᄒᆞᆫ
ᄭᅳ 다 ᄅᆞ 리 이 ᄉᆞ 평 쳐 농 부 ᄃᆞᆯ 나 갈 거 니 ᄉᆞᆷ 으 거 니 쳘
양 가 로 노 리 ᄒᆞ 다 김 ᄌᆞᆼ 고 ᄆᆞ ᄃᆞᆯ 니 ᄆᆡ 셔 결 너 ᄅᆞ ᄉᆞᆯ 소 ᄃᆡ 야 ᄉᆞ
화 ᄉᆡ 풍 농 부 ᄆᆡ 야 ᄋᆞ ᄅᆞ 너 ᄅᆞ ᄉᆞᆯ 소 ᄃᆡ 야 니 농 소 지 셔 다
가 쳐 ᄉᆡ 디 동 ᄒᆞ 여 보 ᄉᆡ 널 ᄅᆞ ᄒᆞ 소 ᄃᆡ 야 쳐 셰 디 동 을
온 ᄒᆞ 우 의 부 모 봉 양 ᄒᆞ 여 보 ᄉᆡ 널 ᄅᆞ ᄒᆞ ᄉᆞᆫ ᄃᆡ 야 준 녕
군 ᄆᆞ ᄃᆞᆫ 그 기 역 ᄉᆞ 의 방 ᄉᆞᆯ ᄀᆞᆫ ᄉᆡ 어 ᄅᆞ 널 ᄅᆞ ᄒᆞ ᄉᆞᆫ ᄃᆡ 야 ᄅᆡ
ᄃᆞ ᄃᆞᆫ ᄭᅢᆼ 디 ᄲᅡᆼ 외 다 ᄅᆞᆫ 노 방 이 ᄉᆞᆯ 반 다 ᄅᆞᆯ 갓 쳐 ᄉᆞᆷ
어 간 ᄌᆡ 얼 ᄅᆞ 널 ᄅᆞ ᄒᆞ 소 ᄃᆡ 야 ᄇᆡ 다 ᄉᆞ ᄲᅵᆫ 라 니 다 ᄅᆞ ᄇᆡ ᄃᆞ 주 셕 ᄅᆞ

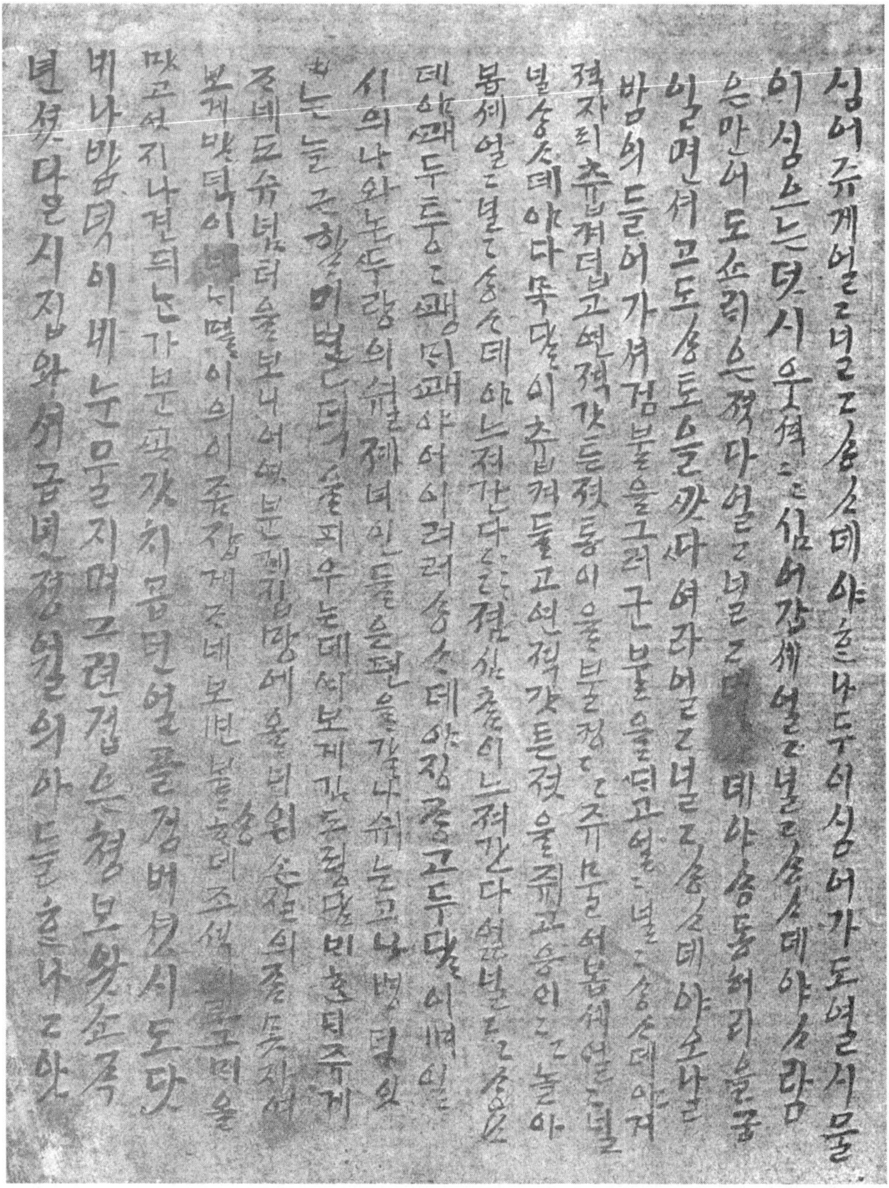

던이시어면니면만역겨말곳아다졍가ᄂ머슬시

로그달이시시졉손지이희만셩조서낫기변이릿이

가잠아셜위목술기쇼져할디기둘보쇼며리을구졔

니며조네모뎌그러ᄒ기나갓트면잇슬기달너읍네

그러혼멸엇지눈모셕볏르그움밤의마음의드ᄂ졍

눈지ᄒ여압셰슈면셔가셔못솔나구니혼나기

시항세나시집을졔예널그셰시집옥지엿달만

의아들을나ᄂ하던니시아번니죠아라고솝ᄌ일쥭보

하다ᄭ동네집이조랑ᄒ대흘완슈자흘졔어ᄉ쇼구

비슈ᄃ달어가며둠부들란니모왓고죠누구다ᄆ비여

흘디쥬면이다ᄒ구혼농부너달르며이양반병풍

뒤의죰을잡쇼ᄒ고고왓쇼쌀나기밥

들도셕쇼아리탁나무게졍소ᄲᄂ말

은뒤졔다가안니ᄭᄭ골ᄯᅡ슨니ᄇ긔고닉은졔ᄒᆞᆯ흔엿

마ᄭᄂ늘군농부너달어며니소검들어엇다대그양반

슬보와흐니잇물안의셰깔셰는몹시마ᄉᆞ며비흘다

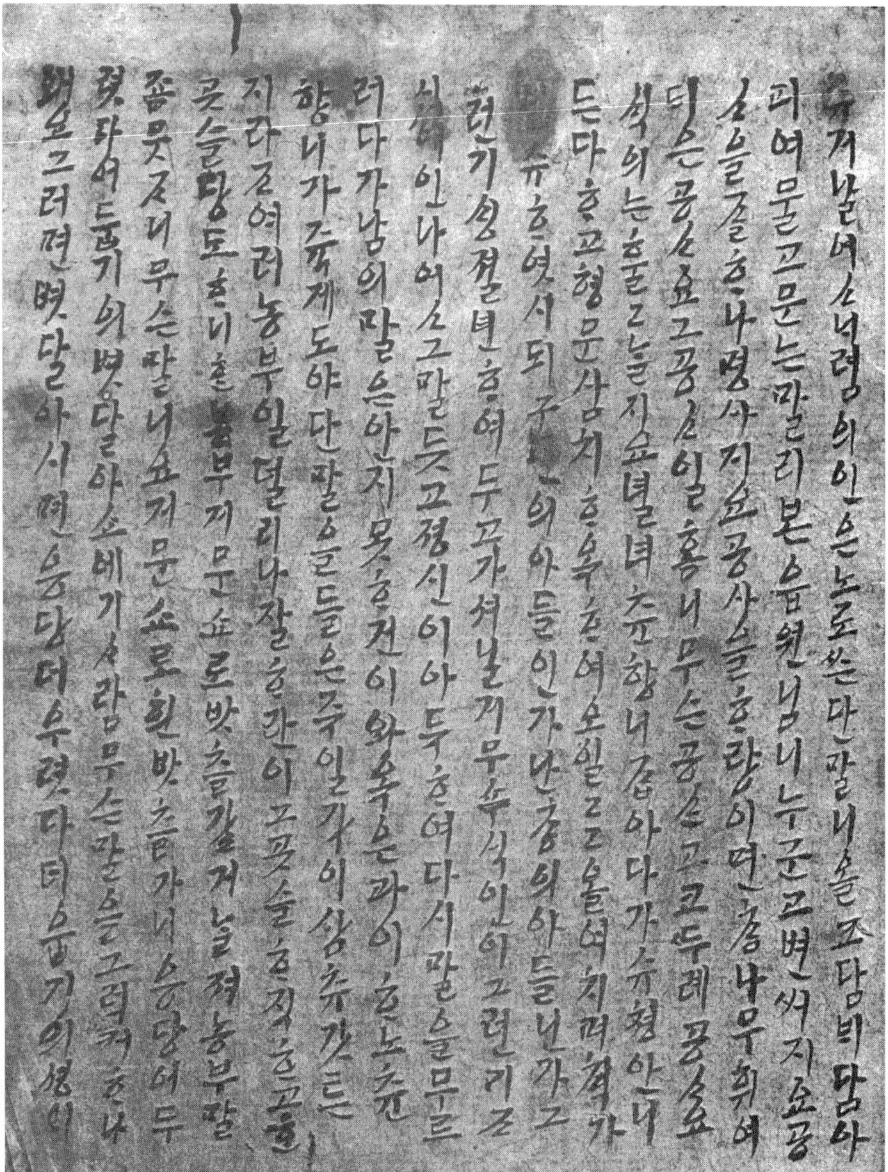
저날더러소녀령의이은노로쓴다말니솔조담비담아
피여물고문는말리본읍웬닝니누군고변씨지요공
소을줄ᄒᆞ나평사지요공사을ᄒᆞ랑이면ᄒᆞᆷ나무ᄒᆡ여
디은공ᄉᆞ요그공ᄉᆞ일ᄒᆞᆸ니무슨공ᄉᆞ고두레공ᄉᆞ요
쇠의는ᄒᆞᆯ고늘지요별녀춘향니잡아다가슈쳥아니
든다ᄒᆞ고형문삼치ᄒᆞ옥ᄒᆞ여오실고고울여치며책가
유ᄒᆞ엿시되구□의아들인가난ᄒᆞᆼ의아들넌가그
런기ᄉᆡᆼ절변ᄒᆞ여두고가셔날거무슈식이여그런기ᄀᆞ
시ᄉᆡᆼ이나어ᄉᆞ그말듯고정신이아득ᄒᆞ여다시말을무르
려다가남의말은아지못ᄒᆞᆫ전이와옥은과이ᄒᆞᆫ노춘
향니가죽제도야단말ᄉᆞᆷ들은죽이일가이삼츄가ᄅᆞᆫ
지다ᄒᆞᆫ여러농부일덜리나잘ᄒᆞᆫ관이고곳술ᄒᆞᆫ지ᄒᆞᆫ고곰
곳슬당도ᄒᆞ니ᄒᆞᆫ농부저문쇼로밧츠를갈저날쳐농부말
좀뭇조니무슨말니요저문쇼로흰밧츠는가니ᄉᆞᆼ당여두
졋다어드흡기의벼ᄉᆞᆯ아소예기ᄉᆞ람무슨말ᄉᆞᆷ그리ᄒᆞ져ᄒᆞ나
뫼요그러면벼ᄉᆞᆯ아시면ᄉᆞᆼ당더우렷다더욥기의ᄉᆡᆼ이

七우

눌녀씨오셩이눌녀시면웅당듀수려다즙기의쾨긔샹
지머리달여씨오그농부마을잘호노그러나냥원부소가션
치호다냥원부소말숨을따쪽쪽심이잇더호눈도젹놈언지션
간긔쳔무폭을쓰고물리질호녀빅셩이모도껴샹지겸이요
그거스녑문호고돈호고슬달그른니호소감니슬개울
녀호눈말너여보이려라잔장보와싱나샹넌그판호죽쾌
사호눈말너쥿은놈으니왕쥬어거왜또호나슬터살호
면두빅셩을일으코나그판두어라호고나쏙치나그런물
보와싱나호며영문경호려간다호니그곡슬면나호쥬따
을당도호니반비노인이호가나안쳐츙물치을미여
슬도나구먼셔받냥더눈거언니다시졈든못츙리라닐
후눈누지말그리양니만호오그즌빅말니지죽호셔더
듸눈게슬비여나꾀기냘어겨혜아니지며노닌호가을
고리수줄맛일홈무어신고슬쳥거리오봇웁니쩟넌
고말심이요봇파홍사언터호고노인이역졍녀여그보
와호니난소슬호만호뎌됴졍의막셔죵너요향당의막

여치라 흐엿느니 딸뜬마도 반달니요 너잘못슬고 왓넌

의딸을 짜오계잡 의 눈흐룬날 지벼떠 춘향니 잡넘하 들

여슈쳥안 이든다 흐고 별슴동 쥬즘 졉슨 여긔거슨 졍되

하다더 잡엇느지 모로 건니와 주파 졔녀도령안 가무

어삭지 그려계 잡 발셔 두끔을 져 무쇼식 신니 양반 외

싸 도여 그런 법 니 닉응양이어 때 밧쇼 가 이안스얼니

로 곳 나 노인뚜 흣 츤다시 보지 흐 짓 흐 고 흐 모롱 니 도라

가 니 단 발쵸동들이 호 미 쇼서 당두 느 메 고 올 나 오 며 요

링을 흐 다 잇 떠 조 피 박 흐 여 일 션 난 쳬 일 년 허 흐 고 뜨 츤 졔 번 사

셧 던 소 람 팔 조 교 화 호 쇠 호 식 넘 녀 섭 고

일 세 야 ㅅ 셔 그 보 며 교 화 회 놈 어 붓 어 며 쇼 의 밧 더 떳 는

회 노 리 흐 다 ㅣ 마 을 충 각 져 마 을 쳐 넘 아 혼 쳬 번 사

놈 이 쇼 겨 하 의 놈 은 즘 가 못 들 어 씨 쓰 변 셧 이 로 고

나 그 곳 을 터 나 흔 끌 슬 다 그 르 니 쇼 흔 쇼 가 화

쇼 리 슬 려 지 쳥 짜 터 건 너 지 꼬 팔 란 브 드 ㅣ 마 라 쳔 쳔 여 긔

들 너 메 고 쥬 ㅁ 츙 ㅇ 고 을 나 쇼 며 ㅇ 넝 츤 여 기 ㄱ 고 단 넘 느

二十七

어디 갈샤 조곰 돌쳐 갓가 대쳥 뚬마을 타기 도면 이날
이시 흔흥가 련만은 이되 로가즈 흐면 멋 칠이 될지 몰
릿비 솔□ 올샤 오나 어스 또 두 셔려 하나 비슴 디오 늘 밤
슴 이오 다 죽고 남원 소나 이떡 솔 이니 록부러진 일쳘
두 달이 업는 도역 풍효 이 놈 졍 더시 다시 와 거르 꺼지
요 너 더가 노셔 수리 가 오무 엇 흐려 가 노괴 수 흐 흥 향 편지 꼴보
가지고 슴 쳔 동리 창 판 덕의 가 오 이 이 그리 흐려 떠 저 꼴보
료그 양반 녕치 죽 타 남의 녀가 술 향 부르 보즈 흥오 이 이
빗글의 흐여셔 되 흥인 이 임 발 수리 봉 히라 흐 셔 시니
잠간 보고 볼 희 구마 말 보 람 군즈 는 잉 방 흐 다 편지 슬 니
려 쥬며 즈 간 보고 쥬소 어스 펴 지 마 드 고 괴 봉 을 볼 봐
슴 쳐 둥 니 즘 판 덕시 흥인 기 태 이 라 남 일 려 스 순 항
고 무 이 라 흐엿 기 날 때 고 보 니 흥엿 셔 되 황 공 복 재 문 산 고
와 흐 소 로 려 복 미 심 흐 시 의 셔 방 쥬 기 체 후 일 안 만 강
흥 읍 시 며 셩 감 쥬 거 체 후 년 향 판 안 흐 슴 시 며 타 분 는
거 체 흐 우 안 녕 흐 읍 신 지 봉 목 구 그 무 임 흐 셩 기 그 소 녀 는

도련님을나가신후의ᄉᆞ로병녀들어뎌뎌경가이

옵더이신ᄯᅡᆫᄯᅩ도님ᄉᆔ의ᄉᆔ쳥안이드다ᄂᆞ고쳘ᄉᆞᆷ

동츄즁졍ᄒᆞ여ᄎᆡ가셩슈ᄒᆞ셔시나도망을갈젼ᄒᆞ

엄셔쳘슌말을ᄂᆞ벼게다가ᄒᆞᆯ가동지경야긴ᄇᆞ밤과ᄂᆞ지

일긴ᄀᆞ날의눈물을흘녀뉘웬을보내난니쇼셔을뇌젼

ᄒᆞᆯ가쳔셔을ᄡᅥᄀᆞ들고부쳐을밧ᄒᆞ보ᄂᆡ기ᄭᅵ을

피을펴거지즁쳔여ᄯᅥ가기로펴지을붓치란즉부

희ᄉᆞ빗안안이여드연지을젼ᄒᆞᆯ손가망ᄀᆞ흐구름곳

외빈쇼릭뿐이로다칼ᄲᅢ리도ᄇᆡ고흔심쳐량누엇던

니굼의눈ᄉᆞ엇다가흐졀업식가셧시니더슈가슴납

답ᄒᆞ여칼펴리란두달이주실ᄇᆞ셧ᄐᆞ옥만암ᄒᆞ뎌져

음업시눈물흘어이고셩ᄒᆞ는쥬을토련님이알게도

면졍셩이낱여와셔ᄌᆞ게된니내몸을살니련만어

이글이뭇오시오쳔금쥰마한쇼쳥ᄒᆞ여쳥ᄀᆞ려셔몯

오시나호아즁츌환미쥬ᄒᆞ여슐취ᄒᆞ여몯오시오쇼쥰

ᄎᆔ가마안ᄉᆞ탁ᄒᆞ여물니만어몯오시오ᄒᆞ운이다

기봉ᄒᆞ여 소니 놉ᄒᆞ오믓 오시오 안의 올여 덩건만는여

셔밥미 날더 와황쇄 츅쇄 사벽거 름니 나걸여

보고그 날주어도 흘ᄉᆞ엄깃 ᄊᆞ오그 다지도 무첫ᄃᆞ 소형ᄉᆞ 여날

려와셔 엄셩이나 쫌들어셔 면무슨 ᄒᆞ뇌 오릿가오로 봉

위필ᄒᆞ여 쳥일 즌달쇼 회 할 숨 여지다 흐깃 가어머나

도흑흐여 눈물이 압흘 셔꼬 졍신나 혼깃 기로 다 강 알외

오니 흐갑흐옴 시고 그지 ᄉᆞ 흐ᄉᆞᆲᆨ기 젼의 외옴

기슬 쳐만 누유 ᄉᆞ 나이다 그런 해 손ᄭᅵ라 슬ᄭᅵ무려

셔쇼흐강기려 등로 뚝 떠르치 고졍 슈월 르삽팔

날죄 슈준 향 고 목이라흐 볏ᄭᆞ나ᄉᆞ 두려 지슬보여

흐급격이 막껴 고눈물이 비오듯 흐셔 지즁이 져 물

밧쳐 는 시루갓 트니 쳐 마희 울그르미 보다 가니 양밧

남의편지 쭘보 오남의 펀지보고 ᄃᆞ 무슨 마

시오남의 치 환의 발 끄락짓 밧쏘 그펀지 오릴슈ᄒᆞ쇼

길밧부 데 별 이른다 보깃 끄러ᄉᆞ 도눈 물 흘너 며 그펀

지을 보니 남원 ᄃᆞᆨ스로 가는겨셔 로고나 즐여ᄒᆞ죠즐이

ᄒ깨일즁도얏다여긔셔내즁도얀니만나더면는

밧어리들공션이쎄끌할변ᄒ엿고나엿젼말슴

니요니넘엇딕도련님까거도못ᄒ고우연이가셰가

탕픽ᄒ여세간철양업셔고집도밥시남이겻방의

셔즘슬근다가웃지울화그을못셔기셔셔글노날

어와셔밥낸실컨어더먹즁ᄒ고날과즘반ᄒ여

소다가그양반슨우도함펑원슬친ᄒ여옷벌니나

어더이고니얼앙간으글남엇광ᄒ를누로만나고

단만)슝약일마그다일일슬어잇지셰허알르시쇼

날과져죵간일다젹부시그른이려발아회

달니고ᄒ야말ᄒ를가두말고도로날여가거과어

져지느니가그졋다그양반들셔쥬마그즁면즄컷ᄒ

여쥬오넘비말ᄒ그ᄒ돌여보너후의춘향니싱가

니간졀ᄒ여눈물슬여졔ᄒ고흔곳슬밧도ᄒ니

강당을놉픠칫고션빈들이공부ᄒ는고나갓당의

놀나가당비담아푸여물고션비터려문느말

이 본듯의 졍교ᄒᆞ릴 이셔 ᄀᆞᄂᆞᆫ 강이며 보슈의 졍
사가 엿덧타ᄒᆞᆼ 혹 명슈지 모가 지 ᄒᆞ둥ᄂᆞ디 들어 ᄂᆞ고기 ᄉᆞᆼ불
녀 츠픔 츄이 고 노리 식이 ᄂᆞᄀᆞ ᄉᆞ로 힐 슬ᄭᅥ 곱ᄉᆞ ᄂᆞᆫ 계ᄅᆡ
하고 명기 ᄋᆞᆫ 향이 우슈 졍안 이드 마ᄋᆞ고 쳥문 슴치
하 슈ᄒᆞ여 좀ᄃᆞᆨ 이 나 셰가 지 소경도 엿다 ᄆᆞ연 니 엿지

四 됨ᄌᆞ글 모 로기 쇼어ᄉᆞ ᄯᅩᄀᆞ말 듯고 구 ᄆᆞᆯ디 글병ᄌᆞ 텬
五 시 슬기 볏 고지 ᄀᆞᆯ 만 고 나ᄒᆞ 션 비어 ᄉᆞᆫ 모양 으로 보

十 고 ᄒᆞᄂᆞ 말 니 녀 가 어 계ᄉᆞᆷ 의 슬들 어 가 나 츠간 향이
가 ᄌᆞᆽ 엇 다 고 옥 문 의 ᄃᆡ러 닐 ᄭᅦ 기 셩 ᄯᅥᆯ 도 와 셔 울
ᄀᆞ 고 져 의 모 가 몸 부 림 을 듧 드 ᄆᆡ 슈 ᄂᆞᆫ 졍 슈 춤 혹 ᄒᆞ
ᄃᆡ 니 머 망 ᄌᆞ ᄀᆞ 득 기 초 빙 ᄒᆞ 엿 ᄂᆞ 이 젼 리 기 불 슴 ᄒᆞ ᄆᆡ
어 ᄉᆞ ᄯᅩ 고 모 른 듯 고 겹 션 니 아 두 ᄒᆞ 여 니 리 셔 며 ᄋᆞ 두 ᄒᆞ
다 셔 만 납 시 다 켤 안 이 가 ᄋᆞ 션 빈 들 니 외 ᄉᆞᆫ 모 양 을 보
ᄭᅳ 퓍 혼 나 을 ᄡᅥ 셔 길 가 아 모 조 빙 에 ᄭᅩᆺ ᄌᆞᆷ 놋 고 ᄉᆞᆷ 어 보
이 어 ᄉᆞ ᄯᅩ ᄉᆞ 모 룸 이 로 도 라 가 며 닫 실 혼 ᄒᆞ 여 우 ᄂᆞᆫ 듯ᄒᆞ다

졍셤이 듀엇고나 일엇 지 호 졸말가 눌그 울고가다
자셔이 보니 초빗안 폐꾀을고 죠서 되남엇음기 엉츈향
원사꾀라 웃거니 얼소 둥거 둥브 죠비방안 폐달으여 들
뼈쇠고 이거시 원 일이 나 오 리 불랑 츈 항이 가 듀단
받니 왼 받씬니 쵸비욜 탕고두 달이 뼈의 쓰 닷 그녀 일
내 삼싈 츈 분 화 졔서 에 너 을 넌 쳐 와 흐고 쳔번만번
언 약가로 졀 나 말 이 원 졍 변 으 걸 에 불 픠 궁 수 날서와
서의 고 그 녀 일 이 아 좀 일 어 나 거라 어 글 이 나 닷 시 보 자 츈
츈 쳔 지 날 셔 울 띠 고 셩 을 미 을 엇 지 하 리 날 못 시 겨 서 왜
듀 언 노 마 서 죠 셜 편 지 혼 가 죵 노 의 셔 너 보 와 다 분 벼 스
창 벗 다 두 고 이 지 졍 니 왼 실 이 원 슈 로 다 그 로 서 까 왼
이 왠 슈 로 다 만 고 밸 며 츈 향 사 을 무 슈 폐 로 쳐 듀 엇 노 에
왠 슈 을 엇 지 하 가 사 며 르 지 불 을 쓰 다 불 을 쓰 져 그 물 을
미 을 맛 므 흐 즁 하 셔 듀 셧 시 원 통 을 다 왼 촌 이 드 들 쏙
할 가 쳐 빗 훌 북 밧 고 의 무 슨 일 노 노 엇 는 냐 나 올 듕 을
모 르 는 냐 히 러 나 거 라 싱 쥭 동 고 고 쥭 동 훌 혼 혼 으 로 빅 년

두

언약이져려니낭을바드이끄즁단과가목소를나다시듯

자쵸빙을혀리놋교신혜를물라안코의끄이기셔외할이

코미불너나던지며얼글시나다시보고나무듕걸도

나교나의고답고너일이야신혜를물라안끄데굴글궁

굴면셔낡을잡어가기라나노눌어즁엇서더니가살떠우

어할이몸셜놈의소졔온다슈일싸서시면셩쳔의

만나브지녕탕이나말을어더면슬어나만나보지슈의

너손즁엇키슬너보려끄웅어던니지경어외일신나

원통호여못살깃네시노릇슬엇지챵코츈향아고와

어셔밧비날달려가거라화흥얼되곱드도양향너는어

다슬가교엑너가외일산내엉흘슬한데터고목슬을

놋코슬피우데건너갓강좌슈ㅣ급형졔가망너손졔

왕어쳔너소랑의안졋다가계고답쵸빙의셔엇던소

랑이슬리우며몸부림을이쥬탕고호며츈향아고고

호는소리듯꼬형냄셔것즁보오셔쩐내쵸빙의셔엇던소

랑이데굴고굴굴면셔츈향아고고호며져리셜아운너냐

단낫소어내내실좀이호던할이오맛슴계가호는말이춘
자는들어논이라외슴춘흔분니난봄도롯집더난지삽
반시라단니그제야왓나부다외삼춘칵트며실홈을
부루잇가싸모려나올 가보자근실낫쇼형님돗으로
라다나얼너셔혈모르계형님은향향의가고고근형은
궁회가고나혼조인노라나가엇드스랑들어오이어내가
안방의들여안처고까진음식벼여먹이날며려러스랑
보라호셔기로스랑의나와문국녀스로들어다본즉구들
리한고쯩쯩씨릅흥턴이뒤문으로나갑데다발서낫서니
말시지어내니가횟실을나죠고야츙옵데다그놈이와
셔져방괌호는거시지녀울며가셔궁문을분질두보
니이라호고숭중잡끄더말르이랑쇄가호는딸이굴
내가잇나조깔말끄올나가곳굴과졔부갓쵸술고의고
의므호팔도올나간다어쇼는시련슈을모로큰커이
그러니실니나혼이라도배오노라너셔노도배오노라
나르가치가죽고나셜이스롱계슌슴혀겨가올

七七

나가셔본 죽션혜을 너여 노코 하 다 ᄒ 는거슬 보고 서히
엄셔여 보이 앙반이 거시 왼일이 오셔 도우 다 가 커다
보너 샹계 삼인 굴짜 졔 복가 죠 ᄒ 고 샹 집 피 모 셔 난 ᄋ
거동 두 슈 업 셔 츅 어 끄 나 언 쳥 샹 계 다 셔 드 ᄲᅥ 엿 젼 ᄉ랑
이 남 의 교 빈 을 혜라 신 쳐 을 너 여 ᄲᅥ 포 을 모 ᄃ ᄑᆞ 고 이 지
경 이 왼 일 인 가 그 졀 을 드 서 봄 ᄲᅦ 이 ᄂᆞᆷ 을 ᄲᅡᆯ 길 노 박
살 ᄃᆞᆯ 할 가 샹 쟝 을 드 어 영 쳐 을 ᄒᆞᆫ 번 ᄒᆞ 리 쳐 니 서 ᄉ
젼 신 ᄃᆞ 버 쳐 나 셔 여 보 샹 계 남 니 마 삼 잡 간 들 고 즁 여
쥬 오 니 가 이 틀 거 리 부 들 인 지 오 리 다 셧 희 요 셰 ᄒᆞᆼ 약
을 다 우 려 도 일 호 동 졍 업 셔 셔 세 간 탕 피 ᄒᆞ 고 명 의 터 러 무
러 본 죽 다 ᄅᆞᆫ 냐 은 ᄭᅡ ᆯ 더 섭 고 ᄉᆞᆷ 형 졔 연 ᄂᆞᆫ 슌 병 의 가
셔 션 혜 을 안 고 슬 다 가 미 을 셔 것 마 지 면 죽 츈 라
ᄒ 기 로 교 빙 ᄒᆞ 쳐 와 셔 ᄲᅡ ᆯ 셔 부 터 두 되 ᄉᆞᆼ 겨 끼 쳣 니
엄 기 의 ᄒᆡ 노 를 을 쥬 난 ᄃᆞ 단 니 이 ᄶᅢ ᄉᆞ 돌 만 나 셔 니
살 커 ᄄᆞᆯ 더 쥬 오 언 쳥 ᄉ 졔 샹 보 교 형 보 고 ᄂᆞᆷ 틸 ᄯᅢ
도 건 더 리 지 마 오 분 ᄑᆞ 리 도 안 이 되 고 고 ᄂᆞᆷ 냐 가 ᄒᆞ 여 준

단깔너소이놈어새가셔이칙이나살나쥭어라며도
눈치보고마ᄭᅡ잘져슈도업다호고배ᄉᆞ두ᄃᆞ거려혼
모롱너도라가셔거름ᄊᆞ날솔녀라도ᄲᅡ호녀가며남우
셰음셔호엿고호ᄭᅡ호며ᄼᆡᆼ쥬염할뼈ᅙᅳ엇ᄭᅡᆫ
당의션비놈을둥호번을싯너라라ᄒᆞ며쭝일
을고나니서즁호여두눈니깜고호여향비볍서가
다가셔단ᄀᆞᆫ티로너던지고ᄼᆞᆫ협소로트러가니ᄾᅲ
는줄호데셰러ᄭᅳᆫ쇼국즁즁들리운득ᄭᅢ곤리거돌보
쇼황금간옥혈쳐닙고벽벽갓치쇼리젼너눈밭
의곤이든쟝ᄭᅵ울셔라다거황잉아야ᄭᅡ고지ᄉᆞᆯ
을ᄭᅡ라경으쥬로들어가이즁졍쇼릭셴든리거
너젼너빗나차져가니일좌화가너운소의쇼상ᄂᆞ대로
져ᄌᆞᆷ쳥들모야그ᄼᅲ부쳐을솔이눈ᄢᅵ엇던ᄌᆞᆷ놈
컹최들고엇던ᄌᆞᆷ놈목타들고엇던ᄌᆞᆷ은밭ᄡᅪ들
고셔뎐즁ᄭᅩᆷ은즈각비들고엇던즁풍은심이가ᄉᆞ연개
이고빅팔염쥬무위걸고불경을ᄉᆞᆫ의들ᄭᅩᆷ경

오미는거동 영불밝고져 완변 고쌔 러갓맛

즌샹좌즁놈갈이 봉동충년 을숀 의가즙

고세 모셔 곳갓슈어 쓰끄마 큰부을 두리둥 술나며

셔나무아미타불 이 도 난 경은 벼 슈쳔 기비시간

의라 당으로 놀 나가니 럴 며인이 불견의 수비를

고 한즁 ᄒ셔비는 말시비 난다 ᄉ ᄉ ᄉ 무쳔

님견의 비나이마 ᄉ 병님견 성셰께

쥬와건 병님즈남 이 도련님과 박변 결약ᄒ숀

후니별ᄒ고 놀나가선후 의 ᄉᄉ이 도결티 인 입불

위금ᄌᄂ의산 파 ᄃ 도신명쵸의 슈쳥안이 든다ᄒ고 쇠원

숨동호꼬 즁ᄒᄉ 여 방게 슈즁의 셔ᄌᄯᄉ게 도양시 되ᄒ

남기 션나 도련님셔 오만을 겻겨 의가도 궁셔 ᄉ셕법

사은 족부상 흔녀 셩쳔은 춘향 쇠이 즁게도뼌

무쥬고 혼되게 쇼녀셔 가려이아미타불 셰 음 보

살심신 체왕님네 흔님으 감 ᄋ 슈 시 꼬디 ᄌ디비 쇼ᄃ

한양께 신니 도련님이 즁원궁제 ᄌ 믈너ᄒ 와결나어

사슬을 옵시 건나 남원 부사 을을 옵시 꺼다 꺼셔날
셔 와셔 규셔 가는 츈향니 낸셔 낸옵시고 빅년 희로을
여 유자 있니 부뷔 공명 슬게 실려졌지 호옵쇼셔 꺼고
졋셩 크게 바든후의 쇼쇽 회방 숑회옵 쇼셔 두뿐 을꼬
효빅매 합쟝 매빅바 소래 호다 가셔 그그리의 쥬께
안고의 빈져 우는말 내그동안의 미음셔 쥬
이년의 팔존 엇지 할꼬 문셔러 지든 밥의 돗
토라라 이산시가 련호가 의 그그 셜운지 고의 뱐 비우는
죠리 쏙셧 간쟝 이슬어 진다 어소 또혼 좀 드다가 그 숨
이답졈셔 나사 두숨 쉬여 나나 그 녜가 향단이 나 감와
놀바 누구셔 오널다 갓가 이와 셔 빨 좀 호셔 과 향단
니슴졋는 꾀 니빅 모양은 본 즉 희 와 호셔 눈물
씻고 가 이 가 본 즉 간 데 섭는 셔 방님 이 로다 이기
시원일 이 옵 쳣벽 히 끄르기 라 탄니 져지 겅의 원
빌이 쇼 바람의 불셔 있쇼 구름의 쇼셔 나붓
쳔님이 지셔 흐가 빤 간게 돗겨지 밥 쏙 어 쇼 눈물

八七

셔시며화단하수지알사주소이잠이잇단말로
흐기다고성인도는도쥬흐엿시라이정공듬드셔보사
라나도셔슐가셔크게도무호고우션이탁호여집
도엽시낭의사람의셔잠을자더가셔귀하의못
이거여시글노날드려와셔밥이나될가더미즉
하끄날려왓다가츈향의소식이나살펴울고더기와
셔단니던시천반의머슬보이반가온즁션의
라츈향과젼일언약다들이고츈향이볼낫치바이
언다거든후운다ㅗㅗ그비겻셩갓득호다너의승젼슐
이기다나는이곳의셔너을보이츈향이본듯거지업
다지금이라도날여가셔보고시부형갓간졍호나모양
도니려ㅎ고변쇼을드고무스난그로가깃는나네나ㅗ
려가셔날보왓단니빌고몸조섭어나아못슈루룰
호프밋시면쳔파부셩이라ㅎ여서하졀업시ㅡㅡ는법
비업는이라금셕갓두까슴변가마고싯게되면
슈이른후의흔번가보까향단이눈믈지며일구월심

발아던이쪄지경이도야서니그스럴어가호즌쌀너소
져모샹으로날녀소실터의서쟝인들노즉혼서의
가셔방넘부티그져가쟉마음셔고혼버단서가옵소셔
오냐병너쌀고잘놀셔가셔구환이나줄혼여라향만이
셜반당부호직호고날녀셔가고잇쩌춘향이슨옥즁
의쳐소로번서도야셜음업시누엇다가우션서굼을
무이산몽비몽간의보던몸거슨꿈본판이갈녀져빅
고잇도화더러져뢰그문수희허슈마비믹여뢰고바다시
쌀너뵈면터스이문녀져뢰곰꽝물이쌀타고왓다즁
넘너고기베셜곱사들고쌀타고운간의왓다간다
는지라망쟈놀녀까다르니쳥용일몽이라갈쌔리
빗거산교슈넘쟌호는쌀이그꿈이웬꿈인가너
즉슬꿈이로다흥졔셔니도련넘이날몬이져셔병
이도야춘일슬몬호사나졍년무슨일이빈내부다서
벽셔리찬바람의술고가는쩌기러가네어로향호는다
화양스로지나거든널부춘향이즁터라고부티한쌀

꾸두

뎌동여다고아쳣시너방이오나누쳣셔라가뎌
젼바초후흐다가셔겨는나슐와짐결의건니까슬희흐고

가슈모롱이지나가며무슨소리흐너궁향반
곤여본봉소님죄슈춘향아가부드의들어가보오져복구거

겨드고옥슬불녀판슈가부녀달나흥예흐들이마음을
동보소가문는슬희번더기벼슈파람슬불써들어흐다

춘향아봉소님의리안지요봄쟈놈을흥흥흐여느까
이혼죤갓쳣는야흐혼죤갓소가라미슬맛이싸졋다면이라

이슐쳐나만이흐여는나데만져보금춘향이두다리술
너예노이봉소놈터두무깨여물소와이숨흐여고나이리

졋티싸지벼셔의노이다다지몸시쳣노쳐와무는웬수면
이꼼리두가치단냐이꾹두가치던냐이쳘치는더할때

이뚝바로일너라고아리수슬싸다가쟝가두집단웃
곳즐번흐겨낙놋향이분슬쟘지못흐여발로빡솔

치려다가쟝을잘못화긔가쥴고어리쏫치는깔시여보
봉소임너마눈슘슬들어흐흐로슈리부친슬아실제

우리 집차져와셔 낼을 안교과 ᄒᆞ다고 뇌딸이지 슐집

이 안고 가셔 아쥬도 바다 쥬께 닉 ᄯᆞᆯ이라 ᄒᆞ시면 이수

리부친 망셰후의 지금ᄭᅡ지 복슈 김을 다 셔 뵈옵시ᄂᆞᆫ

뿐 마음 즁낭 범소 거섭시 ᄆᆞᆯ르시고 졈이나 ᄒᆞ여 쥬오

복슈 낭맛ᄂᆞᆫ 치아라 두고 뵈ᄯᅢ 의 당면 ᄒᆞ다 이게 야 싱 가

허잇 그나 닉가 참 슌향이로고 나그되 완죵 ᄒᆞ엿다

ᄡᆞᆯ이 야 ᄒᆞ나를 드면 셜수 ᄒᆞᆯ 빈 ᄒᆞ엿다 무슨 졍이 이셔

슈졍이 져오 간밤의 ᄭᅮᆷ 자리도 ᄭᅩ약 ᄒᆞ이 조셔 이 가러 쥬

오 야 엇 어 뿔 아 오 득 을 비 셔 손이 들고 졀 배 그 ᄒᆞᆯ

들면 셔 보기 츙 왈 ᄒᆞ 엿 졔 지 치 라 ᄉᆞᆯ 리 소 ᄇᆞᆫᄂᆞᆫ

그지 작을 그지 겻 선그 기 엉셰 샨 이감 어 슌통 츙효 셔원

형이 졍ᄂᆞᆫ 쳔도자 상시요 인셰비지ᄃᆞᆫ 신셤 기강이 라 부

타인 조ᄂᆞᆫ 쎠 쳔지로 삽기 덕셔 ᄇᆞᆯ 널 노기 셔 여 일 령 노

합 셩 여 귀 시 스 로 합 기 갈 흥 을 산이 션 쳔이 쳔 불 의 후

쳔이 봄 쳐 셔 쳔 효 불의 젼 타 ᄒᆞ ᅢ 셔 아 오 시 완 셔 션

효와 갈 주 귀 갈 흥 쥬 흥 쥬 와 ᄯᅢ 불난 됴 음 ᄭᅢ 요 불션

동흥 쇼셔 티썸졍유년 셜이삼을 졍쓰을 감신의
뇌 동조션 군젼라좌동남원부기흔읍난님조셩
셩씨 곤무문따 는미삥녕군이 도령이일거쇼시 엇졀
인이기간쇼셩여 부횟기일음봉이며 화일방송셜
지복걸쳠신는따바이슌픈 겸명도졍이쳐 흘게
완졔갈무호졔의션셩호위흥여이 셩째로물
비쇼시흐쇼쇼돈 동슬껏그로 줍고쾌슬터여 흐나돌
셋녜슬뼈여보턴이 깜셜즘널자쾌 흘다쳔젼매
녓다유슝이여쳔지쌔 그땅태로류지 송이라그쌔
미우쪼타과귀가왕셩호 외청용슬뼈써이 도령이
쟝원 곱제 흔엿나보다음양이참흔엿셔이 위한쇼
탐이니몸슬구할꺼시 요도 흐이등 으가곡 으를 끼쳐
토국사슐슬흔엿신이 도로혀본칸이히슬본듯 흐고
신흔고가발흐여복틱흘 빠나셔신이 아까몸 드그리든
남슬빠나밋다 연해삘고 그심발아 히 몸 흐여 보금
화나흐니봉셩실이오 경파흐니 거무셩가문 흠의쳔

허선흥의반신의기아씨라몸도몸이쪽타씩치더러
지아셜미슬밀슨거써호거슬이기여끌더여
쇼리업슨야문수회허슈아비슬다믈아뵈내일
만사람이수러그불터쇼쥭경씨쪽다셔벽벽혜
꿈을도쥭쥭바다의쌋나뵈터슨이문어겨뵈고강물
니쌀가뵈써도젼님히고기네슬겁아들고쌀타고순
간의왓다갓다호여뵈니그몸흥몽이져요봄돈놈흔
번웃고흔느쌀이베가카토리붓써로굼흔넛겨죠쯔뭇엇
난냐희몽을호여보자희갈흔여혀용산이욕븐
니쯕평지하바다이쌀호낫서시슬의셜끌슬불거시
오티산의문허지면평자가뵈리로다강헛슬즌신이
라강물리쌀그쌘달이쇼랑헤게갓가여슬터이의셔
반가온쇼식불구의듯고나니도령의고기네슬곱
하들고쌀타긍군가의단봣다지끄어벽소이이춘
향아크기여내쇼붓써보터쇼안이하니도령어쇼
하씨고나쌀타뵈는거슨쎄리슬고둘쳐강슬

一

발셔건배 고나거졍씨고 떠구별롤원고 흔실이외스롤되
인이네덕의 슐룰긔이나 스미너의보고 츈향이젹쇼와라
끄그러키슬밤든싸기가뻐 는난데업는 져싸기옥당우
의슐바한곤가옥고 갈가옥오비야 쌕고들기싱계우
는끄나의고 어보부슈님 껴가싸귀날 갈어갈쇼리가시
상호고왁호 오제봉신날 호능쌀어그 쪼림스늘베모른
다가옥고든 송든께슨싸 글다올가그 우등을형손
빗슈갓치호 빼송찬호든 쪼림로다갈 가옥송이무손
쇼림로그쇼림는더우쪼타 하갈집가옥 갈가옥호
니우방상이다호웟단발 이모다오비 야손니무손
쇼림쇼미싯고그송호여 도녀가약 올아니줄가나오
아일비야오비야이라안 이야땍갈호 눈기슨무쓴쇼림
효사모지두리롱스로쌜 지라도밭스 싸른싸놋라는
쇼림로다침심들도쪄리 호어돌면호 강호호여볼
나춘향이죠와라고봉쌍 돔빠송은쭛쓰는그리키

울발바잇가현씨을안일거시시크르들먹오늬기호즘

허봉슨가아즈커범녀쌀고잘잇거라후흔다서보

자츤향이든셔든늘녀쥬커니게셔야쇼슨나쥬

츤나흐옵쇼씨봄스길게셔여이고아샬라끄깐두

어라슈리타의부흔가셔셔달첨흔변목흔다쌀

내냐끄깐두이라외슨스들미밀먼셔●슈나올은지

지굼셔현슨못쓴단다바다가자꼬돌싸가고츤향

은봄스쌀득곤일회일비흘셔도려님오기기다

은졔잇同셔人도론칠의셔밤슬지니꼬이든

쌀스츤향이경가간졍호여슴스로쌀여온다

쳥근이와보흔셔바셧터얼는녀뉘남원동구

다르니기人졍근유릭신호시나귀미뎐버들일

녹슈진경녀른쁠손빗단이들끼시로다랑하눈누

잘앗잇두야소자꼬무人흔쓰됴에보던쳥슨시쇼

물됴에보던녹슈로다츤향고퇴●자겨간이을즁

슨의구흐다츤향의집갈럴을타하귀눈쓰려지

고빈즁원으로발바지고셕가리고어버셔비우랑이바즘
이초녀당도무어지고셕화스도혀려지고꼬화게돈흔
가등밧치도야고바디만간도마른이술졀경댝진슈
보스흘부쳐던니풍짜우쇄흥어몸과스때러지고목만
나운겨셔눈칸을부름뜨고더키온다흘가흐꼬보간
고나셔화부벽탑슌셔한나업시더러지고됴체슌션셰의
염치녀손으로부치게러시보도씨러지고즘셜즘즘남
느거시가손디즘쪗는어딕로가끄짜음심쟁빤몯지
찰긋두여씨꼬게외나고나쳥샨샬리거돔보
쇼비루스들장북숀비가슌슬못출리고고발노희졋이
뎌비졍으모로노라목쇠쇼리로진는고나하두름째흔
쌍노는거셔훈짜리느쳥노갓고도슬째발이남스거시훈
즁노는기가뭄벼슈쳐지고셥흔쥭지땐치쌘셔고쌘올
반겨라고길루뜨루루홀는거돔쳐랑도슬젼이와넏못
셰노든붕어후나도임셔어데으가고울츙이논슈물
우므흘슘는그나노슏반숑금스오즁쳥ㅌ이푸루렷다

어ᄯᅩ그모양을보고호ᄉᆞᆷ시며호는말시집모양

이그러철제그모양이나오즉ᄒᆞ가불숑다고

려이와가시엄서도엿ᄯᅡ일넉셔산ᄒᆞ여향촌

이도앗고나즁문을들여가이춘향모거동보쇼

ᄲᅡ당슬졍이칠고소반의서동의예졍환ᄉᆞᄭᅥ다놋

코무숙ᄭᅧ게졍이호고ᄭᅥ자리펼처ᄭᅳ두무릅ᄯᅩ

ᄯᅩ고두소ᄋᆞᆯ곳ᄌᆞ비ᄂᆞᄯᅡᆷᄉᆞ이쳔이날월ᄒᆞ지후도

부이ᄉᆞᆷ십녀신팔슈ᄋᆞᆷ티셩북두칠ᄂᆞᆯ셩십

신제왓ᄋᆞ약손신ᄉᆞ희송왕제불계쳔나을보ᄉᆞᆯᄒᆞ

방산장고기ᄯᄯ주찰ᄒᆞ셔ᄉᆞ셔황만ᄲᅢ누라ᄒᆞ의동산

하여ᄒᆞ령혼갓흠음쇼셔삼쳔동지승솜난긴ᄭᅥᆷ님

자셩내씨티슈ᄭᅳ명녕자셩셩ᄭᅦᄭᅳ가벽년동

ᄆᆞ지쉬로어약을미지후외일년니목도야ᄶᅦ급박을

내들어탄지시별음ᄀᆞ가온후의교셕ᄌᆞ자도쳘혼즁

의실관이슈쳠안이든다ᅙ고형무상치ᄒᆞ즁ᄒᆞ여지금

살ᄉᆞᆯ셔의거쉬즁게도야시니요ᄌᆞᆷᄉᆞ졀셩을ᄇᆞᆮ치

○순시셜 위 졔왕남 승샹 주흠시 그 나셔 디쥬즁혀

三十

금쳬우졈 흑고와남 원부 소음 그 음시기 나 길 나 여 스

어니여 금실 시나 앙다 간 의 혀여 쥬거 된 춘 혀 이 쯤

어니여 금실 됴와 우 그 셔 녀 을 고 무 져 공병 흐여 나 라 이 혀

총신 되 끄 부 모 게 명 화 뫼 야 곰 웃 따 을 고 먼 되 수 젼 을 쳐

쯤 지 하 와 쥬 용 소 셔 손 소 을 드 셔 빗 비 쇼 려 흐 고 죠 리 의 도 라

안 겨 당 바 다 을 탕 근 두 달 의 며 우 는 빈 이 쳐 지 도 무 셩 을

지 의 졍 셩 밧 치 기 을 소 소 이 되 여 시 되 도 련 님 이 쇼

련 밧 은 졍 셩 이 부 폭 틴 가 근 향 이 깃 흐 을 순 슈 드 가

옥 발 바 지 로 지 은 집 문 셔 시 이 뭇 엇 짤 아 구

회 갈 로 와 슈 숭 지 고 도 련 님 도 야 슈 즐 지 즐 분 여

나 가 시 후 의 펴 지 인 즁 셥 셧 서 어 뉘 짤 살 기 어 런 도

다 셥 순 쁘 를 눌 터 러 울 가 의 심 쎠 는 늘 꼰 분 부

스 의 가 시 공 호 여 쇼 반 의 파 부 도 야 쳘 로 로 느 어 긴 짤

스 분 앙 쇼 를 셰 끄 슐 호 말 호 고 호 쎤 호 신 스

로 다 할 소 야 짤 을 갈 터 춍 셩 호 후 의 디 격 혜 불 가 쳐

떠젼히 볼가셔 월이 날 쇼기고 갈 쇼록 이 몸
슬놈의 귀션들아 이 팔청춘 귀남자 잡어 가지 말고
불갓튼 빈어 잡어 가거라 야재끼어 원수로다시고 그셜
은지고 별감하ㄹ 날달려 가께 여승의 귀야 날잡어 가
거라 이 셜음을 엇지 할고 훈삼이라 울재어 소토는
셔드듯다가 훈 조발 노비가 셔게 덕분쇼로 가 훌갈 알
셔던니 춘향모 훌단나 덕이로다 훈 외려셔 버ᄒᆞᆼ
단아예쎄 놈 쇼레 불너라 밤의 멱게 갓다 뉴 쯔어쇼
또 병신쳐럼 보게기 집 쎄 신나 춘향 코 부르는 쇼리
슬듯고 노량 쎄리며 퐁고 혀 치짜 두루 치벼거 누
구 쇼나오다가 어 쇼보고 도라셔져 지는 노 없지 이런
잔이 무엇 달나 보치는고 여보게 별쎄 너라 이 누구시쇼
솔치져 거너 김풍헌 인가 구살든 쌍 때려젼거 몹시
도젹 추ᄒᆞ지 쇼날 장놓은 피무두 좃가 쇼뉼달라리도
항겨신 나범데 발고 건너가오 이 소감 널쎄 싀고 눈
도닥 두눌 지눌거 들밥 것어 몽문케 ㄷㅣ아겨ᄼᆥ

四 수

반시로교약순유갑시가다쓰고밧틱못갑듸□겻졍뮤
좃□하나할수가업셔못갑되□졔팀치는업쓰나는
수이가져갈거신이넘녀말고거너가오져삼랑보
계날졔의꾀너란이누구야굴두서다들이가셔술
니셔반일셰오흔빅골빅종소니셔방이로고□다겨
쳐무날의무솜일노차져와쇼니셜눈밧들어볼
금소셔혼슉셤이느시란수졍들어노열졍져이밧
보름갈리즉짠굴고겨의와버미형수군짠소라비라
쳣고군셰간집물잡반호고호강이무솜□□데□한
의짓슐보로구란조계솔못이쳐셔슈쳘인가졍졀
닌가□□호고두문소리호다가셔산□져□의결여들
어옥귀신이되갓시니요런년의짓셔지쇼니셔방도셔
물요지니□는노할노른째오□□는셩날너가라면디갈
쇄버쳐ㄹㄹ깸물고십혀못살깃쇼빅목근다뮈엇쇼
어뉘티낭울나가오죽밤오아지굴불호여반가온손님
본들약쥬흐온조못디졉흐나브룬밴흐기즉앙엽쇼이

당그니셔방의안이도셰못쓰릴도물나못나층방니셔

방실셰 적방니겨방이란니지금적방을 품 쥬부라

던데니셔방이란니누구야눈의두어모로깃녀구파놈

졔로셰츈향모깜쟉놀나구카꼬졔란니놈이며

혜박쇼인가얼사고나션발이가녀몰나내르드르이쳐

츈향니슬셔고나지-윤것조흘시그들어오게츔을

니물너셔녀리련놈의셰산보의사랑이쥿게된이

가비렁방의다쇼이녀비수즁희몰살깃다어쓰쓰더

너입셔녀숨랑아가셔구판그졔니셔방인셰눈죤의

망녈짝그럿슈끄냘줌조셰보게츈향모듯셔다봐

몸쇼늰어반호다싸는모양슐보의가련윈녀향다

아불너오느라실꿀스을조셰보丘불거들고고셰보

니갈테셥는나셔방이라왓셥아드쓰며셔희이

졔윈신만가송젼이벅희되다단이긍지경시윈

일이가시룐놈의쌀펏것보셰꼴눈쥿거기

거셰되던왼편불게울나며둑에랑나가라하면에듕쥬
도소며금희쥼고오록독슈을변가른슈의터나벼걸며둑쥬
희라버려셔강이계내간회여엿다오벌슐우룸희쥼끼리
항쥭어싸녀나도깨려죽데라오벌슐우홈희쥼끼리
쳐라른들변터니잡슐출된것흔는누는벼이라쳔
가벨곤도션의를거려지경아리여가지후엿흐려라쳐왓
나이런줌에빗리잇니되고바른러고시쳔바라셔내걸
인오기바라쳔가두슈내시슝어수나지던인두싱객흐면
셰끼러덕어도시윈리샤너구불누림을샹의한다
이라데려들러다누심마을피의쳔졍을싱들을비거졍
미원닐이오쳐포만오로오셰쳬곡그까늘이모팍혁가언벅
가쳐방범모더새쪽을귀비빵엉으로벽졍김씨굴일이오
어소썻어이썹져어루슌희농밧미여엇게쥼모티뵐롬듯
씨쥰항오벽권뇌여즁포라가엇시오아모뱓묘돗기시
타인도블가쳐가오에이븍회쥰여잣즈업시란나가춤

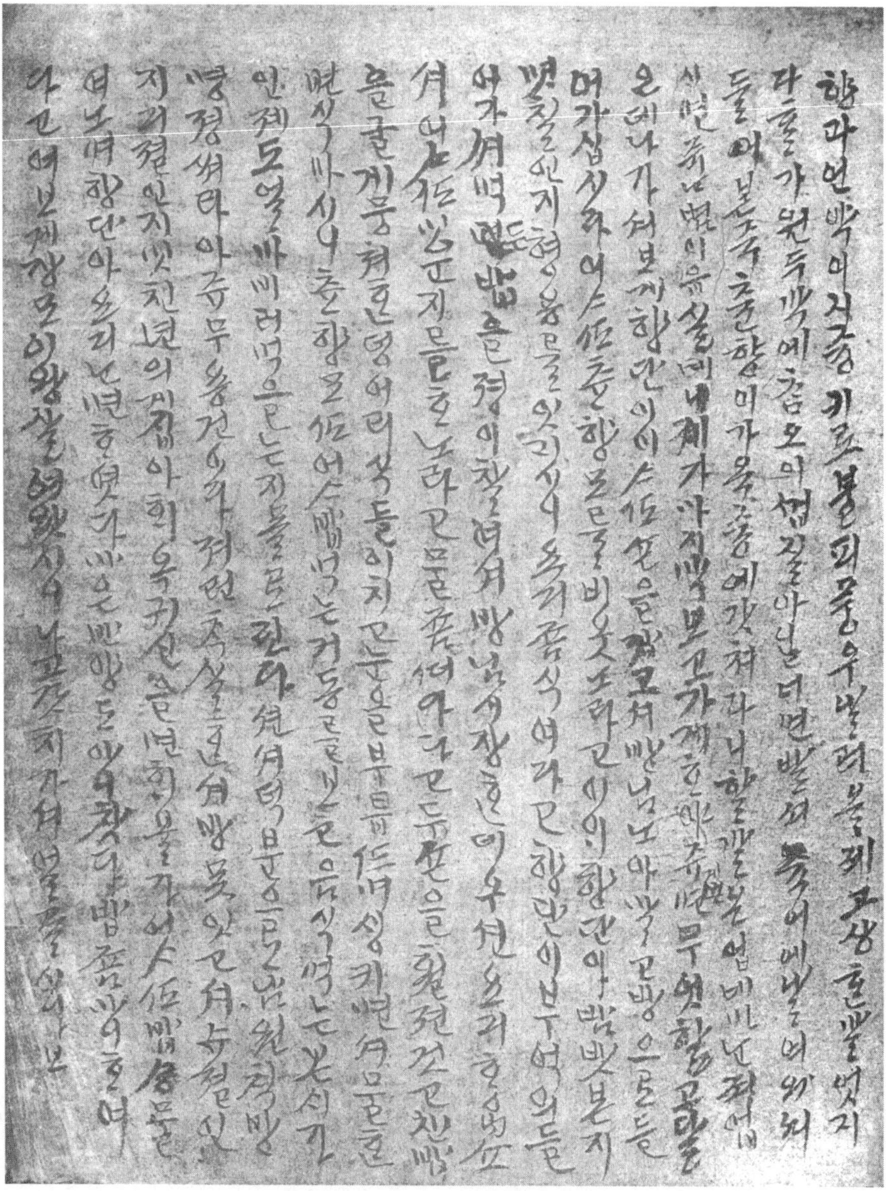

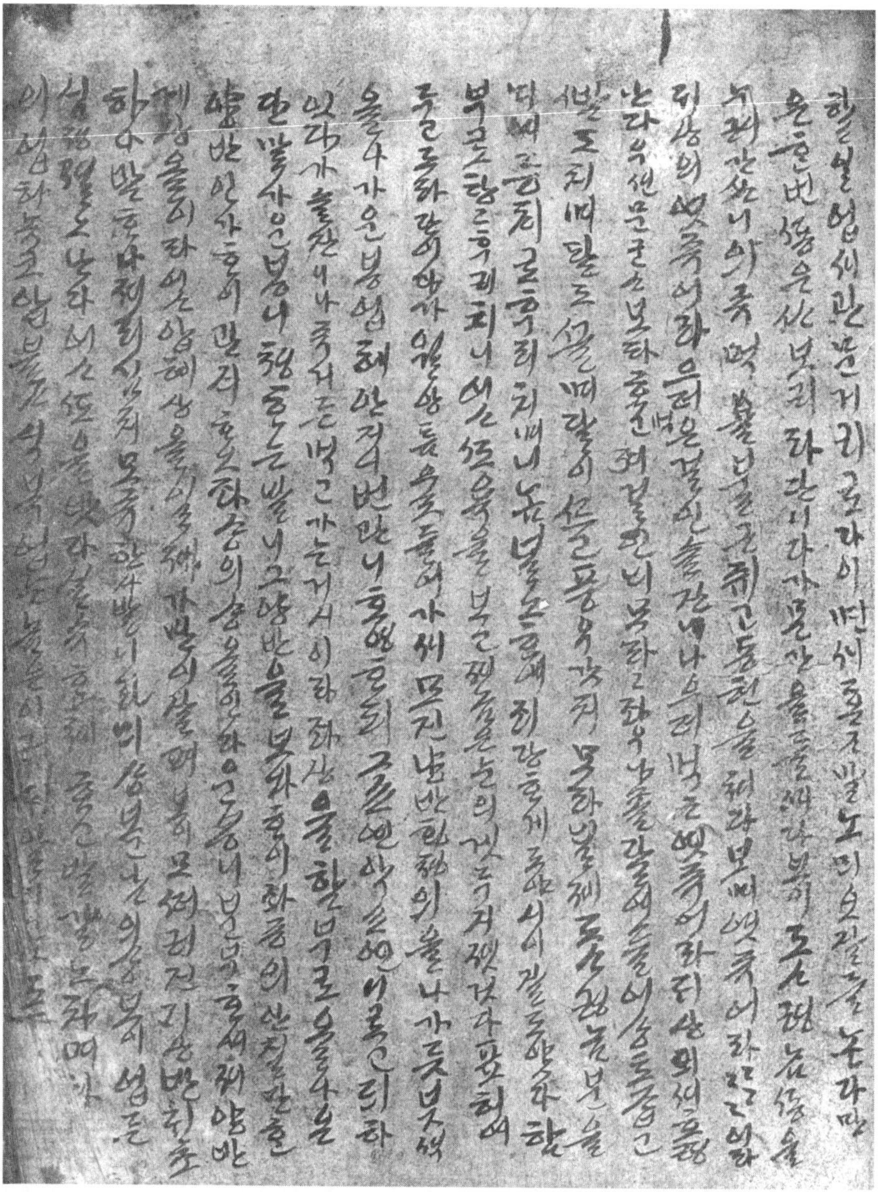

九 수

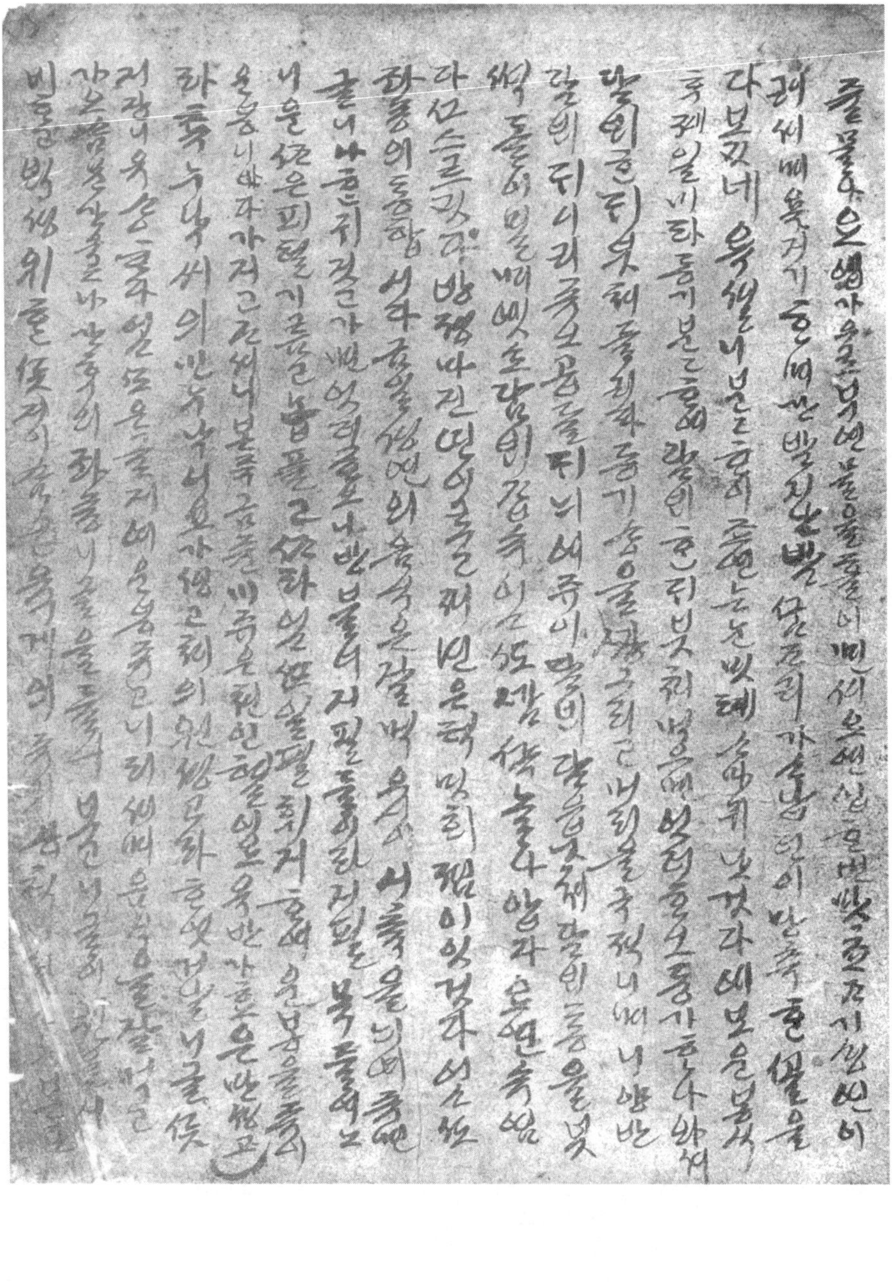

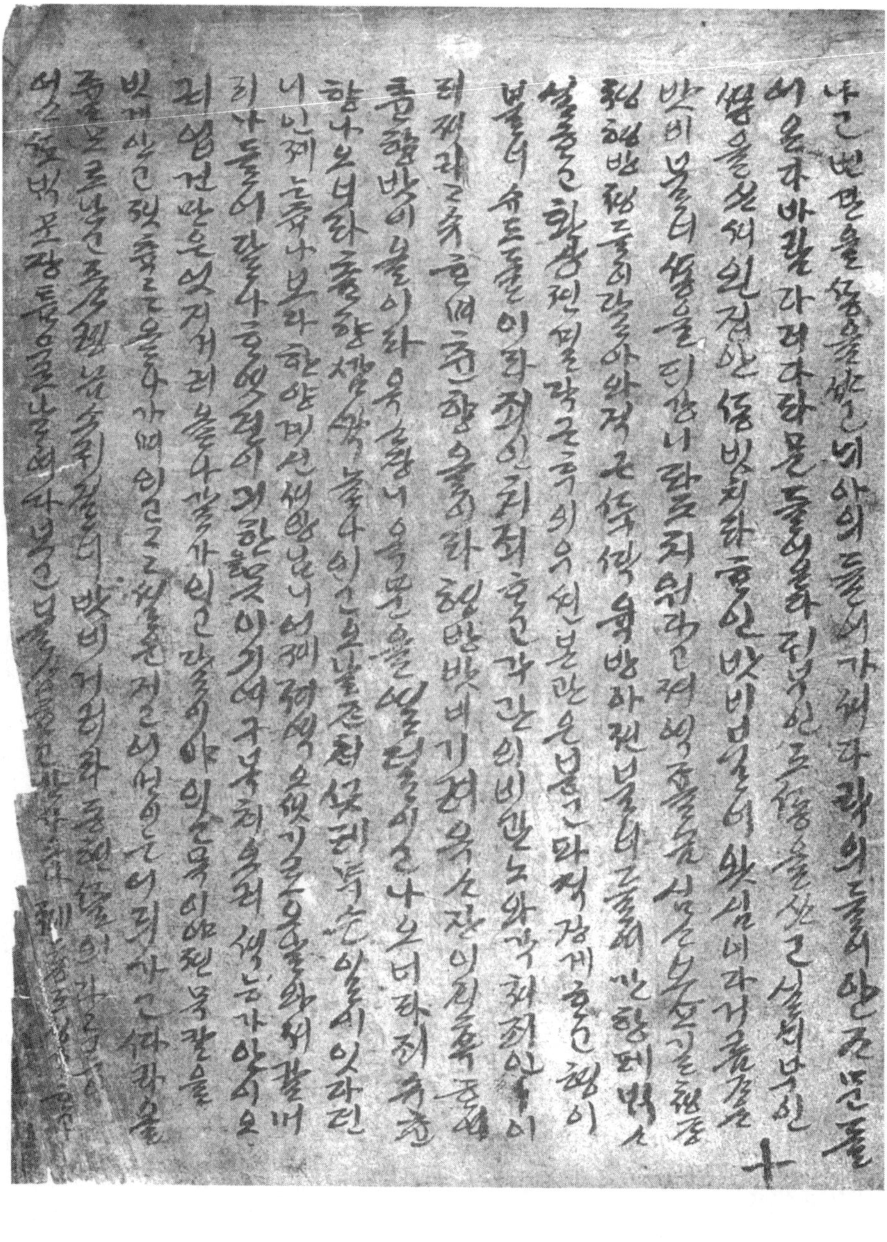

꿈을 뿔치 능는 슈럼 별탕을 러오 쳣 지오 더 전실
을 발켜 쥬지 안 너시 고 슈졍을 능게 깁더러 스슈쳠
들나 ㅎ 는 법이 타젼 통케 의 인 낙오 가의 러 누셜
드른 귀를 영 쳔 슈의 씨 쳐 볼 가오 라 나 면 무엇
호오 어셔 빗 비 조 쥬 셔 쥬오 훈 셔 라 드 께 방 낭 군 조
차 가지 의 고 고 셜로 는 져 고 어 오 또 누 는 쇼 틱 슬 드 꼬 흠
꼼이 맛쳐 춘향 아 셜 끌 을 드 러 쳐 다 보 아 라 보 기 도
실 쏘 듯 기 드 실 쏘 기 ㅇ 도 법 셔 별 도 ㅎ 기 실 소 이 셔
셔 밧 비 쥬 셔 쥬 오 어 쏘 금 당 을 별 셔 욱 지 환 을 너
어 졍 니 쥬 셔 춘 향 이 가 다 쥬 라 ㅎ 고 빅 포 중 을 거
드 치 고 춘 향 이 옥 지 환 을 본 즉 하 별 낼 한 제 도 련 님
트 리 던 션 물 어 라 졍 반 찰 려 디 ㅇ 을 쳐 다 보 이 께 방 낭
군 거 기 잇 뒤 쳔 금 갓 쳐 무 겁 던 몸 씨 홀 모 갓 쳐 가 빅 여
몸 을 썰 셔 의 러 셔 ꟁ ꟁ 포 나 졀 셔 꼬 나 지 하 가 조 흘 셔
꼬 츨 을 춘 개 솔 나 가 셔 서 쏘 무 오 을 션 서 야 고 어 ㅅ 를
또 고 드 도 셔 틔 굴 고 죵 굴 께 어 셔 ㅇ 거 샤 원

하늘노셔 나려왓나 이나의 셩모니 ᄂᆞ가 ᄀᆞ란이 위 분 셔왓나
구름 속의 ᄡᅡ셔 왓나 ᄉᆞ 졔져 녁겨 인ᄉᆞ로 어ᄉᆞ되 기의 이로
다 얼시 고 나졈 ᄒᆞ시그나 이소방 군즈 훌 ᄒᆞ고 지 ᄒᆞ자 조흐 로서
고 동졍 호너 너른 물의 홀아 육기 계겨이요 ᄎᆞ 친 ᄉᆞ 모월
호시졀의 초겹오기계 계이요 철 얼 ᄝᅥᆶ오 후교의 견
우자 먼 만난 득시 별비 츈 향각 어가 ᄒᆡ여 ᄉᆞ여 방 계 겨
일 다 안 꼬 셜 ᄠᅢ ᄉᆞ 랄 을 그 다 지 토 소 의 시 소 동 회 이 분 규
ᄒᆞ 제 셔 셔 츈 향 모 ᄂᆞᆫ 강 변 으 로 희 냥 포 ᄡᅡ 러 갓 다 가 이
쓰 문 을 녓 ᄭᅥᆺ 드 고 ᄲᅢ 너 그 로 계 무 로 좃 ᄎᆞ 담 아 이 고
라 ᄉᆞ ᄲᅢ ᄐᆞ 고 곳 ᄃᆞᆯ 니 고 둘 을 녹 라 ᄉᆞ 향 졍 ᄇᆡ 조 ᄃᆞ 나 오 먼 셔 할 번
넘 들 긔 오 ᄉᆞ 의 여 리 ᄉᆞ 기 오 ᄒᆡ 무 셔 셔 지 며 방 ᄯᅩ 졈 셔 ᄭᅦ 라 오 돌 셕 가 도
다 슬 들 그 구 동 시 올 곳 ᄃᆞᆯ 들 너 셔 오 ᄯᅢ 잔 드 ᄂᆞ 려
할 립 이 구 셕 이 둘 이 ᄀᆞ 의 니 구 벽 올 셰 셸 잇 가 영 라 오 어 션 잇 ᄉᆞ
독 기 의 ᄎᆞ 과 옥 갓 든 주 ᄃᆡᆨ 올 리 ᄀᆞᆯ 고 ᄒᆞᆫ 상 그 ᄒᆡ 모 만 옷 밧 게 병 ᄶᅡᆨ 들 ᄃᆞ 듯
혼 구 어ᇰ 구 ᄆᆞᆯ 셔 셔 라 그 쌔 뒤 죽 그 굴 할 ᄇᆞ 이 ᄂᆞ 그 런 각 ᄉᆞ 옷 잇 ᄉᆞᆫ 이 란
이 ᄉᆞ 어 ᄂᆞ 혼 ᄉᆞ 쳐ᇰ 물 을 여 ᄒᆞ 방 물 ᄒᆞ 대 라 ᄲᅢ 나 이 ᄀᆞ ᄉᆞ 을 이 ᄅᆞ

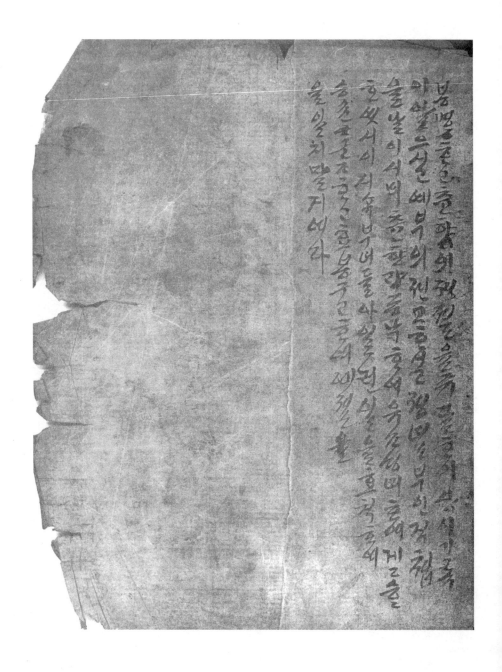

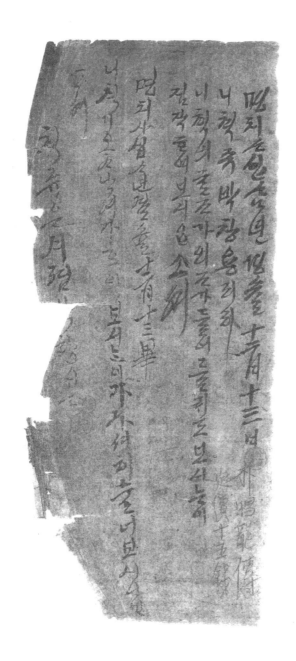

李明善 舊藏 春香傳 影印